Von der Nacht überrascht

ECON Krimi
Morde auf die feine englische Art

Aus der Reihe *Morde auf die feine englische Art*
sind außerdem lieferbar:

Heron Carvic: Miss Seeton riskiert alles (TB 25179)
Heron Carvic: Miss Seeton und der Hexenzauber (TB 25184)
Anne Katharine Green: Der Filigranschmuck (TB 25180)
Anne Katharine Green: Der Fall Leavenworth (TB 25181)
Sydney Hosier: Kein Fall für Mr. Holmes (TB 25182)

In den Waliser Bergen hat sich ein Auto verfahren. Ein schweres Unwetter macht es den Insassen unmöglich umzukehren. Sie suchen Schutz im letzten Gehöft, das sie noch erreichen können. Doch sie sind nicht die einzigen Schutzsuchenden. Drei Männer und zwei Frauen aus London treffen auf die sonderbaren Bewohner des Anwesens. Ein tiefgründiges, psychologisches Spiel beginnt, das alle Anwesenden an die Grenzen der eigenen Existenz führt.

J. B. Priestley (1894 - 1984) ist als Romancier und als Dramatiker hervorgetreten. »Von der Nacht überrascht« ist sein spannendster und eindringlichster Roman.

J. B. Priestley

Von der Nacht überrascht

Kriminalroman

ECON Taschenbuch Verlag

Veröffentlicht im ECON Taschenbuch Verlag
Der ECON Taschenbuch Verlag ist ein Unternehmen
der ECON & List Verlagsgesellschaft
ECON Verlag GmbH, Düsseldorf und München 1997
Lizenzausgabe

Die Originalausgabe erschien 1937 in London unter dem Titel
BENIGHTED
Aus dem Englischen übersetzt von Egon Strohm
Umschlaggestaltung: Theodor Bayer-Eynck, Coesfeld
Titelabbildung: Beate Dartmann
Druck und Bindearbeiten: Elsnerdruck, Berlin
Printed in Germany
ISBN 3-612-25183-X

I

Margaret sagte etwas, aber er konnte kein Wort verstehen. Das Rauschen des Regens vermischte sich mit dem Brummen des Motors, und beides zusammen erstickte jedes andere Geräusch. Plötzlich hielt er an, lehnte sich zurück und fühlte sich erleichtert und erlöst, wenigstens einen Augenblick lang die Hände vom Steuer nehmen zu können und nicht weiter durch die brüllende Dunkelheit fahren zu müssen. Er war nie ein guter Nachtfahrer gewesen; das Hinausstarren auf einen kleinen, von den Scheinwerfern erleuchteten Fleck der Straße, das Tasten nach Gangschaltung, Armaturenbrett und Kupplung im Dunkeln waren ihm immer schwierig vorgekommen. Er war manchmal selbst erstaunt, wenn er mit Fuß oder Hand den richtigen Hebel erwischte. In dieser Nacht aber, auf den kurvenreichen Gebirgsstraßen, von denen einige bereits überschwemmt waren, mit den rasenden Sturmstößen und Regenböen, die die Gegend in einen einzigen schwarzen Sturzbach verwandelten – in dieser Nacht kam ihm jeder glücklich zurückgelegte Kilometer wie ein Wunder vor. Aber natürlich würde das Wunder nicht anhalten. Die ratternde kleine Sardinenbüchse mit ihren paar automatischen Tricks war angesichts der tosenden Gewalten einfach eine Frechheit. Er wandte sich zu Margaret hinüber.

«Das war nicht nötig», sagte sie. Sie mußte den Sturm überschreien, aber trotzdem klang ihre Stimme so kühl und klar wie je. Sie stand immer noch über der Situation, wenn sie sie auch nicht gerade belustigend fand.

«Was war nicht nötig?» fragte Philip und fühlte sich niedergeschlagen, denn er wußte sehr wohl, was sie meinte. Dann ärgerte er sich. Konnte er den verdammten Karren nicht ein paar Minuten anhalten? Schließlich war er bis auf die Haut durchnäßt und fror am meisten von allen dreien.

«Du brauchtest nicht anzuhalten», antwortete Margaret. «Ich sagte, wir hätten schon lange umkehren sollen. Es ist einfach blödsinnig, in diesem Sturm weiterzufahren. Wo sind wir eigentlich?»

Er fühlte, wie ihm ein Schauer den Rücken hinunterlief und schüttelte sich. «Weiß der Henker! Keine Ahnung. Irgendwo im wildesten Teil von Wales. Mehr kann ich auch nicht sagen. Seit wir die letzte Abzweigung verfehlt haben, habe ich die Richtung verloren.»

Er schüttelte sich wieder. Er war noch durchnäßter, als er für möglich gehalten hatte. Als er hatte aussteigen müssen, um den Reifen zu wechseln, war er naß geworden. Und dann später, als der Motor aussetzte und er die Haube hochheben mußte. Und außerdem gab es in der ganzen Welt kein Verdeck und keinen Seitenschutz gegen diese Sintflut. Es regnete einfach herein, man konnte nichts dagegen tun.

«So geht es nicht weiter», stellte Margaret ruhig fest. «Wie spät ist es?»

Das Lämpchen am Armaturenbrett leuchtete nicht. Er zündete also ein Streichholz an und hielt es nahe ans Zifferblatt. Halb zehn. Ehe das Streichholz ausging, konnte er gerade noch einen Blick auf Margarets Profil werfen. Es sah wie der personifizierte Vorwurf aus. Und plötzlich fühlte er die ganze Veranwortung für die verfahrene Lage. Nicht nur für den unfreiwilligen Aufenthalt auf der einsamen Gebirgsstraße und die verfehlte Abzweigung. Nein, auch für die wilden Berge und die schwarze Regennacht. Wenn er daran dachte, daß er jetzt wieder die Bremse lösen, den Gang einschalten und anfahren mußte, während sie daneben saß und mit kühler Verachtung oder Nachsicht auf ihn heruntersah, wurde er nervös und fahrig. So war es immer: wenn etwas schiefging – und meistens ging etwas schief – verstand sie es, ihn dafür verantwortlich zu machen. Wahrscheinlich waren alle

Ehefrauen so. Aber fair war es nicht. Es war die unfaire Ausnutzung der Tatsache, daß man liebte. Man brauchte nur einmal nicht mehr zu lieben, und schon verfehlte der Trick seine Wirkung.

«Fahren wir weiter und versuchen wir, irgendwo anzukommen», meinte Margaret. «Soll ich fahren?» Das hatte er erwartet. Sie bildete sich immer ein, besser zu fahren als er. Vielleicht fuhr sie auch besser. Mit den Gängen, dem Steuer und den Bremsen war sie nicht eigentlich so bewandert wie er; aber sie war sicherer, ganz einfach, weil sie die Gefahren nicht sah. Ihre Phantasie reichte nicht aus, plötzliche Hindernisse oder ein gebrochenes Rückgrat vorauszuahnen. Sie weigerte sich, anzuerkennen, daß wir alle ein Leben lang auf des Messers Schneide dahintaumeln. Im Gegensatz zu ihm hatte sie ein naives Vertrauen zu allen Dingen, nur nicht zu den Menschen. Er jedoch hielt die Menschen für nicht so übel. Sie waren bloß dumm – beschränkt, dachte er und rückte unruhig auf seinem Sitz hin und her. Viel schlimmer war die Außenwelt, die Welt der Dinge, von denen man umgeben war.

«Nein, danke. Ich bleibe am Steuer. Hat wenig Sinn, jetzt den Platz zu wechseln. Irgendwo und irgendwann kommen wir schon an.» Er wollte gerade nach dem Anlasser greifen, als hinter ihnen, im Fond des Wagens, ein Streichholz aufflammte. Er drehte sich um und sah, wie Penderel, der die letzten beiden Stunden vor sich hingedöst hatte, sich eine Zigarette anzündete. «Hallo!» rief er nach hinten. «Alles in Ordnung, Penderel? Noch nicht ertrunken?» Das Gesicht Penderels glich in dem kurzen Flackern des Streichholzes dem eines traurigen Kobolds. Komischer Bursche! Manche hielten ihn für verrückt, darunter Margaret. Aber Philip war nicht so sicher. Auf jeden Fall fand er plötzlich etwas Beruhigendes in dem Gedanken, daß Penderel da war. Ihm machte die verfahrene Situation bestimmt nichts aus.

Penderel stieß genießerisch den Rauch aus, hielt das brennende Streichholz einen Augenblick hoch und lehnte sich vor. Er sah so lebensnah wie ein frisch gemaltes Bild aus. Er grinste und fragte: «Wo sind wir?» Dann verlöschte das Streichholz, und er war nur noch ein Schatten auf dem Rücksitz des Wagens.

«Wir wissen's nicht», rief Philip durch den rauschenden Regen nach hinten. «Wir haben uns verfahren. Irgendwo in den Waliser Bergen, und es ist halb zehn. Tut mir leid.»

«Macht nichts.» Penderel schien die Lage spaßig zu finden. «Sieht aus, als ob der Sturm nie mehr aufhören würde. Scheint das Ende der Welt zu sein. Die haben unsere Unterhaltung bei den Ainsleys belauscht und beschlossen, uns alle auszulöschen. Was meinen Sie?» Philip merkte, wie Margaret neben ihm unruhig wurde. Er wußte, daß durch ihren Körper ein Ruck der Ablehnung ging. Denn erstens waren die Ainsleys, bei denen sie alle drei zu Besuch gewesen waren, gute alte Freunde von ihr, und zweitens konnte sie Penderel nicht leiden. Sie hatte beinahe vergessen, daß er noch da war und war jetzt nur zu bereit, alles zu mißbilligen was er sagte oder tat. «Wir werden heute nacht nicht mal bis Shrewsbury kommen», rief Philip nach hinten. Shrewsbury hatten sie wenigstens noch erreichen wollen, nachdem sie auf der Straße so langsam vorwärtsgekommen waren und durch den stürmischen Wolkenbruch immer wieder aufgehalten wurden.

«Shrewsbury!» lachte Penderel spöttisch. «Oder zu den Hesperiden. Können von Glück sagen, daß wir überhaupt irgendwo hinkommen. Will Ihnen was sagen ...», er zögerte einen Augenblick, «... ich will Mrs. Waverton natürlich nicht erschrecken ...»

«Ihre Rücksicht ist unnötig, Mr. Penderel», sagte Margaret kalt, «ich erschrecke nicht so leicht.»

«Nein? Aber ich», erwiderte Penderel laut und fröhlich. Er schien eine merkwürdige Begabung für falsche Bemerkungen zu haben, was er entweder nicht merkte oder einfach überging. «Ich wollte nur sagen, daß Sie hier vorsichtig fahren müssen. Seit einer Woche hat es ununterbrochen geregnet, und seit zwei Tagen sind schwere Gewitter niedergegangen. Dieser Teil des Landes ist für seine Erdrutsche oder was weiß ich bekannt. Wir brauchen uns gar nicht zu wundern, wenn wir plötzlich mitten in einem See landen oder unter den Bergen begraben werden, oder wenn die Straße auf einmal unter den Vorderrädern wegrutscht.»

Sturm und Dunkelheit machten das Erteilen von Verweisen schwierig, aber Margaret tat, was sie konnte. «Ich muß schon sagen, dann würde ich mich sehr wundern», meinte sie. «Weiter, Philip, weiter! Dreh die Fenster herunter, wir können nicht nasser werden, als wir schon sind. Ich will nach Kreuzungen und Wegweisern Ausschau halten.»

«Mir ist es übrigens gleich», rief Penderel wieder von hinten. «Ich will gar nicht nach Shrewsbury. Ich will überhaupt nirgends hin. Hier passiert vielleicht noch etwas, in Shrewsbury passiert bestimmt nie etwas, und hinter Shrewsbury ist auch nichts los. Hier, wo wir jetzt sind, könnte es noch interessant werden.»

Während Philip auf den Anlasser drückte, wünschte er sich hundert Kilometer jenseits von Shrewsbury, auf einer schönen, breiten Straße fahrend und in der angenehmen Erwartung eines Kaminfeuers und eines frisch überzogenen Bettes. Die Straße, auf der sie jetzt fuhren, war nichts als ein besserer Feldweg, der sich am Berghang entlang schlängelte. Nirgends war ein Licht zu sehen, nur der Regen im Lichtkegel der Scheinwerfer und ein zitternder Fleck auf der Straße, die voller Schlaglöcher und Steine war und vor Nässe glänzte. Vorsichtig fuhr er in die Schwärze der Nacht, schüttelte die Regentropfen von seinen Augenlidern und packte das Steuerrad so fest, wie er konnte. Dieser Metallring schien sein einziger Halt, die einzige Sicherheit in einer Umwelt voll Dunkelheit und Schlüpfrigkeit und Verrat zu sein. Und selbst das harte Metall rüttelte durch die Erschütterung der Fahrt manchmal ziellos in seinen Händen. Eine falsche Drehung und sie würden im Schlamm versinken oder über den Straßenrand kippen. Anfänglich hatte er es ganz aufregend gefunden, so durch die tobenden Gewalten zu fahren, aber jetzt fühlte er sich erschöpft und voll Furcht. Penderel hatte natürlich übertrieben; vielleicht wollte er Margaret Angst machen. Doch nein, das würde er nicht wollen, obwohl er wahrscheinlich wußte, daß sie ihn nicht mochte und von Anfang an dagegen war, daß sie ihn von Ainsleys mit zurücknahmen. Er übertrieb eben aus jungenhafter Übertreibungssucht, weil er das Leben als eine große Possenreißerei ansah oder eine ausgemachte Katastrophe, als eine Art Shakespeare–Drama in fünf Akten. Trotzdem: Es gab Erdrutsche nach schweren Regenfällen in dieser Gegend. Auch Überschwemmungen. Schon sah Philip sie irgendwo in diesem Bergmassiv die ganze Nacht festgefahren. Und was für eine Nacht! Er schauderte und drückte unwillkürlich auf das Gaspedal.

Der Wagen schnellte vorwärts, und obgleich Philip sofort den Fuß zurücknahm, gab er im Tempo nicht nach, weil die Straße plötzlich abfiel. Direkt vor ihnen sprang der Bergrücken in einem scharfen Felsblock vor, und die Straße wand sich in einer unübersichtlichen Kurve. Philip hatte gerade noch Zeit, auf die Fußbremse zu treten, als die Ecke vor ihm aufstieg. Er riß das Steuerrad herum, und eine Sekunde lang schlingerte der Wagen. Im nächsten Augenblick hatten sie die Ecke hinter sich, fuhren aber offenbar direkt in einen Fluß hinein. Die Straße war verschwunden. Vor ihnen war nichts, nur das Glitzern des Wassers. Und sie fuhren mit Donnern und Klatschen hinein. Philip packte das Steuerrad noch fester; er fühlte Margarets Hand auf seinem linken Arm und hörte einen Schrei von Penderel hinter sich. Dann erfüllte Donnern und Klatschen die Nacht, und der Wagen schien von selbst langsamer zu fahren. Er drückte auf den Gashebel, und der Motor reagierte mit lauten, krampfhaften Explosionen, aber ohne Erfolg. Der Wagen schob sich nach vorn, stoppte, dröhnte und ratterte heftig einen Meter vorwärts und hielt dann endgültig an.

«Nicht anhalten!» schrie Margaret in sein Ohr.

«Nichts zu machen», rief er zurück. Was für ein gottverdammt blödsinniges Geschwätz! Glaubte sie vielleicht, sie seien in einem Motorboot? Aber es mußte etwas unternommen werden. Der Motor lief noch, der Wagen zitterte unter seinen Füßen wie ein gehetztes Tier. Rasch schaltete er den ersten Gang ein und trat auf das Gaspedal. Der Wagen brüllte donnernd auf, schien sich wie ein Hund zu schütteln, sonst aber ereignete sich nichts. «Hier verbringen wir die Nacht, die ganze Nacht», hörte Philip sich blödsinnigerweise summen. Dann schob sich der Wagen wieder vor, schmerzvoll, wie es schien, und jeden Meter gegen das ungewohnte Element aufmuckend. Und die Straße stieg wieder an; das Schlimmste lag hinter ihnen, die Scheinwerfer zitterten wieder über festem Boden, und nach einigen Minuten in klatschendem Wasser landeten sie im Trockenen und in der frischen Luft. Die kleine Sardinenbüchse hatte gewonnen. Wenigstens, dachte Philip, die erste Runde. Aber was kam jetzt? Es ging immer noch bergauf, und der Berghang auf der rechten Seite stieg weniger steil an und war weniger felsig. Aber dafür fiel er links schärfer ab. Er konnte nichts sehen, außer daß der Regen in einen schwarzen Schlund fiel. Es sah so plastisch und dramatisch aus wie in einem Film.

Jetzt sagte Margaret etwas und schien in der Seitentasche der Tür herumzusuchen. Was wollte sie? Er hörte das Wort ‘Stopp’ und brachte den Wagen wieder einmal zum Stehen. «Was ist los?» fragte er.

«Ich suche die Karte», antwortete sie. «Wir können so nicht weiterfahren.»

«Gute Reise, Waverton!» hörte er hinter sich Penderel rufen. «Wie wär’s mit einer Zigarette?» Philip starrte auf das geöffnete Etui unter seiner Nase, als er sich umwandte. Penderel zündete ein Streichholz an, und der ganze Wagen war einen Augenblick erleuchtet wie ein seltsamer, winziger Raum. Die Nacht war zurückgedrängt; Wind und Regen und Dunkelheit verschwanden hinter dem kleinen Lichtkreis. Margaret hatte inzwischen die kleine Taschenlampe gefunden und sie an die Steckdose vom Armaturenbrett angeschlossen. Auch die Karte hatte sie gefunden. Sie beugte sich jetzt über sie, die Lampe in der Hand. Aber es war nur ein lächerliches Stück Papier, mit dem der Regen sein Spiel getrieben hatte. Philip, den einen Augenblick lang ein Gefühl von Gemütlichkeit überkommen hatte, beobachtete, wie sie die Karte umdrehte und mit großen, ernsten Augen auf sie hinunterblickte. Dann schüttelte sie den Kopf; wie ein Kind, dachte er. Er wollte ihr das sagen und sie ganz schnell umarmen, ein Zeichen der Verbundenheit über tausend Kilometer Wüste hinweg, um dann mit ihr davonzulaufen, irgendwo Schutz zu suchen und alles mit ihr in Ruhe zu besprechen. Was dachte sie jetzt? Wie komisch, daß er ihre Gedanken nicht kannte!

«Guck du mal ...», sagte sie und hielt ihm die Landkarte hin. «Ich kann nichts sehen. Es ist alles ein dummes Durcheinander.»

Er warf einen Blick darauf, um ihr den Gefallen zu tun. Straßen und Flüsse und Wiesen lagen da wie bedeutungslose Kleckse. «Mir scheint, die Karte ist ein ausgezeichneter Abdruck des Landes in seiner augenblicklichen Verfassung. Alles ist überschwemmt. Ist ja sinnlos. Außerdem kann ich nicht erkennen, wo wir die Abzweigung verfehlt haben.» Er fuhr mit dem Zeigefinger eine mögliche Straße entlang und entdeckte, daß sie in einer weiten blauen Schmutzfläche endete, die ungefähr fünfundsiebzig Quadratkilometer Land bedeckte. Vielleicht wäre alles gut, wenn sie dahin führen. Vielleicht waren sie auch schon da. «Ich geb's auf», sagte er zu ihr. Dann wandte er sich um und sah Penderels zerzaustes Haar und helle, intelligente Augen über der Rückenlehne auftauchen. «Möchten Sie mal die Karte ansehen, Penderel? Wir können nichts erkennen.»

Penderel grinste und schüttelte den Kopf. «Bloß keine Karte für mich. Ich glaube auch gar nicht, daß wir auf einer Landkarte sind. Fahren Sie weiter und wir werden schon irgendwo hinkommen. Aber um Gotteswillen nicht ins Wasser. Wir sind Landratten.»

Margaret machte eine unmerkliche Bewegung der Ungeduld. «Es hat gar keinen Zweck, einen bestimmten Ort anzusteuern. Wir müssen im ersten Dorf anhalten und um Unterkunft bitten. Was ist denn das?» Ein hallender Donner ertönte zwischen den Bergen. Philip öffnete die Tür an seiner Seite, warf die Zigarette weg, sah in den undurchsichtigen Regenschleier hinaus und schloß sofort wieder die Tür. «Noch mehr Regen und Donner», sagte er und sah unsicher zu Margaret hinüber. «Wir fahren am besten weiter und, wie du sagst, machen im nächsten Ort halt.» Margaret nickte, und im selben Augenblick rollte ein neuer Donner aus den Wolken herunter und klang wie das Zuschlagen eiserner Türen auf den Gipfeln.

Philip drückte wieder auf den Anlasser, und Margaret machte die Taschenlampe aus und schloß damit den letzten Anflug von Geborgenheit aus. Das Dunkel hüllte sie ein; durchnäßt und erstarrt krochen sie in der unbekannten, wilden Herbstnacht weiter, zwischen donnernden Bergen und in den schwarzen Wasserströmen verloren. So saßen sie hinter zwei flackernden Scheinwerfern, die nichts erhellten als einen schmalen Streifen der Straße, den strömenden Regen und das schwarze Nichts dahinter. Als er anfuhr und mit großer Vorsicht die rechte Straßenseite benutzte, konnte er Penderels Stimme aus dem Lärm, der sie umgab, hören. Er sang oder brüllte irgend etwas, das wie ein Lied klang, wie ein Mann im Bad. Die ganze Nacht schien ein riesiges Bad zu sein, deshalb sang Penderel. Komischer junger Mann! Philip fühlte sich ihm altersmäßig haushoch überlegen, aber plötzlich vergegenwärtigte er sich, daß Penderel nur zwei Jahre jünger war als er. Durch seine Saufereien und sein Geschrei und Gesinge wurden diese zwei Jahre zu einem ungeheuren Unterschied. Im Gegensatz zu ihm schien Penderel den Krieg noch nicht hinter sich zu haben. Bei ihm war jeder Abend eine Art Alarmstufe, ehe man in die Kampflinie ging. Warum mochte Margaret ihn eigentlich nicht? Das mußte er sich einmal überlegen, aber in diesem Augenblick war keine Zeit dazu.

Etwa fünfundvierzig Meter vor ihnen war wieder eine scharfe Kurve. Er nahm sich vor, sehr vorsichtig in sie hineinzufahren. Was für ein schreckliches Rollen! War es Donner? Er rief den anderen etwas zu. Margaret hatte sich vorgebeugt und blickte hinaus. «Aufpassen, Waverton!» glaubte er Penderel rufen zu hören. Die Kurve war jetzt direkt vor ihnen, sie wand sich ebenso scharf um die Ecke wie die letzte. Er drehte das Steuer herum und fuhr mitten in ein brüllendes Chaos hinein.

Ein reißender Strom schoß die Straße herunter, und irgend etwas schlug auf den Wagen auf, ein großer Erdklumpen oder ein Geröllblock. Es gab einen Stoß und einen Widerhall. Der ganze Abhang über ihnen schien donnernd herunterzukommen. In der nächsten Minute konnten sie unter der Lawine begraben sein oder von ihr über die andere Straßenseite gespült werden. Halb betäubt merkte er, daß es ihm vielleicht gerade noch gelingen könnte, der Gefahr zu entrinnen. Er gab Gas und hielt den anderen Fuß locker auf der Bremse, für den Fall, daß die Straße vor ihm unpassierbar oder weggeschwemmt wäre. Vorläufig war sie offenbar noch befahrbar, wenn auch hinter ihnen die ganze Bergseite krachend herunterzustürzen schien. Die Straße wand sich jetzt in einer Kurve zurück, wahrscheinlich zwischen zwei Hügeln hindurch. Margaret schrie ihm ins Ohr: «Lichter! Schau, Phil, Lichter! Fahr dort hinein.» Er sah sie auch, nicht weit voraus, wo die Straße wieder zurückzulaufen schien, hinter der Nadelkurve. Instinktiv verminderte er das Tempo. Es schien so etwas wie eine Einfahrt zu sein, Anfang einer Auffahrt oder so. Dann wurde er sich durch das Donnern und Rollen und Krachen, das hinter ihnen jeden Augenblick an Stärke zunahm, wieder der Gefahr ihrer Lage bewußt. Es war jetzt offensichtlich, daß sich vor ihnen ein Haus befand. Er konnte die offene Einfahrt sehen.

Aber was war das für ein Haus? Konnte man da übernachten, während die ganze Bergseite und Ströme von Wasser auf sie herunterzustürzen drohten? «Sollen wir nicht weiterfahren, solange wir können?» schrie er Margaret zu. «Hier sind wir nicht sicher.» Aber gleichzeitig trat er auf die Fußbremse und brachte den Wagen in Schrittempo. Sie waren jetzt nur noch ein paar Meter vor der Toreinfahrt und befanden sich schon im Schutz einer hohen Gartenmauer. Die Mauer gab ihm ein vages Gefühl von Sicherheit, als ob sie den Schrecken der Regengüsse und der Steinlawinen von ihnen fernhielte.

Er hörte, wie Margaret ihm antwortete: «Nein, stopp!» und gehorchte sofort. Er war zwar anderer Meinung, fühlte sich aber doch erleichtert, daß er sich einen Augenblick nicht mehr um Steuer und Bremsen zu kümmern brauchte. Sie packte seinen Arm, und er merkte, daß sie leise zitterte. «Bleiben wir hier», sagte sie keuchend.

«Wir sollten weiterfahren, solange die Straße noch passierbar ist.» Seine Stimme war heiser und er zitterte auch.

«Steigen wir mal aus und schauen uns draußen um», meinte Penderel. «Ich glaube, der ganze verdammte Berg rutscht herunter. Irgend etwas ist da oben zusammengekracht.» Er machte die Tür auf, und Philip stolperte ihm völlig verkrampft in die schwarze Dunkelheit nach. Wenigstens stand man wieder auf seinen zwei Beinen. Wenn die Schwärze der Nacht auch scheußlich war, so schien die Lage im Freien weniger unangenehm zu sein, als hinter dem Steuerrad und dem Armaturenbrett mit seiner verflixten Mechanik.

«Was machen wir jetzt?» schrie Penderel. «Fahren wir weiter oder bitten wir diese Leute um Unterkunft? Zurück können wir nicht. Die Straße hinter uns ist völlig kaputt. Und was vor uns liegt, wissen wir nicht. Ich bin für bleiben.»

«Aber hören Sie sich das an.» Der wütende Lärm hinter ihnen hatte nicht nachgelassen. Im Gegenteil, er schien zuzunehmen. «Es muß ganz in unserer Nähe sein», fuhr Philip fort. «Und das Haus scheint auch in Gefahr zu sein. Kann uns passieren, daß wir bis morgen früh weggeschwemmt sind. Man muß diese Leute wirklich warnen.»

Penderel ging ein paar Schritte nach vorn, schaute durch das Einfahrtstor und kam zurück. «Die scheinen sich nicht aufzuregen. Sie haben Licht an, und man sieht keine Anzeichen von Besorgnis.»

«Vielleicht wissen sie's nicht.» Philip zitterte vor Kälte. «Außerdem ist vielleicht niemand da. Womöglich sind sie weggefahren.»

Margaret sah zum Wagen heraus. «Was steht ihr denn da draußen herum?» Diesmal klang ihre Stimme verlassen. «Ich halt's nicht mehr lange aus, der reinste Alptraum.»

«Penderel meint, wir sollten hier bleiben», rief Philip zurück. «Aber ich bin eigentlich dafür, weiterzufahren. Hier sind wir nicht sicher, und die Straße vor uns scheint noch frei zu sein.» Er blickte nach vorn, soweit er eben sehen konnte. Die Straße war zwar teilweise überflutet, zeigte aber kein gefährliches Hindernis.

«Ist sie wirklich frei?» fragte Penderel, und Margarets besorgter Blick in die Dunkelheit schien die Zweifel zu bestätigen.

Im nächsten Augenblick erhielten sie die Antwort. Es folgte ein rollendes Krachen, dann ein Donner, diesmal vor ihnen, irgendwo in der Dunkelheit in ihrer Nähe. Es hörte sich an, als ob eine ganze Seite des Berges abrutschte oder weggeschwemmt wurde. Der Lärm war ohrenbetäubend und fürchterlich. Selbst der Boden unter ihnen schien zu schwanken. Die Straße vor ihnen war verschwunden, und was von der Nadelkurve noch übrig geblieben war, die Stelle, auf der sie standen, wurde rasch überflutet. «Fahren Sie hier herein!» schrie Penderel und rannte gebückt auf die Toreinfahrt zu. Philip zögerte, bis er die plötzliche Kälte des um seine Beine spülenden Wassers spürte, und kletterte dann in den Wagen zurück. Der Regen lief an seinem Gesicht herunter, so daß er kaum sehen konnte; seine Hände waren so klamm, daß sie sich wie Holz anfühlten. Aber der Motor lief, und es gelang ihm, den ersten Gang einzuschalten und die Kupplung schleifen zu lassen. Einen Augenblick heulte der Motor hilflos auf, dann bewegte sich der Wagen langsam vorwärts, mit einem verdächtigen Plätschern um die Räder, und Philip bog nach der Seite ab, durch das Tor hindurch und die leicht ansteigende Anfahrt hinauf. Er sah Penderel vor dem Wagen herlaufen, eine verkrampfte, undeutliche Gestalt im Regen, wie im Film. Und jetzt türmte sich das Haus vor ihnen auf, erstaunlich groß in dieser verlassenen Gegend. Wohin nun mit dem Wagen? Philip konnte sich nicht entscheiden, sondern fuhr einfach um die Ecke, wo die Anfahrt ein paar Meter auf die Haustür zulief und hielt an. Die Scheinwerfer beleuchteten das Haus, dessen Vordertür von ihrem grellen Licht merkwürdig dramatisch angestrahlt wurde. Es war eine große, schwere Tür, die einer kleinen Festung Ehre gemacht hätte. Drei breite Stufen führten hinauf. Sie sah aus, als ob sie für immer geschlossen wäre.

Penderel steckte den Kopf in den Wagen. «Von der Nacht überrascht! Das ist das richtige Wort», sagte er. «Ich habe die ganze Zeit nach einer passenden Erklärung gesucht. Ich gehe jetzt hinein und bitte um Unterkunft. Tolle Nacht! Tolles Haus! Aber mir gefällt's. Ihnen nicht?»

Philip sah ihm nach, wie er auf die Tür zuging. Die Dunkelheit um sie war immer noch von entferntem Donnern und Krachen und dem endlosen Rauschen des Regens erfüllt. Und doch schien sich eine plötzliche Stille auszubreiten. Es war das Haus. Es lag vollkommen still da. Wenn man so mitten in der Nacht vor einem fremden Haus vorfuhr, erregte man Aufsehen, und man erwartete Anzeichen, daß man bemerkt wurde, Schatten hinter den Vorhängen, neugierige Blicke und eine sich öffnende Tür. Aber bis jetzt hatte dieses Haus noch keinerlei Zeichen dieser Art gegeben, trotz seiner erleuchteten Fenster. Es schien seltsam von der Außenwelt abgeschlossen zu sein und zeigte der Nacht nichts als ein leeres

Gesicht. Man konnte sich kaum vorstellen, daß diese große Vordertür jemals geöffnet worden war.

Jetzt war Penderel an der Tür. Sein Schatten verdunkelte sie, während er nach dem Klopfer suchte. Philip wandte sich Margaret zu, die zurückgelehnt saß, wahrscheinlich vor Erschöpfung. Wenn sie erst einmal drin waren, aus der Dunkelheit heraus, warm und trocken, und sich in die Augen sehen konnten, dann könnten sie sich vielleicht aussprechen. Denn jetzt war Gelegenheit dazu, ehe sie wieder zu Hause waren und die bleierne Gewohnheit jede Regung erdrückte. Er streckte zaghaft die Hand aus, und wenn sie sie auch nicht ergriff, so glaubte er doch, ein leises Lächeln auf ihren Lippen zu bemerken. Flüsterte sie nicht etwas? Er war nicht sicher. Er hörte nur Penderel an die Tür klopfen.

II

Penderel beschloß, nochmals und lauter zu klopfen. *«Ist da jemand? fragte der Reisende.»* Hat doch etwas für sich, ein bißchen in der Literatur beschlagen zu sein, dachte er, den Türklopfer in der Hand. Bei solchen Gelegenheiten schießen einem kleine Sätze aus längst gelesenen Büchern ins Gedächtnis zurück wie Raketen. Er klopfte so laut er konnte. Das war genug – genug, wie die Leute kaltschnäuzig zu sagen pflegten, um Tote aufzuwecken. Übrigens, wenn die Bewohner des Hauses nun wirklich tot waren? Alle ausgestreckt herumliegend, während die Lichter ruhig über ihnen weiterbrannten? Oder wenn einer von ihnen tot war oder im Sterben lag, und die anderen weinend und betend an seinem Bett standen, und er käme nun mit den Wavertons hereinmarschiert und würde fragen: «Könnten Sie uns für die Nacht unterbringen, bitte?» Aber höchstwahrscheinlich war der Eigentümer ein kleiner dicker Waliser Gutsbesitzer, und das ganze Haus voll mit Hunden und Alkohol. Er hätte nichts gegen den Alkohol einzuwenden. Er war von oben bis unten durchnäßt, außer der Kehle. Die war trocken wie die Sahara. Wenn schon etwas naß werden sollte, dann das Innere, das sowieso allen Schaden davon trug.

Endlich war jemand an der Innenseite der Tür. Zum mindesten glaubte er es, obgleich er eigentlich nichts hören konnte. Es würde übrigens Kraft dazu gehören, diese Tür aufzumachen. Man konnte sich nicht vorstellen, daß sie weit aufschwingen würde; man dachte eher an aufschrauben. Ja, etwas passierte da drinnen. Die Tür knarrte und bewegte sich jetzt. Jetzt! Eine nette kleine Entschuldigung.

Die Tür öffnete sich ein paar Zentimeter, und Penderel sah ein Auge. Aber mit einem Auge konnte man nicht sprechen.

Er wartete also. Das Auge zog sich zurück, und die Tür wurde langsam geöffnet. Vor ihm stand ein großer, schwerfälliger Mann, der ihn anstarrte; unförmig, mit einem vollen, schwarzen Bart und dichtem Haarwuchs über einer niederen Stirn. Einen Augenblick lang starrte Penderel ihn sprachlos an. Dann gewann er seine Sicherheit zurück und sprudelte seinen Spruch herunter.

«Wir möchten Sie um Unterkunft bitten», begann er. «Wir haben uns verfahren und sind vollkommen abgeschnitten. Wir können weder vorwärts noch zurück. Die Straße scheint in beiden Richtungen abgerutscht zu sein.»

Er machte eine kleine Pause, um zu sehen, ob er eine Antwort auf sein Anliegen bekäme. Aber der Mann gab keinen Ton von sich und machte keine Bewegung, kein Muskel seines Gesichtes deutete an, daß er verstanden hatte. Er stand nur da, ein Koloß mit starren Augen. Es sah aus, als ob die Tür sich nach Sibirien geöffnet hätte. Schließlich dachte Penderel wieder an die drohende Dunkelheit und seine wartenden Freunde im Wagen, und der Gegensatz zwischen ihrer Notlage und der sinnlosen Unbeweglichkeit des Mannes machte ihn wütend. Er sprach lauter: «Die Straße ist völlig überflutet. Es sind Überschwemmungen und Erdrutsche draußen. Die ganze Bergseite stürzt herunter. Wir müssen hierbleiben. Verstehen Sie nicht?»

Ob der Mann verstanden hatte oder nicht, war nicht festzustellen. Er gab kein Zeichen von sich, sondern stand nur da, als ob er aus einer anderen Welt käme. Penderel hatte plötzlich den Wunsch, auf den großen blöden Fleischklumpen einzutrommeln. Aber dann machte er sich klar, daß sie sich in einer einsamen Gegend von Wales befanden und tatsächlich in einem fremden Land reisten. Es war zum Beispiel durchaus möglich, daß dieser Mann, offensichtlich eine Art Diener, kaum ein Wort Englisch verstand. Solche Leute sprachen gälisch. Er konnte der letzte, einsame Nachkomme der keltischen Ureinwohner des Landes sein. Penderel konnte nicht Gälisch und begann von neuem, sein Anliegen vorzubringen. Diesmal sprach er noch lauter und unterstützte seine Worte mit großartigen, erklärenden Gesten. Am Schluß kam etwas Leben in den Mann, wenn auch sehr langsam. Zuerst trottete er einen Schritt vor, blickte zu dem Wagen hinüber, dann in die Nacht hinaus, um schließlich mit großer Anstrengung und feierlich den Kopf zu schütteln. Dann tippte er Penderel, der ihn schweigend und verblüfft wie ein prähistorisches Monstrum ansah, mit dem Finger leicht gegen die Brust, deutete nach innen, klopfte sich selbst auf die Brust und brachte von irgendwoher aus seiner Kehle einen komischen gurgelnden Laut hervor.

Der Gurgellaut erschreckte Penderel fürchterlich, er kam so unerwartet heraus. «Wie bitte?» fragte er scharf. Selbst Gälisch konnte sich nicht so anhören. Als ob ein Erdklumpen versucht hätte, etwas zu sagen.

Die Antwort des Mannes bestand darin, daß er sein Gesicht ganz nahe an Penderel heranstieß, den Mund weit öffnete und mit einem langen, dunklen Zeigefinger darauf deutete. Dann trottete er von dannen und ließ Penderel stehen. Penderel sah ihm durch die offene Tür nach. Wahrscheinlich zog er sich zurück, um den Herrn des Hauses zu holen, dachte Penderel. Denn er konnte kaum der Besitzer des Hauses sein, da er einem Zirkusbären ähnlicher sah als einem Diener. Penderel überlegte, ob er ihm in die große Diele nachlaufen sollte, die er von der Tür aus sehen konnte, oder ob es nicht besser war, rasch zu den Wavertons zurückzugehen, die sich Gedanken machen würden, was vorgefallen war. Als er sich aber umwandte, standen sie beide schon neben ihm.

«Unerhört», erklärte Mrs. Waverton, «uns hier draußen stehen zu lassen! Was ist denn los?»

Er beschloß, gute Miene zum bösen Spiel zu machen. «Er ist verschwunden, um jemand zu holen, glaube ich. Haben Sie ihn gesehen? Sieht so unwirklich aus.»

«Was hat er gesagt?» fragte Waverton.

«Nichts. Ich glaube, der kann gar nichts sagen. Kann weder Englisch noch sonst eine Sprache. Warten Sie ab, bis Sie ihn aus der Nähe sehen. Er ist ein riesiger Unhold, innen verrostet.»

Mrs. Waverton schob wie üblich diese Art Argumentation beiseite. «Gehen wir hinein, Philip. Man kann uns in dieser schrecklichen Nacht die Unterkunft nicht abschlagen. Ein Blödsinn, hier draußen herumzustehen.»

«Nicht wahr?» entgegnete Penderel übertrieben fröhlich. «Als ob wir Weihnachtslieder–Sänger an einem Unheiligen Abend wären und heute nacht so 'ne Art Luzifergeburtstag gefeiert würde.»

«Gehen wir also hinein», meinte Waverton. «Aber was machen wir mit dem Wagen?»

«Man wird uns schon sagen, wo wir ihn hinstellen können. Jetzt muß ich mich zuerst einmal irgendwo hinsetzen, wo es nicht regnet. Mir brummt der Kopf vor lauter Rauschen», sagte Mrs. Waverton entschlossen und betrat das Haus; die anderen folgten ihr.

Das erste, was Penderel bemerkte, war die elektrische Beleuchtung des Hauses. Irgendwie hatte er das nicht erwartet. Er konnte sich den großen Unhold nicht vorstellen, wie er an Schaltern und Akkumulatoren herumfummelte. Aber die Lichter funktionierten nicht so ganz richtig. Sie flackerten und zitterten und gaben dem ganzen Haus einen unheimlichen, schemenhaften Anstrich. Die Diele sah aus, wie man sie sonst nur auf der Bühne zu sehen bekommt: sie war sowohl Entree als Wohnzimmer (und unter Umständen auch Speisezimmer und Salon). Sie war hoch und getäfelt, hatte einen großen, offenen Kamin in der hinteren linken Ecke. Eine breite Treppe lief auf der rechten Seite nach oben und mündete in eine Galerie. Links von der Treppe war eine Tür und rechts davon zwei. Das Kaminfeuer schwelte nur. Der Tisch in der Mitte der Diele war sehr alt, und die Sessel mit ihren verblaßten Bezügen wirkten wunderlich. Über der ganzen Einrichtung hing der Eindruck des Zerfalls, und wenn das Haus bei der heulenden Sturmnacht auch wunderbar gemütlich und warm schien, so machte es doch nicht den Eindruck von Komfort und herzlicher Gastfreundschaft. Penderel fand, daß es nach Mäusen und altem Zeitungspapier roch.

Sie standen alle drei neben der Tür, triefend naß und in Erwartung von irgend etwas. Nachdem Penderel einmal umhergeblickt hatte, blieben seine Augen an der Treppe haften. Wenn das Leben so romantisch wäre, wie man es immer in Büchern liest, dann müßte diese Treppe herunter jetzt eine Dame mit einer langen weißen Schleppe schreiten, in jeder Hand einen prunkvollen alten Kerzenleuchter. Er betrachtete die Stufen, wie sie in dem unsicheren elektrischen Licht verdunkelt und erhellt wurden, und hatte den plötzlichen, unsinnigen Wunsch, vor die unterste Stufe zu treten, das Knie zu beugen und mit großem Pathos etwas sehr Romantisches zu sagen. Hohe Dame! Darf ich Euch die drei nassesten Menschen der Christenheit vorstellen? Der eine von ihnen, wie Ihr seht, ein tragischer Narr, erkühnt sich, sich Euch demütig nähern. Schade, daß die Leute das Leben nicht wie ein Theaterstück auffaßten, in dem man im richtigen Augenblick aufzutreten, ein Sprüchlein herzusagen und nur das Nötigste zu tun hatte, um dann sauber und anständig wieder abzutreten. Wenn es nachher etwas zu trinken gab, mußte er mit Waverton darüber sprechen. Von so etwas konnte man nur reden, wenn man etwas getrunken hat.

Plötzlich öffnete sich die erste Tür rechts, und ein magerer ältlicher Herr in einem schwarzen Anzug trat in die Diele heraus. Ein paar Schritte vor ihnen blieb er stehen. Hinter ihm kam eine alte Frau angewatschelt, die die fremden Gäste mit ihren beerenschwarzen Augen musterte. Im Hintergrund hob sich die riesige Gestalt des Mannes ab, der Penderel an der Tür empfangen hatte.

«Ich heiße Femm», sagte der magere Herr. «Ich verstehe nicht ganz, um was es sich handelt. Unser Diener dort drüben ist stumm.» Seine Stimme paßte zu ihm, sie war dünn wie er selber, trocken und rauh, und er sprach mit merkwürdig unverbindlicher Deutlichkeit.

Penderel räusperte sich, aber ehe er sprechen konnte, hatte Mrs. Waverton schon das Wort ergriffen, ihren Namen genannt und ihr Anliegen vorgetragen.

«Unterkunft?» fragte Mr. Femm zweifelnd und strich sich mit einer langen Hand über das Kinn. Man konnte fast das Geräusch sich reibender Knochen hören.

«Was ist los?« kreischte die alte Frau plötzlich, so daß sie alle zusammenzuckten.

Mr. Femm beugte sich vor und brachte seinen Mund nahe an ihre Hand, die sie wie einen Schalltrichter ans Ohr hielt. Statt lauter zu sprechen, zischte er ihr die Worte mit scharfer Akzentuierung ins Ohr. «Unterkunft», sagte er. «Sie wollen hier übernachten.» Es klang wie der Schurke in einem alten Melodrama.

Die Frau schüttelte den Kopf. «Geht nicht. Wir können sie nicht hierbehalten.» Obgleich sie die Fremden so genau betrachtet hatte, sprach sie jetzt, als ob sie gar nicht da wären.

«Verstehen Sie mich richtig», wandte sich Mr. Femm an die Fremden, «meine Schwester Rebecca hier ist etwas taub. Morgan, wie ich bereits erwähnte, ist stumm. Der Herr dieses Hauses, mein Bruder, Sir Roderick Femm, ist im oberen Stock ans Bett gefesselt. Er ist sehr alt, sehr schwach und hat nicht mehr lange zu leben. Ich versichere Ihnen, daß ich zwar selbst nicht ohne gastfreundliche Neigungen bin, aber ich bin auch kränklich. Unser Haus ist teils eine Scheune, teils sehr baufällig, ich könnte Sie daher nicht einmal eine Nacht unterbringen. Ich rate Ihnen deshalb in Ihrem eigenen Interesse, sich woanders zu bemühen. Es gibt, wenn ich mich nicht irre, einen Gasthof ungefähr fünfzehn Kilometer von hier.»

Diese Leute benahmen sich, als ob sie in einer anderen Welt lebten. Sie schienen keine Ahnung zu haben, was sich im Gebirge draußen abspielte. Es war höchste Zeit, daß man ihnen die Lage erklärte. Alle drei fingen an, gleichzeitig auf die beiden einzureden. Mrs. Waverton trat dicht an Miss Femm heran und schrie ihr ins Ohr. Penderel und Waverton drängten den begriffsstutzigen Mr. Femm zur offenen Vordertür und zeigten ihm die schwarze, tosende Nacht, die immer noch von drohendem Donnern erfüllt war.

«Die Straße ist auf beiden Seiten des Hauses weggespült worden», rief Waverton und winkte mit der Hand nach links und rechts. «Wir kommen keinen Kilometer weiter, geschweige denn fünfzehn. Wir sind auf allen Seiten abgeschnitten. Selbst die Straße unten ist überschwemmt.»

«Es ist noch gar nicht sicher», fügte Penderel hinzu, um Mr. Femm den Ernst der Lage klarzumachen, «ob Ihr Haus hier nicht auch bald überflutet oder unter einer Steinlawine begraben wird. Der Berg bröckelt auf beiden Seiten ab, und es sieht so aus, als ob etwas da oben, ein See oder ein Wasserreservoir, geborsten wäre. Hören Sie sich das an.» Dabei hielt er dramatisch die Hand hoch. Und der Donner hallte tatsächlich lauter als je. Penderel glaubte sogar, das Krachen von Felsstücken in der Ferne zu vernehmen.

Mr. Femm trat mit furchterfüllten Augen einen Schritt zurück. Sein Gesicht war kalkweiß. Penderel hatte seit langem keinen so erschrockenen Mann gesehen. Wie komisch! Zuerst kühl und unzugänglich, und jetzt in panischen Schrecken versetzt. Ein Mann mit so wenig Fleisch auf den Knochen sollte mutiger sein. Er sah wie ein Skelett aus, und Skelette, geisterhaft klappernd, sind im allgemeinen mutig. Es ist nur unser Fleisch, dachte Penderel weiter, das wabblige vergängliche Zeug, das zittert und sich vor Angst mit einer Gänsehaut überzieht. Aber die Gebeine, die Knochen sind gegen die Furcht immun. Der alte Herr da war ein Schwindler.

Mr. Femm hatte sich umgewandt und zischte wieder auf seine Schwester ein. «Hast du das gehört?» fragte er sie. «Sie sagen, auf beiden Seiten seien ein Erdrutsch und Überschwemmungen. Der See ist über die Ufer getreten. Wir stecken in der Falle. Wir müssen gehen. Hast du mich verstanden?» Dabei erhob sich seine Stimme beinahe zu einem Schrei.

Sie war so ruhig, wie er aufgeregt war, und musterte ihn verächtlich von oben bis unten. Dann faltete sie ihre kleinen plumpen Hände und antwortete: «Ja, ich habe verstanden. Ich habe es nach diesen endlosen Regengüssen erwartet. Es wird alles wieder herunterstürzen. Gott läßt sich nicht versuchen.» Sie weidete sich an ihren Worten und sah ihren Bruder triumphierend an, ihr talgiges Gesicht strahlte vor Schadenfreude. «Du hast Angst, Horace. Aber du glaubst nicht an Gott. O nein! Du hast Angst vor dem Sterben. Du glaubst nicht an Seine Gnade. Aber jetzt kannst du an Seinen Zorn glauben.» Sie sah ihn scharf an, und als er den Mund zu einer Erwiderung öffnete, fuhr sie noch heftiger fort: «Du hast seinen Zorn am Himmel gesehen. Du hast ihn in der Nacht gehört. Und jetzt hast du Angst. Wo bleibt nun dein Spott?» Sie machte eine Pause, und niemand unterbrach die Stille. «Nun, deine Zeit ist noch nicht gekommen. Das Haus ist sicher. Wir haben solche Nächte schon öfter erlebt, ehe du zurückkamst, und es ist uns nie etwas geschehen.» Dann wandte sie den Kopf nach hinten: «Morgan, komm her», kreischte sie, und als der Riese wie ein Turm neben ihr stand, schrie sie zu ihm hinauf: «Erinnerst du dich an den großen Sturm, als wir schon mal abgeschnitten waren? Die Überschwemmungen und Erdrutsche, und die Straße völlig zerstört? Aber unserem Haus ist nichts passiert, nicht wahr?»

Morgan nickte, und aus seinem Bart kam irgendein Laut. Dann machte er mit der Hand eine weit ausholende Bewegung, die das ganze Haus umschloß, und deutete nachdrücklich auf den Fußboden.

«Morgan erinnert sich noch gut», rief Miss Femm. «Er meint, das Haus war sicher, weil es auf einem großen Felsen steht.»

Morgan nickte zustimmend mit dem Kopf und deutete nach dem rückwärtigen Teil des Hauses, hob seinen Finger und machte dann eine Faust. Während dieser stummen Unterhaltung lag ein trollhaftes Grinsen auf seinem Gesicht.

«Er sagt, daß der Felsen hinter dem Haus hochragt und es schützt», dolmetschte Miss Femm. «Morgan erinnert sich noch an das letzte Mal, als wir ebensolche schweren Stürme hatten wie heute nacht. Da war unser Haus das einzige, was hielt. Du siehst also, Horace, wir können bleiben.»

Mr. Femm hatte sich wieder beruhigt. «Es ist klar», sagte er und sah dabei Mrs. Waverton an, «daß Sie diese Nacht über hierbleiben müssen. Aber es ist Ihr Pech, nicht unseres. Ich fürchte, wir können Ihnen nicht viel anbieten.»

«Keine Betten», schrie seine Schwester mit ihrer charakteristischen Unberechenbarkeit. Penderel fing an, eine ausgesprochene Abneigung gegen sie zu empfinden, und hätte ihr am liebsten etwas zurück ins Ohr gebellt, besonders als sie weiter kreischte: «Betten können Sie keine bekommen.»

«Wie meine Schwester andeutet», sagte Mr. Femm besänftigend, «werden wir Ihnen leider keine Betten zur Verfügung stellen können. Das ist überhaupt so ungefähr das letzte Haus in Großbritannien, das ich mir als Gast oder Gastgeber aussuchen würde. Aber bitte, vergessen Sie nicht: es ist nicht mein Haus.»

«Wir brauchen wirklich keine Betten oder sonst etwas, vielen Dank. Wir verstehen vollkommen», sagte Mrs. Waverton darauf.

«Bloß ein Dach über dem Kopf ...», fugte Waverton hinzu.

«Und ein Feuer im Kamin», bemerkte Penderel rasch. Und verflixt nochmal, flüsterte er in sich hinein, auch etwas zu trinken. Es war schon schlimm genug, sich draußen mit Überschwemmungen und Erdrutschen herumschlagen zu müssen. Wenn dazu noch die Bekanntschaft mit diesem Haus und seinen Bewohnern kam, so konnte man das nur mit einem anständigen Schnaps im Leibe bestehen.

Eine leise Andeutung von Zuvorkommenheit, wie ein frostiger Sonnenstrahl im November, huschte über Mr.

Femms Gesicht. «Aber natürlich, selbstverständlich! Ein Dach können wir Ihnen anbieten und ein Feuer und etwas zu essen und zu trinken. Sie können die Nacht hier am Kaminfeuer verbringen, vielleicht der sicherste Ort in einer solchen Nacht. Ich glaube, ich bleibe heute auch auf. Morgan, kümmern Sie sich um das Feuer! Bitte, machen Sie es sich so bequem, wie es eben geht.» Dann beugte er sich wieder zu seiner Schwester hinüber und zischte: «Können wir bald zu Abend essen, Rebecca?»

«Ich sorge dafür, daß sie etwas zu essen bekommen, Horace», kreischte seine Schwester. «Aber stell dich nicht so an. Du bist nicht der Herr des Hauses.»

«Was sollen wir mit dem Wagen anfangen?» fragte Waverton. «Könnte ich ihn irgendwo unterstellen, wo er geschützt ist heute nacht?»

«Ihr Wagen? Sie haben ihn draußen stehen?» Mr. Femm rieb seine langen, knochigen Finger und rief Morgan vom Kamin. «Es sind einige Stallgebäude draußen, links um die Ecke, wo wir heutzutage nur noch ein Pferd und eine leichte Kutsche haben. Da paßt Ihr Auto vielleicht noch hinein. Morgan wird das in Ordnung bringen. Morgan, gehen Sie mit diesem Herrn, und sehen Sie zu, daß Sie im Stall oder in der Remise Platz für sein Auto finden.» Morgan nickte mürrisch und trottete zur Tür.

«Und unsere Koffer?» fragte Waverton und sah seine Frau und Penderel an.

«Wir holen sie herein», erwiderte Penderel.

Auch Mrs. Waverton war sehr dafür. «Ich brauche den meinen unbedingt, Philip. Ich bin bis auf die Haut durchnäßt und muß mich umziehen. Hole die Koffer jetzt.»

Die Nacht war immer noch schwarz und voll unbestimmten Getöses. «Gott sei Dank, daß ich den Karren heute nacht zum letzten Mal sehe», sagte Waverton, als sie die Riemen am Gepäckhalter aufschnallten. «Wenigstens haben wir das hinter uns, wenn mir das Haus auch sehr merkwürdig vorkommt.»

«Merkwürdiges Haus und merkwürdige Bewohner», meinte Penderel und zog an den vollgesogenen Riemen.

«Jetzt weiß ich wenigstens, was die Franzosen mit ihrer Redensart meinen: Cherchez les Femms. Den alten Koffer hier habe ich schon zu allen möglichen seltsamen Orten mitgeschleift, aber ich muß sagen, ich glaube, das hier ist der merkwürdigste.»

Waverton brummte: «Auf jeden Fall besser, als in der Dunkelheit auf Straßen umherzukriechen, die nachher gar nicht mehr da sind. Es ist wenigstens sicher, hat ein Dach und ein Feuer.»

«Nichts ist sicher», sagte Penderel und hob zwei Koffer herunter.

Er lief zur Tür zurück und scheute sich nicht, Morgan anzurempeln, der die ganze Zeit davor gestanden hatte. Wenn es dem Mann nicht gefiel, dann konnte er's bleiben lassen. Das einzige, was er übrigens konnte – alles bleiben lassen. Ein Gorilla wäre entgegenkommender und hilfreicher gewesen. Der Bursche übertrieb seine Stummheit und seine Rolle als ungehobelter Riese.

In der Diele herrschte auf einmal große Geschäftigkeit, wie im Wartesaal eines Bahnhofs, dachte Penderel. Mrs. Waverton, die jetzt weniger achtunggebietend als sonst aussah (übrigens war sie ziemlich hübsch), zog ihren klatschnassen Hut und Mantel aus, stürzte sich auf einen der Koffer und führte vertraulich gezischte Unterhaltungen mit der schwerhörigen Miss Femm. Waverton war in Begleitung von Morgan hinausgegangen und fuhr das Auto um die Ecke in einen Schuppen oder in die Remise oder was es sonst war. Mr. Femm hatte sich auf knarrenden Sohlen verzogen, und Penderel versuchte, sich dem allgemeinen Getriebe anzuschließen. Aber nachdem er seinen schweren, triefenden Mantel ausgezogen und über seinen Koffer neben der Tür geworfen hatte, blieb nichts mehr für ihn zu tun übrig. Er zündete sich eine Zigarette an, setzte sich in die Nähe des Kaminfeuers und betrachtete träumerisch und die wohlige Wärme genießend seine ausgestreckten, vom Feuer langsam trocknenden Hosenbeine. Er war müde. Vorstellungsbilder und Eindrücke von seinen Freunden zogen an seinem inneren Auge vorüber wie Geisterschiffe: Mrs. Waverton, eine jener fahlen, klaren und schrecklich gebildeten Frauen, die alles und doch wußten und nie in die Wirklichkeit der Dinge eindrangen; Philip Waverton, schüchtern und kühlen Verstandes, aber auch echter Gefühle fähig, zu ängstlich, zu sehr verheiratet, zu sehr der Musterbürger. Dann die Femms hier: der klappernde Knochenmann und seine dicke und irgendwie ordinäre Schwester mit ihrem rächenden Gott und der zungenlose Fleischklumpen Morgan. Dann noch ein dritter, im Bett irgendwo im oberen Stock. Wie hieß er gleich – Sir Roderick, richtig. Der alte Sir Roderick, Herr des Hauses, für immer in die dumpfe Stille des Krankenzimmers verbannt. Ob er je Anweisungen an seine Geschwister oder den Diener gab? Vielleicht überbrachte Rebecca seine Befehle – wie stand es gleich in der Bibel? – auf Steintafeln geschrieben.

Im nächsten Augenblick hätte Penderel laut aufstöhnen können. Das alte Schmerzgefühl meldete sich plötzlich wieder. Es kam wie üblich ohne Vorwarnung. Eine graue Welle, die alle Farbe und Gegenständlichkeit der Dinge mit ihrer dunklen Gewalt auslöschte, spülte durch sein Hirn und ließ sein Inneres hohl und schwach und widerstandslos zurück. Er saß schwankend und halb ohnmächtig in seinem Sessel. Und wieder der grausame Schlag: etwas blieb, ein Funke der Wahrnehmung, der ihm erlaubte, die Lichter in verschwommener Ferne zu sehen und den stechenden Schmerz zu fühlen, so daß er mit dünner, gequälter Stimme in den grauen Nebel hätte schreien mögen. Dies war es, was zählte, weil es das Schrecklichste war. Verglichen mit einem solchen Anfall waren dunkle Nächte, Stürme, Überschwemmungen und krachende Bergwände erträgliche Unannehmlichkeiten. Oft hatte er sich schon gesagt, daß es nicht der Schreck oder die Verzweiflung waren, die manche Männer in den Selbstmord trieben, sondern diese immer wiederkehrende Depression, die den letzten Lebensmut raubte und einem der grauen Verzweiflung auslieferte. Wenn man eine Kugel in den Leib bekam, so konnte man sich an nichts mehr erinnern. Die Sache war erledigt. Es gab keine Reue, kein Versäumnis und keine Trauer. Das Leben konnte einen Mann dann um alles betrügen, es spielte keine Rolle mehr. Wenigstens hatte er die letzte Runde gewonnen.

Nachdem Penderel seine Krankheit auf diese Weise beschworen hatte, fühlte er sich besser, riß sich aus seiner Träumerei und sah sich nach Ablenkung in seiner nächsten Umgebung um. Er fand sie in der Person Mr. Femms, der mit einem kleinen Tablett in der Hand auf ihn zukam. Auf dem Tablett stand eine Flasche, und Penderel hätte am liebsten laut applaudiert.

«Nun, Mr. ... äh ...?» sagte Mr. Femm und stellte das Tablett zögernd hin.

«Penderel», antwortete Penderel prompt und schielte nach der Flasche.

«Natürlich, Mr. Penderel», meinte Mr. Femm lächelnd. «Hätten Sie Lust, einen Schnaps mit mir zu trinken?»

«Große Lust, Mr. Femm. Mit Vergnügen.» Sie genossen die Aussicht auf ihren Schnaps wie zwei alte Klubfreunde.

Mr. Femm machte sich an der Flasche zu schaffen. «Es ist kein Whisky, den alle jungen Männer heutzutage so gerne trinken, wenn ich richtig unterrichtet bin. Es ist Gin, und ich ziehe ihn allen anderen Schnäpsen vor, mit Ausnahme vielleicht von ganz altem Kognak. Wenn man ein bißchen Zitrone, etwas Zucker und einen Schuß heißes Wasser dazu tut, schmeckt er ausgezeichnet und, nicht zu vergessen, Gin ist der reinste Schnaps.»

«Ich vergesse es nicht», antwortete Penderel fröhlich. «Ich bin immer für Gin zu haben und trinke ihn mit großem Genuß. Ich habe ihn im Krieg bei der Marine oft getrunken. Die Marine, zum mindesten die Offiziere, sind ungeheuer scharf auf Gin. Früher war Rum das traditionelle Marinegetränk, aber dann ging's auf Gin los. Da saßen dann die forschen Seehelden die ganze Nacht in der Messe, unterhielten sich über Turbinen und Torpedos, die Küste der Mandschurei und wunderschöne, blauäugige Mädchen und tranken Gin in erstaunlichen Mengen und mit Gusto.» Er sah dem anderen zu, wie er die Gläser vollgoß, nahm Zitrone und Zucker, lehnte Wasser ab und sagte mit erhobenem Glas: «Auf was sollen wir trinken?»

Mr. Femm sah gedankenvoll, beinahe philosophisch ins Leere, und ein leichter Anflug von Gastlichkeit lag auf seinen zerknitterten Zügen. «Mr. Penderel, Sie werden meinen Vorschlag vielleicht nicht verstehen, da Sie jung sind – trinken wir auf die Illusion!» Und er hob sein Glas.

«Paßt mir großartig. Auf die Illusion!» Es verschlug ihm ein bißchen den Atem, denn das Zeug war ungewöhnlich stark, aber es schmeckte doch wundervoll. Noch ein paar solcher Schnäpse, und die Illusion konnte eine sehr wichtige Sache werden. «Denken Sie nicht, daß ich zu jung sei, um den Wert der Illusion zu schätzen. Ich bin im Gegenteil gerade im richtigen Alter dazu. Ich wurde zu spät oder zu früh geboren, um mich um die häßliche Wahrheit herumzudrücken, und habe immer gegen den Stachel gelöckt, seitdem ich die Schulbank verlassen habe.»

Mr. Femm lächelte sauersüß. Er wollte sagen, daß das gerade eine Illusion der Jugend sei. Penderel erwartete diese Bemerkung, er hatte sie schon oft gehört. Aber zu seiner Überraschung sagte Mr. Femm überhaupt nichts. Er starrte nur vor sich hin, als das Lächeln von seinem Gesicht verschwunden war, und nahm einen kleinen Schluck aus seinem Glas. Im nächsten Augenblick schienen seine Augen etwas Schreckliches in der Ferne zu erblicken. Sein Gesicht zuckte, und er horchte in die Nacht. «Fürchterliche Nacht», murmelte er endlich. «Das Unwetter scheint noch schlimmer zu werden.»

«Das kann man wohl sagen ...», pflichtete Penderel bei. «Aber offenbar ist das Haus nicht in Gefahr. Miss Femm und Ihr Diener scheinen darüber keinen Zweifel zu haben.»

«Das schon, aber wir können von der Außenwelt vollkommen abgeschnitten werden.» Er schien mehr zu sich selbst als zu Penderel zu sprechen.

«Wäre natürlich möglich. Für Sie eine große Unannehmlichkeit.» Penderel versuchte, höflich und mitfühlend auszusehen, obgleich es ihm völlig gleichgültig war, ob er hier eingeschlossen war oder nicht. Er fühlte sich so wohl wie irgendwo anders. Er hatte kein Heim, wo er hingehen konnte oder auch wollte. Mein Gott, was für ein Zynismus, sich so etwas mit neunundzwanzig Jahren einzugestehen! «Ich meine», fuhr er fort, «es wäre eine große Unannehmlichkeit für Sie, uns die ganze Zeit im Haus zu haben, sozusagen belagert.»

Mr. Femm sah ihn an, und auf seinem Gesicht stand Entsetzen geschrieben. Diesmal gab es keinen Zweifel. Er steigerte sich in eine Art von Wut, wie das Leute, die sich fürchten, manchmal tun. «Aber da hinauslaufen», und dabei deutete er mit zitternder Hand auf die noch immer offene Tür, «in die Dunkelheit, in die Regengüsse und Steinlawinen, alles kalt und schwarz und trostlos. Und nirgendwohin können, kein Weg für die Flucht!» Dabei rang er seine knochigen Hände.

Penderel starrte ihn an. «Natürlich wäre es schlimm, wenn man fliehen müßte. Aber man braucht ja nicht, nicht wahr? Und selbst wenn wir gehen müssen, Sie haben es nicht nötig. Sie können ruhig hierbleiben.»

Und während er dies sagte, sah er Mr. Femm in die Augen. Mr. Femm hielt den Blick eine Sekunde lang aus und ließ seine Augen dann unstet im Raum umherwandern. Offenbar versuchte er, sich zusammenzunehmen. Schließlich lehnte er sich vor und sagte leise: «Wie Sie wahrscheinlich bemerkt haben, macht mich der Gedanke nervös, in diesem Haus eingeschlossen zu werden. Um die Wahrheit zu sagen, dieser

Morgan, ein alter Diener meines Bruders, ist ein primitiver Bursche. Ein Quartalssäufer zu allem noch – so eine Nacht wie diese wäre die richtige Gelegenheit für ihn, zur Flasche zu greifen. Und wenn er betrunken ist, wird er sehr gefährlich. Er hat Bärenkräfte und kann jede Tür mit Leichtigkeit einschlagen. Sie können sich also denken, daß ich mich fürchte, mit so einem Wilden zusammen hierbleiben zu müssen.»

Penderel nickte verständnisvoll. «Wir dürfen ihn nicht an den Schnaps heranlassen. Ich kann mir vorstellen, daß mit dem nicht zu spassen ist, wenn er betrunken ist.» Aber er hatte Mr. Femm genau beobachtet, während dieser ihm seine Befürchtungen schilderte. Das mit Morgan mochte alles stimmen, denn der Kerl war offensichtlich ein Halbwilder. Und trotzdem war Penderel überzeugt, daß Mr. Femm log. Es konnte nicht der Gedanke an Morgan sein, was ihn so sehr erschreckte. Es mußte etwas anderes sein; ein viel beängstigenderes Bild hatte ihm vorgeschwebt, als er sich so plötzlich und unverständlich gegen den Gedanken wehrte, in dem Haus eingeschlossen zu werden. Vielleicht gab es unter diesem Dach etwas Schlimmeres als einen betrunkenen, halbverrückten, türeinschlagenden Morgan. Aber vielleicht waren es auch reine Halluzinationen im Hirn von Mr. Femm. Die ganze Familie in ihrem einsamen Bergnest schien nicht ganz normal zu sein. Und Penderel betrachtete sein Gegenüber, als ob es ein Wesen aus einem unbekannten Erdteil wäre.

Die Haustür hinter ihnen wurde geschlossen. Morgan schob den schweren Riegel vor, und Waverton legte seinen Mantel ab und trat heran. «So, den Wagen habe ich untergebracht», sagte er zu Penderel. «Gerade um die Ecke, in einer Art offenem Schuppen. Scheint dort sicher zu sein.» Dann blickte er um sich. «Wo ist meine Frau?» Penderel deutete mit dem Daumen nach der Tür rechts hinten.

«Sie zieht sich um, glaube ich.» Mr. Femm, immer noch etwas zitterig, erhob sich und machte eine Handbewegung auf

Flasche und Gläser. «Ein Glas Gin, Waverton?» fragte Penderel. «Er ist verdammt gut.»

Waverton schüttelte lächelnd den Kopf. «Nein, danke. Ich mag das Zeug nicht. Sie trinken ihn, Penderel, und dazu noch unverdünnt? Er wird Sie bald melancholisch machen.»

«Stimmt, Gin macht traurig», gab Penderel zu. «Aber längst nicht so traurig wie kein Gin.» Mr. Femm goß die Gläser wieder voll. Seine Hand zitterte dabei, und er machte denselben flakkernden Eindruck wie das elektrische Licht, das immer schlechter wurde. Diese Lampen waren schlimmer als Dunkelheit. Sie erinnerten irgendwie an einen tanzenden Medizinmann in Zylinder und Frack. Penderel sah, wie Waverton, der jetzt nicht mehr mit Gängen und Bremsen zu hantieren hatte und wie ein gewöhnliches menschliches Wesen aussah, neugierig um sich blickte und dann und wann verstohlen Mr. Femm musterte. Dem fällt also auch etwas auf, dachte Penderel und fühlte plötzlich eine Welle von Mitleid für Waverton in sich aufsteigen. Er hatte das Gefühl, daß Waverton nicht hierher paßte. Waverton war nicht wie er, ohne Bindungen, beinahe frei wie ein Ausgestoßener und nackt, sondern ein Mann mit Familienbanden und Pflichten. Er hatte zum Beispiel eine Frau, die irgendwo im Haus ihre Kleider wechselte. Komisch waren die Frauen, immer entweder nicht ganz menschlich oder zu menschlich. Sie war mit dem dicken, tauben Schwester-Monstrum verschwunden. Hatte eigentlich etwas Rührendes an sich, dieses plötzliche Verschwinden und Sich-Umziehen. In einer Minute würde sie angetrippelt kommen, wie aus dem Ei gepellt und lächelnd, als ob man vielleicht auf einer Geburtstagsgesellschaft wäre. Penderel hätte Waverton gern die Hand geschüttelt, aber er bezwang sich und streckte sein Hand statt dessen nach dem Glas aus. Aber über Mr. Femm mußte er noch mit Waverton sprechen.

III

Margaret war schon beim Anblick ihres Koffers erleichtert. Fünf Minuten allein mit ihm, und sie würde sich wieder wohl fühlen. Trockene Kleider und ein paarmal mit dem Kamm durchs Haar gefahren, das genügte schon. Die letzten zehn Minuten waren schrecklich gewesen. Ihre Sachen klebten förmlich um Schultern und Knie; der Regen und die stürmische Nacht hatten sie so außer Fassung gebracht, daß sie sich nicht vorstellen konnte, ob sie überhaupt noch das Aussehen eines menschlichen Wesens hatte. Viel eher das eines lumpigen Geistes. Und dann noch dieses Haus und diese Leute! Sie waren beinahe schlimmer als die gefährliche Dunkelheit draußen. In einer solchen Lage waren andere Leute am schwersten zu ertragen. Als dieses komische Geschöpf, Miss Femm, ihren Bruder angeschrieen hatte, hatte Margaret sich sehr zusammengenommen, nicht auch aufzuschreien, Philip am Arm zu packen, ihn zur Tür zu ziehen und wieder zum Wagen hinauszulaufen. War natürlich sinnlos. Aber Sturm, Nässe und Kälte hatten sie schwach gemacht. Wenn sie ihr Äußeres erst wieder in Ordnung gebracht haben und sich gemütlich fühlen würde, konnte sie allem mit Ruhe entgegensehen. Also, jetzt erst mal etwas Trockenes anziehen!

Sie hob ihren Koffer auf und ging zu Miss Femm hinüber. «Ich bin ganz durchnäßt», sagte sie und setzte ihr liebenswürdigstes Lächeln auf. «Kann ich mich irgendwo umziehen?»

«Was?» kreischte die Frau sie an. Natürlich, sie war ja taub. Wie lästig und peinlich taube Leute doch waren, gar nicht menschlich. Margaret wiederholte ihre Bitte mit lauter Stimme, aber ohne Lächeln diesmal. Sie kam sich wie ein kleines Mädchen vor.

Miss Femm nickte. «Sie sehen ganz naß aus. Gehen Sie nur, und ziehen Sie sich um.»

«Haben Sie vielleicht ein Badezimmer?» schrie Margaret zurück. Wie dumm sich das anhörte! «Würden Sie mir bitte zeigen, wo es hingeht?»

«Sie müssen in mein Schlafzimmer gehen. Etwas anderes haben wir nicht.» Es klang keine Entschuldigung durch. Miss Femm schien sich über das Fehlen eines Badezimmers ordentlich zu freuen. «Wir haben kein Bad mehr, es ist alles zusammengefallen. Die Tür geht nicht mehr auf. Es ist alles kaputt im Haus. Sie müssen eben so vorliebnehmen.» In ihrem teigigen Gesicht waren nur die stechenden kleinen Augen lebendig. Sie ließ sie von oben nach unten über Margaret wandern wie zwei böse kleine Emigranten über ein verhaßtes, fremdes Land.

«Oh, ich verstehe gut. Ich bin Ihnen sehr dankbar, daß Sie uns aufgenommen haben.»

Margaret machte eine Bewegung, die andeutete, daß sie es satt hatte, mit dem Koffer in der Hand noch weiter in der Diele herumzustehen.

«Kommen Sie», sagte Miss Femm, drehte sich um und wackelte davon. Margaret folgte ihr und nahm an, daß sie auf die Treppe zugehen würde. Aber sie steuerte auf eine Tür zur linken Hand zu. Sie öffnete und ging auf einem Gang weiter, der sehr schwach beleuchtet war und einen Steinfußboden ohne Läufer hatte. Margaret fröstelte wie in einem Keller. Links befand sich ein großes Fenster ohne Vorhänge. Der Regen schlug rauschend dagegen, und als Margaret daran vorbeiging, warf sie einen Blick in die tosende, brüllende Finsternis dahinter. Offenbar war dies die Rückwand des Hauses. Als sie etwas weitergegangen waren, kamen sie zu einer Tür, die sich auf derselben Seite wie das Fenster befand. Miss Femm blieb stehen, die Hand auf der Klinke. Margaret fürchtete, daß, wenn man diese Tür öffnete, Regen und Sturm und die Schwärze der Nacht hereinlassen würde. Aber das war ja alles Unsinn, sie mußte sich zusammennehmen. Wahrscheinlich schloß sich hier ein Seitenflügel an, das war alles.

«Sie kamen ganz von allein, nicht wahr?» kreischte Miss Femm, immer noch an der Tür. «Sie hielten es immer noch für besser als da draußen, nicht? Na, Sie müssen sich damit abfinden, daß wir hier langsam verrotten. Es gab einmal eine Zeit, da wären Sie stolz gewesen, bei uns eingeladen zu werden. Damals hätten Sie meinen Bruder, Sir Roderick, für einen großen Mann gehalten, was er in gewissem Sinne auch war. Wenn auch nicht in Gottes Sinn. Keiner war das. Jetzt verfaulen sie alle, zerfallen und ersticken im Staub, wie dieses Haus hier. Wir haben mit dem Leben abgeschlossen oder mit dem, was man so Leben nennt.» Ihre Stimme klang wieder wie ein Schrei.

Was sollte man darauf sagen? Margaret versuchte nicht, eine Antwort zu finden. Bei einem anderen Gesprächspartner hätte man eine besänftigende, nichtssagende Bemerkung machen können, aber so etwas konnte man nicht hinausschreien. Offensichtlich war die Frau ein bißchen verrückt, von einer religiös-mystischen Verrücktheit, die sie sehr wohl in diesem Haus hatte befallen können, wenn sie ihr ganzes Leben lang hier verbracht hatte. Und schließlich hatte Margaret keinen Grund, sich zu beunruhigen. Es waren eben die üblichen Entschuldigungen (ich fürchte, unser Haushalt ist heute etwas durcheinander, Mrs. Waverton) in einer etwas ungewöhnlichen Form. Sie erwiderte also nichts und nickte freundlich. In dieser Lage war selbst das Gewicht des Koffers beruhigend, den sie trug.

Miss Femm öffnete die Tür. «Ich habe kein elektrisches Licht, ich mag's nicht. Warten Sie bitte, bis ich die Kerzen angezündet habe.» Sie ging hinein, und Margaret wartete im Türeingang. Das Zimmer war nicht ganz dunkel, eine schwach schimmernde Glut verbreitete sich vom Kamin her. Gott sei Dank! Das war mehr, als sie erwartet hatte. Margaret faßte wieder Mut. Es würde noch ganz gemütlich werden. Zwei Kerzen brannten jetzt, die eine auf einem ziemlich hohen

Kaminsims und die andere auf einem kleinen Frisiertisch. «Treten Sie ein», rief Miss Femm, «und schließen Sie die Tür.»

Das Zimmer war nicht sehr groß, aber mit schweren Möbeln überall vollgestellt. Die Fenster waren dicht verschlossen und die Läden vorgelegt. Man konnte sich nicht vorstellen, daß hier je ein frischer Luftzug hereingelassen wurde. Es roch muffig und nach verbrauchter Luft, als ob alles in schmutzig alte Decken gewickelt wäre. Links stand ein großes Bett, auf dem bis zum Ersticken Kissen aufgetürmt waren; daneben ein riesiger Kleiderschrank, der jeden Augenblick nach vorn zu fallen drohte. Ein Feuer aus Holzscheiten schwelte hinter einem kleinen eisernen Kamingitter. Auf der anderen Seite des Kamins stand eine schwere Kommode, deren Schubladen von gefalteter Bettwäsche und Flanellunterkleidung und Mottenkugeln zu bersten schienen; dann ein kleiner Frisiertisch mit einem winzigen, zersprungenen Spiegel und eine alte Waschtoilette. An den Wänden hingen altmodische Öldrucke und Stahlstiche mit religiösen Motiven, Erlöser mit flaumigen Bärten und Ringellöckchen, und Texte über den Fürsten der Liebe und das Blut des Lammes und ähnliches. Nachdem Margaret sich einmal umgeblickt hatte, vermied sie, die Wände nochmals anzusehen. Nächste Woche oder vielleicht schon morgen würden ihr diese Wände bloß komisch vorkommen und das ganze Zimmer als ein geschmackloser Witz in Erinnerung bleiben. Aber jetzt, in diesem Augenblick, machte es einen schrecklichen Eindruck auf sie. Es war hoffnungslos altmodisch und muffig.

In der Nähe des Kamins stand ein Stuhl, von dem Margaret sofort Besitz ergriff. Auf einmal war ihr schlecht. Miss Femm, dick und plump, stand auf der anderen Seite des Kamins und beobachtete sie. Warum ging sie nicht? Margaret zog den Koffer zu sich heran und fing an, ihn aufzuschnallen. «Vielen Dank», sagte sie und sah auf, «ich kann mir nun allein weiterhelfen.» Es war eine Erleichterung wieder die eigenen Sachen vor sich zu sehen, wie sie in dem geöffneten Koffer lagen, so fühlbar, wo vertraut.

Plötzlich unterbrach Miss Femm die Stille. «Ich wohne hier unten», kreischte sie, «weil es weniger Mühe macht und ruhig ist. Früher gehörte dieses Zimmer meiner Schwester Rachel, nachdem sie ihr Rückgrat verletzt hatte. Sie ist hier gestorben. Damals war ich sehr jung, aber sie war noch jünger, erst zweiundzwanzig, als sie starb. Das war im Jahr 93, ehe Sie geboren waren, nicht wahr?»

Margaret nickte und schleuderte einen Schuh weg. Hoffentlich fing ihre Gastgeberin jetzt nicht mit Erinnerungen an. Sie wollte sich umziehen und wieder in die Diele zurückgehen. Allein der Gedanke an die Diele, mit Philip und den anderen, war beruhigend.

«Rachel war ein hübsches Mädchen, ein Wildfang, immer lustig und ein Lied auf den Lippen, wenn sie in die Berge ritt. Sie war der Liebling der Familie. Mein Vater und Roderick liebten und verwöhnten sie sehr. Und alle jungen Männer, die in unser Haus kamen, liefen ihr nach. Es war immer Rachel, Rachel mit ihren großen, braunen Augen, ihren roten Wangen und ihrem schneeweißen Hals. Schließlich lernte sie einen jungen Mann kennen, der ihr gefiel. Aber eines Tages ritt sie aus, stürzte, und man brachte sie schwerverletzt zurück. Sechs Monate lag sie in diesem Bett, und ich habe manche Stunde neben ihr gesessen und ihre Schmerzensschreie gehört. Ich saß neben dem Bett, und sie bat mich weinend, sie zu töten und von ihren Schmerzen zu erlösen. Aber ich verwies sie auf Jesus, doch ohne Erfolg. Bis zu ihrem Ende wollte sie nichts von ihm wissen. Sie war gottlos bis zum Schluß.»

Margaret hatte jetzt beide Schuhe ausgezogen und wartete ungeduldig darauf, daß die Frau sie endlich allein ließ. Sie wollte nicht zuhören, aber es gab kein Entrinnen von dieser kreischenden, hohen Stimme und der Erinnerung an die längst verstorbene Rachel, die unauflöslich im Herzen der Schwester ruhte, wie die Erinnerung eines bösen Traumes. Plötzlich hielt sie es nicht mehr aus. Sie mußte sich beeilen, beeilen! Sie stand auf, drehte ihrer gesprächigen Gastgeberin mit Absicht den Rücken zu und begann, ihre Sachen aus dem Koffer zu nehmen.

Aber das machte keinen Eindruck auf Miss Femm. Sie rührte sich nicht. Sie redete weiter, und zwar mehr zu sich selbst, wie es Margaret schien. «Die anderen waren schon schlimm genug, ehe Rachel den Unfall hatte. Aber nach ihrem Tod wurden sie noch schlimmer. Den ganzen Tag fluchten sie und verspotteten Gott. Aber sie waren alle selbst verflucht, gebrandmarkt, einer wie der andere. Ich sehe das heute ganz klar. Es war Gottes Hand. Und es ist noch längst nicht vorüber. Einmal wird er Seinen Großen Plan dem geringsten Seiner Diener enthüllen. Er ist draußen heute nacht, in diesem Augenblick.»

Es war entsetzlich. Voller Verzweiflung setzte Margaret sich wieder hin und begann, ihre Strümpfe auszuziehen. Sie merkte, daß die Augen der Frau jetzt auf ihr ruhten. Sie fühlte ihren dunklen Blick.

Miss Femm wurde jetzt etwas ruhiger, nachdem ihr Interesse sich auf Margaret konzentrierte. «Sie sind verheiratet, nicht wahr?» Margaret griff nach einem Handtuch, um sich die Füße zu trocknen. «Ja, mein Mann ist in der Diele draußen.» Philip verwandelte sich sofort in etwas viel Gewichtigeres, etwas von dem Rang eines großen Habensaldos auf einem Bankkonto, wenn sie ihn mit mein Mann titulierte. Er hatte nichts mehr mit dem rein privaten, erregenden Abenteuer zu tun, das sie Philip nannte.

«Welcher ist es?» fragte Miss Femm. «Der stille Dunkle oder der andere?»

«Der stille Dunkle.» Margaret rieb sich kräftig die Beine und war plötzlich stolz auf Philip, daß er ein stiller Dunkler war.

«Der andere ist ein gottloser Bursche. Das habe ich gleich gesehen. Mir entgeht selten etwas. Er hat wilde Augen, er ist ein Kind Satans. Ich habe zu viele von dieser Sorte hier gesehen, mit ihrem Gelächter, ihren Trinkgelagen, Liedern und ihren lüsternen schönen Frauen, um nicht auf den ersten Blick Bescheid zu wissen. Er wird einmal ein rasches, böses Ende nehmen. Hätte ich es vorher gewußt, so hätte er keinen Fuß in dieses Haus gesetzt.» Miss Femm schrie wieder und trat in ihrer Erregung ein paar Schritte vor. Aber eines war klar: sie hatte nicht die Absicht, das Zimmer zu verlassen. Margaret zögerte also nicht mehr, sich eilig umzuziehen. Die Luft in dem Zimmer war schrecklich niederdrückend. Man schien schmutzige alte Wolle einzuatmen. Während sie trockene Strümpfe anzog, ärgerte sie sich, daß ihre Hände dabei zitterten.

«Jawohl, die haben sogar ihre Weiber hierher gebracht.» Miss Femms Stimme hatte einen Klang von Haß. «Die Sünde drang in unser Haus ein. Und niemand nahm von mir Notiz, höchstens, um mich auszulachen. Selbst die Weiber, unverschämte, herumlungernde Dirnen in Seide und Parfüm, haben mich ausgelacht. Aber das ist lange her, und ich wette, heute lachen sie nicht mehr. Man hört kein Gelächter mehr in diesem Haus. Wenn ich damals dazukam – zu meinem eigenen Vater und meinen Brüdern –, haben sie mich weggeschickt und mir geraten, zu beten. Rachel haben sie nie gesagt, sie solle gehen und beten. Und ich bin gegangen und habe gebetet. O ja, gebetet habe ich.»

Was für ein armes, verrücktes Gerede! Margaret schien aber diese Gebete zu hören mit ihrem furchtbaren Inhalt. Sie stand jetzt auf und sah, ehe sie sich das Kleid auszog, vom Kerzenlicht auf dem Kaminsims hell beleuchtet, das geschwollene, schwammige Gesicht Miss Femms. Die ganze Gestalt der Frau sah tot aus, vergangen und verblüht. Nur die Stimme und die beerenschwarzen Augen zeigten Leben, Leben, das noch kreischen und voll Haß blitzen würde, wenn alles andere längst verfault war. Was für ein Blödsinn: Die arme alte Frau fing an, sie anzustecken. Sie mußte sich zusammennehmen, sagte sie sich und wandte sich erleichtert der Wirklichkeit zu, indem sie ihr Kleid auszog.

Nach dem letzten Ausbruch schlug Miss Femms Stimmung um. «Ich habe mich von aller irdischen Liebe ferngehalten, die nur Eitelkeit und Fleischeslust ist. Auch Sie werden das eines Tages einsehen, aber dann kann es zu spät sein, sich ganz dem Allmächtigen hinzugeben, wie ich es getan habe. Heute sind Sie jung und hübsch und dumm. Wahrscheinlich haben Sie in Ihrem hübschen Köpfchen keine anderen Gedanken als Ihre langen, gutgeformten Beine und weißen Schultern, und welche seidene Unterwäsche Sie anziehen sollen, um Ihrem Mann zu gefallen. Sie schwelgen in den Freuden der fleischlichen Liebe, nicht?»

Margaret war froh, daß sie gerade dabei war, sich die Schultern mit dem Handtuch trockenzureiben. Denn dieses Geschwätz verstärkte ihren Wunsch, zu reiben und zu reiben, bis jedes Wort weggewischt war. Sie beschäftigte sich mit sich selbst und gab keine Antwort.

Miss Femm schien das gleichgültig zu sein. Sie starrte sie an und fragte dann: «Haben Sie ihm ein Kind geschenkt?»

Darauf konnte sie wenigstens antworten. «Ja, wir haben ein Kind», erwiderte Margaret. «Ein Mädchen, vier Jahre alt. Es heißt Betty.» Komisch, jetzt an Betty zu denken. Sie sah sie im Kinderzimmer schlafend im Bettchen liegen, weit weg, nicht nur in Hampstead, sondern in einer anderen Welt. Aber andererseits war Betty durchaus nicht in einer anderen Welt – das war das Schreckliche –, sondern in genau derselben, in der diese Miss Femm sich befand und mit ihrer einstmals todkranken Schwester Rachel gelebt hatte. Sie zitterte und wollte sofort zu ihrer kleinen Tochter eilen.

«Betty?» sagte Miss Femm. «Ich habe mal eine Betty gekannt.»

Ich will nichts hören, ich will nichts hören, sagte sich Margaret immer wieder, und es gelang ihr, das folgende Gerede einfach zu übergehen, während sie sich mit Hingabe dem blauen Kleid widmete, das sie aus dem Koffer gezogen hatte. Es war sehr hübsch, beinahe noch neu – Philip und Muriel Ainsley hatten es beide bewundert – und konnte den Abend vielleicht noch retten, konnte noch alles sauber und angenehm gestalten. Mit Entzücken in den Augen faltete sie es auseinander.

Als sie wieder aufsah, bemerkte sie mit Erstaunen, daß Miss Femm jetzt viel näher bei ihr stand als vorher. Die Augen in ihrem fetten, grauen, geschwollenen Gesicht waren auf Margaret gerichtet. Margaret fröstelte und fühlte sich nackt unter den unbarmherzigen Blicken. Miss Femm kam noch näher, streckte eine Hand aus und befühlte das Kleid. «Guter Stoff, aber er wird vergehen. Und da ist ein noch besserer Stoff, aber er wird mit der Zeit auch vergehen.»

«Was ist ein besserer Stoff?» fragte Margaret und schaute an ihrem Kleid hinunter.

«Das da.» Und die Hand, die eben noch das Kleid befühlt hatte, drückte sich plötzlich flach und kalt gegen ihr nacktes Fleisch, gerade über der rechten Brust.

Margaret sprang zurück, verblüfft und betäubt vor Schreck. Ein Schaudern kroch über ihre Haut von der krötenhaften Berührung. «Nicht!» rief sie und fürchtete, in Ohnmacht zu fallen. Das Zimmer schien auf einmal voll schlüpfriger Niedertracht zu sein. Dann stieg der Zorn in ihr hoch, und sie ließ jede Rücksicht fallen. «Wie können Sie es wagen!» schrie sie wütend und machte eine rasche Bewegung, als ob sie Miss Femm packen wollte. Und Miss Femm zog sich murmelnd ein paar Schritte zurück.

Es klopfte. Margaret zuckte zusammen, sah sich um und drehte sich dann zu Miss Femm, die immer noch vor sich hinmurmelte. «Es ist jemand an der Tür», schrie sie sie an, «schauen Sie nach, wer es ist.» Die andere warf ihr einen Blick zu, nahm die Kerze vom Kaminsims, ging langsam zur Tür, öffnete sie einen Spalt und spähte hinaus. Und im nächsten Augenblick fiel die Tür hinter ihr ins Schloß.

Das Zimmer wurde dunkler und schien größer, sobald Miss Femm hinausgegangen war. Aber das kam daher, daß nur noch eine Kerze brannte. Margarets Schatten tanzte und türmte sich riesenhoch um den Fuß des Bettes. Sie blickte weg, denn sie wollte dieses Bett nicht ansehen. Es sah geisterhaft aus; das ganze Zimmer schien von Verstorbenen und den Erinnerungen voll zu sein. Sie hatte Angst, wenn sie lange auf das Bett starren würde, eine dünne Knochenhand und die Augen dieser Rachel Femm zu sehen. Sie hatte die Bekanntschaft von Rebecca Femm gemacht, vielleicht mußte sie auch noch Rachel Femm kennenlernen. Aber nein, so war es ja nicht. Wenigstens waren die Dinge normal, wenn es auch die Menschen manchmal nicht waren. Man war selbst schuld, wenn man sich mit solchen verrückten Gedanken abgab. Sie würde einfach nicht hinsehen, sondern sich mit ihren realen, im Augenblick wichtigeren Alltagsdingen beschäftigen.

Aber sie konnte das Kleid noch nicht anziehen, denn sie fühlte sich schmutzig. Irgend etwas mußte sie tun, um die Berührung der fetten Hand auf ihrer Haut wegzuwaschen. Sie fühlte sie immer noch. In einem Krug auf der Waschtoilette war etwas Wasser. Sie starrte einen Augenblick mit Abscheu hinein und mußte sich zwingen, das Wasser zu benutzen. Dann tauchte sie ihr Handtuch hinein und rieb sich kräftig ab. Sie war immer noch sehr müde und zitterte ein wenig, aber das Abreiben tat ihr gut. Nachdem sie das Kleid angezogen hatte, setzte sie sich vor den kleinen zersprungenen Spiegel und kämmte hastig und sich noch immer schüttelnd das Haar. Ihr gewohntes Spiegelbild strömte Beruhigung aus. Die blauen Augen und der dem Spiegel entgegengehaltene Mund schienen ihr eine Botschaft zu übermitteln, daß sie immer noch Margaret Waverton war, daß Philip ein paar Meter entfernt auf sie wartete, der Wagen nur um die Ecke geparkt stand, und sie bloß in einem komischen alten Haus in den Waliser Bergen Unterschlupf gefunden hatten. Nach dieser Botschaft puderte sie sich ruhig die Nase. Dann packte sie alles, was sie ausgezogen hatte, in den Koffer und schnallte den Koffer zu. Ich behandle dich jetzt, sagte sie in Gedanken zu dem Haus, als ob du die Gepäckabgabe eines Bahnhofs wärest. Man kann dir nicht trauen, ein Paar teure Strümpfe zum Trocknen liegen und einen Koffer offen herumstehen zu lassen.

So, jetzt konnte sie gehen und dieses ekelhafte Zimmer auf

immer verlassen. (Woher wußte sie übrigens, ob sie das wirklich konnte? Wenn sie nun hierher zurückgebracht würde, um in dem großen Bett zu liegen und vor Schmerzen zu schreien wie Rachel Femm?) Sie nahm die Kerze, und dabei fiel ihr Auge auf den Text des Bildes darüber: Der Herr ist mein Hirte. Plötzlich sah sie eine große Herde von lauter Rebecca Femms. Wie sah wohl ihr Hirte aus? Und hinter all dem lagerte das beruhigende Wissen von Betty, in ihren Kissen vergraben, oder von Philip, an einem schönen Sommerabend seine Pfeife im Garten rauchend; aber es kam nicht in den Vordergrund, es war gleichsam erstickt von diesem schrecklichen Zimmer. Seine scheußliche Luft erstickte alles. Aber jetzt war Schluß! Sie würde es ihm zeigen, und wenn sie sich noch so schlecht dabei benahm. Sie stellte die Kerze zurück, zog die schweren Vorhänge vom Fenster zurück, zog das Rouleau hinauf und öffnete nach einem kurzen Kampf mit den Riegeln das Fenster.

Brüllend und donnernd und mit Regen vermischt wehte die Nacht herein, und im Nu war die Luft herrlich frisch. Sie blieb einen Augenblick an dem Fenster stehen, hob ihr Gesicht der Nacht entgegen, die ihr nun freundlich schien, und fühlte erstaunt, wie ihr ein paar Tränen die Wangen herunterliefen. Dann blies ein Windstoß die Kerze aus. Sie wandte sich um, griff nach ihrem Koffer und ging zur Tür. Als sie sie von außen schloß, konnte sie nichts mehr im Zimmer unterscheiden, aber sie hörte den Regen, der vom Sturm hereingeweht wurde und kleine klatschende Geräusche auf dem Fußboden machte.

Während sie den Gang zurückging, beschloß sie, Philip nichts von ihrem merkwürdigen Erlebnis zu erzählen. Später vielleicht, aber vorläufig noch nicht. Sie konnte es ihm erst sagen, wenn alles zwischen ihnen wieder in Ordnung und ihre Gedanken und Träume im Gleichklang waren. Es müßte eigentlich jetzt schon so sein, in diesem Augenblick, dann wäre alles anders in diesem Haus, wo man sich so einsam und verlassen vorkam. Hätte sie gewußt, daß ihr dies heute abend passieren würde – aber sie hatte es eben nicht gewußt. Sie dachte nie an solche Möglichkeiten. Aber Philip dachte daran. Darüber beklagte sie sich ja immer, daß er voll Zweifel und pessimistischer Vorahnungen war. Auf jeden Fall aber hätte er den Anfang zur Bereinigung ihres Zerwürfnisses machen müssen. Dann hätten sie Arm in Arm in dieses Haus gehen können, wie in ein prickelndes Abenteuer. Sie wollte früher am Abend etwas zu ihm sagen, aber sie hatte es nicht über sich gebracht, die höfliche Entfremdung von Monaten so plötzlich zu durchbrechen. (Hast du gut geschlafen? Ja, danke, und du?) Das konnte man nicht mit ein paar Worten in Sturm und Regen Philip am Steuer ins Ohr schreien. Und jetzt konnte sie auch nicht anfangen. Es wäre eine demütigende Kapitulation, wenn Philip sich noch so anstrengen würde, es nicht als Kapitulation aufzufassen. Nein, heute nacht mußte sie sich allein durchhelfen.

Aber wahrscheinlich hatte sie das Schlimmste überstanden, und die nächsten Stunden würden sich wieder vernünftig gestalten, statt die Nerven zu zerrütten. (Die Nerven trugen übrigens die meiste Schuld; und tage- und nächtelanger Regen, dazu Penderel! Er machte die einfachsten Dinge schwierig. Und dann seine Witze! Ungeschlacht und unfein – wenn das nicht auf die Nerven ging.) Am Schluß würde nur noch die blasse Erinnerung an das ekelhafte Zimmer übrigbleiben. Wenn nur eine andere Frau im Haus wäre (nicht dieses Monstrum), jemand ihrer eigenen Art, verständnisvoll in Wort und Blick, dann wäre alles leichter zu ertragen.

Jawohl, es würde alles gut werden, sagte sie sich und öffnete die Tür zur Diele. Die Männer saßen da und sahen ganz zufrieden aus. Auf dem Tisch stand so etwas wie ein Imbiß, und das änderte die Lage natürlich beträchtlich – selbst wenn dieses Weib das Abendbrot zusammengestellt hatte. Sie ging lächelnd zu ihnen hinüber. Ob sie bemerken würden, daß ihr etwas passiert war? Philip ja; er lächelte ihr entgegen, wenn auch ziemlich unbestimmt. Nachdem sie ihn jetzt wieder vor sich sah, schien das Zimmer, aus dem sie kam, kilometerweit entfernt zu liegen und überhaupt nicht mehr zu existieren. Sie stellte ihren Koffer ab und trat zu Philip. «Du wirst dich gewundert haben, wo ich so lange geblieben bin», sagte sie zu ihm.

«Nein, man sagte mir, du habest dich umgezogen.» Es klang erstaunlich unverbindlich.

«Hast du dir keine Gedanken gemacht, warum ich so lange weggeblieben bin?» fragte sie und hoffte, daß er sie nicht im Verdacht hatte, Komplimente hören zu wollen wie in ihren ersten Ehejahren.

Er schüttelte lächelnd den Kopf. «Ich habe dich nicht so bald zurückerwartet. Du bist sogar früher da, als ich dachte.»

Es war doch merkwürdig. Ihr kam es vor, als ob sie stundenlang weggewesen und in die Vergangenheit dieses unmöglichen Hauses eingesperrt worden war, während ihre Begleiter nur ein paar Zigaretten geraucht und ein bißchen Konversation gemacht hatten. «Mir scheint es, als ob ich eine Ewigkeit weggewesen wäre», antwortete sie kleinlaut. Es war nicht schön, dieser Unterschied der Meinungen. Man kam sich so einsam vor.

«Gut, daß Sie wieder da sind, Mrs. Waverton!» rief Penderel von der anderen Seite des Kamins. «Jetzt sieht die Sache wenigstens wie eine Party aus. Habe ich mir gleich gedacht. Außerdem gibt es Abendbrot, wenn es auch nicht höflich ist, davon zu reden.»

Eine seiner dummen Bemerkungen, aber diesmal war sie nicht irritiert und lächelte zu ihm hinüber. Aber er grinste nicht wie sonst zurück, sondern erwiderte ihr Lächeln mit einem ernsten, freundlichen Blick. Als ob er wußte, was sie erfahren hatte. War natürlich absurd. Und trotzdem lag etwas Rätselhaftes in seinem Blick.

«Das Abendbrot ist in ein paar Minuten fertig, Mrs. Waverton», sagte eine krächzende Stimme neben ihr. Es war der lange, knochige Mr. Femm. Sie hatte seine Existenz ganz vergessen, sah aber jetzt mit neuem und gruseligem Interesse zu ihm auf. «Ich fürchte, wir haben Ihnen wenig zu bieten», fuhr er fort, «aber bedenken Sie bitte, daß wir nicht mit Ihnen gerechnet haben. Wir führen ein sehr einfaches Leben hier.» Er ging auf Morgan zu, der mit einem Tablett herankam, und half ihm mit dem Geschirr. Auch Morgan hatte sie beinahe vergessen. Jetzt musterte sie neugierig sein bärtiges, mürrisches Gesicht und seinen riesenhaften Körper. Einen Augenblick hob er den unförmigen Kopf, seine Augen kreuzten ihren Blick, und so etwas wie Verstehen schien aus ihnen zu sprechen. Dann kam von hinten eine dritte Gestalt heran, um am Tisch zu hantieren. Es war Miss Femm.

Philip fragte sie, ob sie Hunger habe. «Ich könnte jetzt alles essen», fügte er hinzu. «Übrigens: Wir sind wahrscheinlich ganz abgeschnitten. Man sagte mir, daß wir möglicherweise nicht so bald aus dem Haus heraus können, selbst wenn wir wollten. Nicht, dass es etwas ändert, für ein paar Stunden, so eine Nacht. Und schließlich geht es uns hier nicht so schlecht, wenn wir auch wahrscheinlich nicht viel Schlaf kriegen.» Es war genau das, was sie immer hatte vermeiden wollen; aber irgendwie hatte sie's getan, ehe sie denken konnte. Sie hatte ihre Hand durch seinen Arm geschoben und drückte ihn fest an sich.

IV

Penderel stand von seinem Stuhl auf, und alle drei gruppierten sich um das Kaminfeuer und unterhielten sich leise. Margaret hatte Philips Arm losgelassen und kam sich jetzt ein bißchen dumm vor. Sie hatte mit einem halben Blick eben einen Laib Brot und ein großes Stück Käse entdeckt, eine solide Hausmannskost, die sie daran erinnerte, daß sie sich wie eine hysterische, übermüdete Frau benommen hatte.

«Ein Blödsinn», flüsterte Penderel, «wegen des Essens so geheimnisvoll zu tun. Warum sollen wir uns den Anschein geben, als ob es nicht dastände, bis unsere Gastgeber uns auffordern? Ich möchte in einem Land leben, wo alle Gäste um den Tisch herumsitzen und beim Auftragen jedes Ganges ihren Senf dazugeben dürfen. Also zum Beispiel: Was ist denn das? O ja, großartig! Das wird uns schmecken! Oder: Lassen Sie uns bloß mit diesem Kohl zufrieden. Den rühren wir sowieso nicht an. Was halten Sie davon?»

«Würde mir durchaus zusagen», antwortete Philip. «Aber ich weiß nicht, wie es den Gastgeberinnen behagen würde.»

«Gar nicht», sagte Margaret. «Es wäre scheußlich.» Der Blick, den Philip ihr soeben gegeben hatte, gefiel ihr sehr. Er war nicht mehr so gleichgültig. Es lag Zuneigung darin, eine Erinnerung an ihre alte Zweisamkeit. Sie lächelte ihn an.

Philip lächelte zurück. «Sie verstehen nichts von Gastgeberinnen, Penderel. Ich habe Sie im Verdacht, noch nie hinter die Kulissen gesehen zu haben.» Aber seine Gedanken waren bei Margaret. Sie war auf einmal anders. Sie taute auf. Wenn er bloß Zeit und Gelegenheit zu einer Aussprache hätte, zu einer ehrlichen Aussprache, bei der jeder seine Karten auf den Tisch legte. Vielleicht später. Das Haus und die Diele eigneten sich ganz gut dazu. Alles so fremd und abseits, so daß man nichts voreinander verbergen konnte, wie in der gewohnten Umgebung zu Hause.

Penderel zwang sich, weiterzusprechen, wenn er auch nichts zu sagen hatte. Er war selbst wie ein Gastgeber. Aber den beiden schien sein Gerede zu gefallen, weil es ihre augenblickliche Lage erleichterte. «Na, das stimmt nicht», rief er. «Ich habe Phantasie, und wir Jungens mit Phantasie schauen immer hinter die Kulissen. Wir haben Mitleid mit allen Gastgebern und Gastgeberinnen, müssen aber immer lächeln und uns höflich benehmen, wie sich Gäste eben benehmen müssen. Mit den Frauen ist es anders. Sie bringen kein Mitgefühl auf, nicht wahr, Mrs. Waverton, weil sie als Gäste zwar genau wissen, was los ist, sich aber nicht mit den Sorgen ihrer Gastgeber identifizieren, sondern über den Dingen stehen wie ein Richter.»

«Keine Rede, Mr. Penderel.» Sie antwortete ihm zwar scharf aber freundlich. Es war komisch, aber hier, in dieser Umgebung, gefiel er ihr viel besser als draussen in der Sturmnacht und in der Zivilisation. «Es sieht nur so aus. Es hat keinen Zweck, Sie können uns nicht täuschen. Sie verstehen uns Frauen nicht. Sie haben keine Ahnung von uns.»

«Da haben Sie recht», gab Penderel zu. «Ich verstehe die Frauen nicht. Ich mache auch gar kein Hehl daraus. Und noch etwas: ich mag die Männer nicht, die sie verstehen.»

«Ich auch nicht», sagte Philip, «Es ist komisch, aber Männer, die reizende Bücher über Frauen schreiben oder Vorlesungen über ihre Psychologie halten oder in ihren Romanen so tun, als ob sie sie in– und auswendig kennten, sind im praktischen Leben meistens grosse Quatschköpfe. Haben Sie das nicht auch schon bemerkt, Penderel?» Philip hatte diesen Satz schon oft gesagt. Wie oft, konnte er beinahe genau in Margarets Augen lesen, die ihn ernst und nachsichtig und dabei amüsiert anblickten. Aber er sprach mit Überzeugung. Der Gedanke an diese schmierigen Alleswisser trieb ihm das Blut in den Kopf.

«Oh doch», antwortete Penderel. «Eine unsympathische, hinterhältige Bande, die besser Lippenstifte verkaufen sollte. Weshalb die Frauen das nicht selbst sehen, ist mir unerfindlich. Aber statt dessen scheinen sie sie zu lieben».

«Da bist du wieder bei deinem Lieblingsthema», sagte Margaret spöttisch. Sie amüsierte sich über die beiden, wie sie unduldsam, selbstgerecht und echt männlich über Dinge urteilten, die sie nicht verstanden. «Ich glaube, hinter eurer feindseligen Haltung steckt nur Eifersucht. Ihr seid eifersüchtig, weil solche Männer auf uns wirken.» Natürlich stritten beide sofort ab, daß dies der Grund sei, aber sie ließen sie fortfahren. «Außerdem haben vernünftige Frauen ohnehin nicht viel für diese Sorte übrig. Wahrscheinlich mögen sie sie überhaupt nicht. Andererseits erregen sie natürlich unsere Neugierde und unser Interesse.»

«Verständlich», meinte Philip. «Es gibt zu viele Leute heutzutage, die auf alles mögliche neugierig sind. Wir sind alle neugierig. Wir sitzen im Hintergrund unseres Hirns und beobachten unsere Gefühle wie das Publikum im Theater, und zwischen den Akten gähnen wir, weil wir zu rasch gelangweilt sind. Aber so kann man nicht glücklich oder auch nur fröhlich sein. Dabei gebe ich ohne weiteres zu, daß ich nicht besser als die anderen bin. Wir sind alle gleich. Aber irgendwo muß man eine Grenze ziehen. Wenn irgend so eine dumme Gans von Frau sich als Spezialistin für Männerpsychologie gebärdete oder Bücher schriebe und Vorlesungen über Männer hielte, würde ich keine Minute vergeuden, das Geschreibsel zu lesen oder ihr Gerede anzuhören. Und die meisten Männer würden genauso handeln.»

«Jawohl, weil ihr alle viel zu eingebildet seid», fiel Margaret ein. Langsam fand sie Gefallen an dem Thema und hatte für den Augenblick sogar vergessen, wo sie waren. «Wir sind nur deswegen so begierig, die Meinung der Männer über uns zu hören, weil wir nicht eingebildet sind, wenn wir auch Gott sei Dank anfangen, unseren Minderwertigkeitskomplex zu verlieren. Ihr seid überzeugt, daß keine Frau euch etwas über euch selbst sagen könnte, was wert wäre, gesagt zu werden. Aber selbst wenn es eine Frau gäbe, die euch etwas Neues zu sagen hätte, würdet ihr ausweichen, damit eure Selbstzufriedenheit ja keinen Sprung bekäme.»

«Es ist etwas daran, was du sagst», meinte Philip und dachte gleichzeitig, ob das wohl selbstzufrieden geklungen hatte. War er eingebildet? Auf jeden Fall beteiligte sich Margaret sehr lebhaft an dem Gespräch, wie seit langem nicht.

Penderel blickte sich um. «Das soll wohl eine richtige Abendeinladung sein. In ein oder zwei Tagen werden wir sagen können: Letzthin, als wir bei den Femms zum Diner eingeladen waren – das gibt der ganzen Sache eine gewöhnliche gesellschaftliche Note.»

«Gott sei Dank», sagte Philip. «Ich bin für gewöhnliche gesellschaftliche Noten. Sie halten den Alltag zusammen und bewahren einen davor, überzuschnappen. Es gibt natürlich Leute, die am Morgen ungern aus ihren rosenroten Träumen erwachen, aber mir scheint, daß sie entweder ein schreckliches Leben haben oder verrückt sind. Ich bin immer froh, wenn ich aufwache und die Träume hinter mir lassen kann, denn meine Träume machen aus mir einen armen, bebenden Barbaren, der irgendwo in einer gefährlichen Landschaft wandert oder irgendwelche Dummheiten macht. Das reale Leben ist schon schlimm genug, aber es ist Gold im Vergleich zu dem Unsinn, den wir in unserem Unterbewußtsein zusammenträumen. Finden Sie nicht auch?»

«Ich bin nicht so sicher.» Penderel überlegte. «Ich glaube, ich gehöre zu der anderen Sorte. Ich fühle mich oft sehr wohl in meinen Träumen und wache gar nicht gerne auf. Möglich, daß ich dann in Ihre Träume hineinplumpse, wenn ich aufwache. Es sieht jedenfalls so aus, nach Ihrer Beschreibung. Hört sich wie ein sachlicher Bericht des Lebens an, wie es an manchen Tagen ist. Aber vielleicht ist alles vermengt: Ihre Träume sind mein Erwachen und umgekehrt.»

«Wie Alice in der 'Geschichte vom Spiegel', erinnern Sie sich?» sagte Margaret. «Man sagte ihr, sie sei nur ein Teil der königlichen Träume – war es der Rote König oder der Weiße? –, und dann fing sie an zu weinen. Ich weiß noch gut, wie sehr ich sie bedauert habe.»

«Ja, kann schon sein. Vielleicht hat dieser Mr. Femm uns nur geträumt.» Doch kaum war ihm das Wort entfahren, wollte Penderel es gern im Munde bewahren. Denn er hatte den Eindruck, als ob Mrs. Waverton erschrocken wäre, wie wenn sie sich plötzlich an etwas erinnerte, das sie in der Hitze des Gefechtes vergessen hatte. Was konnte es wohl sein? Daß sie hier waren? Oder hatte sie etwas erfahren, als sie mit dieser komischen Miss Femm weggegangen war? Vielleicht wußte sie, was er nicht wußte, nämlich den Grund für Mr. Femms Angst. Vielleicht schlummerte hinter ihrem schönen, offenen Gesicht die Kenntnis von etwas Furchtbarem, Geheimnisvollem.

«Scheint mir eher umgekehrt. Wir träumen die Femms», sagte Philip leise. «Vielleicht nicht Femm selbst, wenn er sich auch merkwürdig genug benimmt. Aber die beiden anderen. Das ist genau die Sorte Leute, von der ich träume, besonders der große stumme Kerl – wie heißt er? Morgan, richtig. Das ist der schlimmste.»

Margaret konnte sich nicht zurückhalten.

«Aber die andere, Phil, diese Miss Femm.»

Er beugte den Kopf zu ihr hin: «Was ist mit ihr?»

«Furchtbar.»

Philip warf ihr einen raschen Blick zu und tat dann entrüstet. «Na, das ist kein sonderlich freundliches Urteil über deine Gastgeberin.»

«Nein, im Ernst, Phil. Sie ist schrecklich. Ich kriege Zustände, wenn sie nur in meine Nähe kommt.»

Philip wurde jetzt ernst. «Warum, was hat sie getan?»

«Oh, eigentlich nichts. Darum handelt es sich nicht. Wie sie ist. Ich erzähle es dir später.» Margaret drehte sich um und fand Mr. Femm hinter ihr stehend. Das Abendbrot sei fertig, meldete er.

Die kälteste aller kalten Platten stand auf dem Tisch. Es gab den rosaroten Rest eines großen Stücks Roastbeef, kalte Kartoffeln, viel Brot, Butter und Käse. Miss Femm saß mit zusammengekniffenen Augen und dünnen Lippen schon an der linken Seite des Tisches. Philip und Margaret schlossen sich ihr an; Mr. Femm setzte sich seiner Schwester gegenüber, und Penderel nahm auf der anderen Seite, mit dem Rücken zur Haustür, Platz. Morgan lungerte mürrischer denn je hinter Miss Femm herum.

Philip musterte den Tisch und wunderte sich. Als er zuerst aus der Finsternis , dem Regen und vom Steuer seines Wagens weg hier hereingekommen war, waren seine Sinne noch benommen, und er war für die Wärme und den Unterschlupf zunächst nur dankbar gewesen.

Aber jetzt hatte er sich erholt und fing an, seine Umgebung mit kritischen Augen zu betrachten. Penderel fing seinen Blick auf und grinste. Der Abend war wohl ganz nach Penderels Geschmack, sagte er sich. Aber nicht nach seinem. Und er gestand sich plötzlich ein, daß er das Haus und seine Bewohner nicht mochte. Diese Leute waren zu lange von der Zivilisation abgeschnitten. Sie waren halb übergeschnappt, und ihr Haus roch förmlich nach ihrem gegenseitigen Mißtrauen und Ressentiments. Selbst Femm, der sich wenigstens noch benehmen konnte, war irgendwie unerquicklich. Schöne Gedanken für einen ungeladenen Gast, der sich anschickte, die letzten Vorräte dieser Leute aufzuessen.

«Sag mal, Philip», fragte Margaret, «warum flackern die Lampen hier eigentlich so sehr? Das geht mir auf die Nerven. Sieht alles so unwirklich aus.»

«Offenbar haben die Leute ihre eigene Lichtmaschine», antwortete er freundlich sachlich.» Und wahrscheinlich sind die Batterien oder die Drähte nicht in Ordnung. Nicht verwunderlich in einer solchen Nacht. Selbst bei einem guten Akkumulator. Du brauchst gar nicht erstaunt zu sein, wenn wir plötzlich im Dunkeln sitzen.»

Margaret nickte stumm. Der Gedanke, hier in völliger Finsternis herumsitzen zu müssen, beschäftigte sie. Ein Schaudern lief ihr über die Haut, wenn sie an die klebrige Berührung im Hinterzimmer dachte. Wenn die Lichter wirklich ganz ausgehen sollten, würde sie bis zum Morgen keinen Schritt vom Kaminfeuer und von Philips Seite weichen.

Mr. Femm, der sich eben mit Penderel unterhalten hatte, erinnerte sich jetzt an seine Gastgeberpflichten und streckte die Hand nach der Kartoffelschüssel aus.

«Halt!» schrie seine Schwester und erschreckte die ganze Gesellschaft. «Was tust du da? Noch sind wir nicht alle Heiden.»

Er zog seine Hand zurück, verschränkte die Arme und sah seine Schwester über den Tisch hinweg mit höhnischem Grinsen an. Dann warf er den anderen einen kurzen Blick zu und sagte zu ihnen so leise, daß seine Schwester ihn nicht hören konnte: «Ich hatte ganz vergessen, daß meine fromme Schwester natürlich ein Tischgebet sprechen will. Das Mahl wird uns noch besser schmecken, nachdem sie den Segen ihres Stammgottes erbeten hat.»

«Horace Femm», kreischte sie herüber, «du versündigst dich. Ich kann es zwar nicht hören, aber ich sehe es. Ich brauche nur dein Gesicht anzusehen.»

Er lehnte sich vor und zischte sie wieder in derselben Weise an, wie sie das schon vorher bemerkt hatten. «Meine liebe Rebecca, ich habe unseren Gästen, die sich wunderten, warum noch nicht angefangen wird, nur auseinandergesetzt, daß du zuerst ein Gebet sprechen wolltest, um Gott für sein Gnade und Barmherzigkeit und dieses reichliche und köstliche Abendbrot zu danken ...»

«Schon gut», schrie sie ihn an. «Ich kenne deine verlogene Lästerzunge.»

«... und für die Gesundheit, das Wohlergehen und Glück unserer Familie, für all die Jahre des Friedens und der Fülle, für die Tage und Nächte, die wir in Ruhe und Annehmlichkeit verbringen durften. Danke ihm nicht nur in deinem Namen, sondern auch in meinem und für Roderick, für Saul ...»

«Halt, du Narr», sie erhob die Hände gegen ihn, kreischte und blickte ihn böse über den Tisch hinweg an. Sofort wurde er klein, sah verwirrt und erschrocken aus und duckte sich in seinem Sessel. Einen Augenblick herrschte Stille. Alle saßen wie erstarrt um den Tisch. Dann senkte Miss Femm den Kopf und sprach ein Gebet.

«Du denkst, es kann dir jetzt nichts mehr passieren, Horace, und dazu noch der Gin», sagte sie dann ruhiger, während sie allen Fleisch auf den Teller legte. «Du glaubst, du kannst jetzt deine lose Zunge laufenlassen. Aber es wird dir leid tun, daß du dich nicht zusammengenommen hast.»

Er gab sich einen Ruck. «Tut mir leid, daß ich den Anlaß zu dieser lächerlichen Szene gegeben habe», sagte er zu ihr. Dann wandte er sich Margaret zu und fuhr mit einem schwachen Lächeln fort: «Ich muß mich für diese Vorstellung – äh – sagen wir ländlicher Überspanntheit entschuldigen. Wir haben so lange allein hier gelebt, dass wir vergessen haben, wie man sich vor Gästen benimmt. Selbst ich habe keine Manieren mehr, obgleich ich erst seit dem Krieg hier lebe und die Welt einigermaßen kenne. Wir sind alte und eingerostete Bergeinsiedler. Entschuldigen Sie bitte.»

Es war so peinlich wie alles andere, und Margaret war froh, daß sie sich mit den Kartoffeln auf ihrem Teller beschäftigen konnte. Auch Philip und Penderel tauschten Blicke über den Tisch hinweg aus und wandten sich auffallend geschäftig ihren Tellern, dem Brot und den Pfeffer- und Salzfäßchen zu. Ein Glück, daß es etwas zu essen gibt, dachte Penderel schmunzelnd. Damit kann man alles überbrücken. An sich machten ihm die kleinen Familiensticheleien der Femms nichts aus; im Gegenteil, er amüsierte sich darüber. Die Leute kamen ihm wie die Personen in einem modernen Gesellschaftsstück vor: Intrigen, Eifersüchteleien und unwichtige Meinungsverschiedenheiten.

Es herrschte Stille, eine Stille, die sich schwer durchbrechen ließ. Margaret beugte sich über ihren Teller; Philip beobachtete Miss Femm, die das halbrohe Fleisch auf den Teller häufte, den Morgan ihr hinhielt. Der Kerl sah so riesig und unzivilisiert aus, daß man sich ihn kaum mit einem Teller in der Hand vorstellen konnte. Viel eher hätte das große, rohe Stück Fleisch in seine haarigen Hände gepaßt, und man wäre auch gar nicht verwundert gewesen, ihn damit in eine Ecke treten zu sehen, um daran herumzunagen. Philip wandte sich seinem Essen zu und war neugierig, wer die Stille wohl durchbrechen würde.

Er brauchte nicht lange zu warten. Das Geräusch, das alle erstaunt von ihren Plätzen aufspringen ließ, kam von der Haustür. Es wurde laut und wiederholt geklopft.

«Was ist das? Die Türe?» fragte Miss Femm schrill.

«Es kommt niemand mehr herein», kreischte sie.

«Wer kann es denn sein?» fragte Mr. Femm mit unsicherer Stimme und sah von einem zum andern.

Penderel antwortete ihm. «Noch mehr Gäste wahrscheinlich, die von der Nacht überrascht wurden.» Dabei sah er grinsend zu Waverton hinüber.

«Es kommt niemand mehr herein», schrie Miss Femm nochmals.

«Das wird schon stimmen», sagte Philip, der seine Stimme wiedergefunden hatte, zu Mr. Femm. «Sie müssen sie natürlich einlassen. Wahrscheinlich ist es jetzt gefährlich im Freien.»

Das Klopfen hatte jetzt aufgehört, und man hörte Stimmen draußen. Mr. Femm warf Philip und seiner Schwester einen raschen Blick zu. Dann wurde wieder geklopft.

Penderel stand auf. «Die armen Leutchen müssen halb ertrunken sein. Man kann sie doch nicht einfach draußen stehen lassen.»

«Nein, das werden dann schon wir besorgen müssen», sagte Mr. Femm, beugte sich vor und sah seine Schwester an. «Selbstverständlich müssen wir sie einlassen, wenn sie Schutz suchen. Morgan, öffnen Sie die Tür.»

Miss Femm schob ihren Stuhl zurück und sah zu Morgan auf. «Na, dann geh», schrie sie und zeigte nach der Tür. «Ich komme mit, um zu sehen, wer es ist.» Langsam trottete Morgan zur Tür und zog die schweren Riegel zurück. Als er sie gerade so weit geöffnet hatte, daß Miss Femm hinausblicken konnte, wurde sie unerwarteterweise weit aufgestoßen, jemand schob die beiden beiseite und drängte sich herein. Es war ein Mädchen, triefend vor Nässe und von oben bis unten beschmutzt. Sie trat weiter in die Diele, blieb stehen, seufzte tief auf und ließ sich in den nächsten Sessel fallen. «Mein Gott, was für eine schreckliche Nacht!» rief sie.

Hinter ihr kam ein vierschrötiger Mann mittleren Alters herein, der ebenso durchnäßt und schmutzig war. Einen Augenblick stand er da und blickte sich keuchend um. Dann nahm er seinen triefenden Hut ab und zeigte ein rotes, gesundes Gesicht mit glattrasiertem, vorstehendem Kinn. «Wir haben schon geglaubt, Sie würden die Tür überhaupt nicht öffnen. So eine Nacht habe ich noch nie erlebt. Ein Wasserreservoir oder so etwas ähnliches muß geborsten sein. Mein Wagen ist unter einen großen Erdrutsch geraten und wurde völlig zertrümmert. Wir sind gerade noch mit dem Leben davongekommen. Fragt sich, ob Sie hier noch sicher sind. Scheußlich!» Er rieb sich das Gesicht und blickte dann von einem zum anderen. «Tut mir leid, Sie so spät zu stören, aber Sie werden einsehen –. Wer ist der Hausherr, bitte?»

Philip erkannte plötzlich den späten Gast. «Aber Sie sind doch Sir William Porterhouse!» rief er und ging auf ihn zu. «Ich dachte mir's gleich, als ich Sie sah. Mein Name ist Waverton, von der Architektenfirma Treffield & Waverton. Sie waren einmal bei uns wegen eines Auftrags.»

«Stimmt, stimmt», sagte Sir William und reichte Philip die Hand. «Ich erinnere mich. Ist das Ihr Haus?»

Philip erklärte kurz die Lage und machte alle bekannt. Das Mädchen wurde als Miss Gladys Du Cane vorgestellt. Sie hatte Hut und Mantel abgenommen und offenbarte sich als ein sehr hübsches Mädchen von Anfang zwanzig. Sie war etwas unter Mittelgröße (ein paar Zentimeter kleiner als Margaret) und hatte eine gute Figur.

Ihr Haar war dunkel, kraus und dicht, sie hatte müde, hellbraune Augen, und ihr breiter, roter Mund hob sich scharf von ihrem blassen Gesicht ab.

Margaret entschied sofort, daß sie diesen Typ nicht mochte. Sie paßte nicht in diese Umgebung, die durch Welten von der Londoner Shaftesbury Avenue und ihren Neonlichtern und Jazz-Kapellen, den Theatern und Filmagenten getrennt war, wo sie ein- und auszugehen schien. Es war, als ob eines dieser Neonlichter auf einmal in der altmodischen Diele aufleuchtete. Aber die beiden, wenn sie vielleicht unter anderen Umständen gestört hätten, waren jetzt durchaus nicht unwillkommen. Sie trugen dazu bei, den mystischen Druck und die Phantastik der Situation zu erleichtern und erträglicher zu gestalten.

«Telefon haben Sie wohl nicht, wie?» fragte Sir William, sich an Mr. Femm wendend.

«Weder Telefon noch sonst ein Zeichen oder Produkt der Zivilisation», antwortete Mr. Femm. «Sie sind hier völlig von der Welt abgeschnitten, Sir, aber ich kann Sie in einem beruhigen: unser Haus steht fest. Es wird von den Überschwemmungen und Erdrutschen nicht in Mitleidenschaft gezogen.»

«Die Straße muß jetzt auf beiden Seiten weggeschwemmt sein», bemerkte Philip. Er erinnerte sich übrigens, daß ihm das Auftreten des Industriekönigs, sein Manager-Gehabe in der Stadt immer unsympathisch gewesen war, und er empfand eine geheime Schadenfreude über die Hilflosigkeit, in der der große Herr sich jetzt befand. Wird ihm gut tun, dachte er. «Sie war schon unpassierbar, als wir vor dreiviertel Stunden hier ankamen. Ich kann mir gar nicht vorstellen, wie Sie überhaupt noch durchgekommen sind.»

«Wir müssen direkt hinter Ihnen hergefahren sein», sagte Sir William. Er hatte sich einen Stuhl genommen und kam damit an den Tisch. «Ich glaube sogar, ich habe Ihre Scheinwerfer einmal gesehen. Ich bin immer weitergefahren, es hatte keinen Zweck, umzukehren. Aber dann bin ich richtig in der Suppe gelandet. Der Wagen war beinahe unter Wasser. Ich hielt an, fuhr weiter und kam direkt in einen Bergrutsch hinein, oder was es war. Der Kühler wurde von einem Geröllblock eingedrückt, die Räder klemmten, und in einer Minute war der Wagen halb begraben. War verdammt schwer, noch herauszukriechen.»

«Wie haben Sie denn dieses Haus gefunden?» fragte Philip.

«Ich habe den Wagen stehenlassen. Er steht immer noch da, wenn er inzwischen nicht ins Tal hinuntergespült wurde. Verdammt schade, es ist ein kleiner Hispano–Suiza, extra für mich gebaut, damit ich ihn selbst fahren kann. Der einzige Wagen, an dem mir etwas lag. Aber es ist ja immer dasselbe: man braucht bloß sein Herz mal an etwas zu hängen, schon geht's zum Teufel. Nun, wir krochen heraus und hatten keine Ahnung, wo wir uns befanden. Es war stockdunkel und regnete in Strömen. Das Wasser spritzte nach allen Seiten. Wir mußten alles zurücklassen, Koffer und Decken und alles. Hat keinen Zweck, zurückzulaufen, sagte ich; wir sind die ganze Strecke an keinem Licht oder an einem Anzeichen menschlicher Behausungen vorbeigekommen. Wir liefen also weiter, bis zum Knie im Wasser und Dreck, und kletterten über Geröll und Felsstücke. Wir hatten zwar eine Taschenlampe mit, aber das half nicht viel. Dann sahen wir plötzlich ein Licht und gingen darauf zu, so gut wir eben die Richtung ausmachen konnten. Und so sind wir hierhergekommen und werden wohl die Nacht über oder vielleicht noch länger bleiben müssen. Denn draußen wird's noch schlimmer. Als ob die Welt unterginge, so tost und donnert es. Ich gestehe Ihnen ganz offen, ich dachte einen Augenblick, unser Ende sei gekommen. Kann ich dieses Glas haben?» Er zog einen Flakon aus der Hüfttasche hervor, goß den Inhalt in das Glas und trank den Whisky in einem Schluck aus.

«Hallo!» rief seine Begleiterin von ihrem Sessel aus, «hast du's ganz ausgetrunken?»

«Ich fürchte, ja, Gladys», erwiderte er und zeigte ihr den leeren Flakon.

«Na, weißt du! Ich muß schon sagen, Bill, du bist ein Schwein.» Das Mädchen machte ein böses Gesicht, als er ihr ziemlich mechanisch 'Verzeihung' zurief. Sie setzte sich vor das Feuer, zog ihre Halbschuhe aus und hielt ein seidenbestrumpftes Bein nach dem anderen den Flammen entgegen, um es zu trocknen.

«Ich habe ein Paar Hausschuhe mit, die ich im Wagen hatte», vertraute sie Margaret an. «Und das ist alles, was ich habe. Furchtbare Nacht! Ihnen ist es auch nicht besser ergangen, nicht?»

«Nein, es war schlimm», antwortete Margaret unverbindlich.

«Na, wenigstens haben wir's hinter uns. Es sei denn, das Haus hier wird auch noch weggeschwemmt.» Dann fragte sie mit leiser Stimme: «Gibt's Betten?»

Margaret schüttelte verneinend den Kopf. «Nein, wir müssen die ganze Nacht aufbleiben.» Ihre Stimme klang unfreundlich und abweisend. Schade, aber sie konnte nicht anders. Seit Jahren hatte sie diesen Typ nicht ausstehen können und konnte sich jetzt nicht in ein paar Minuten umstellen, bloß weil dieses Wochenendliebchen vom Ballett zufällig unter dasselbe Dach mit ihr verschlagen wurde. Mit dem Mann war es etwas anderes. Sie hatte nichts gegen ihn. Seine Schroffheit und Vulgarität waren im Gegenteil ganz nützlich, weil er etwas frische Luft mitbrachte.

Man wandte sich wieder dem Abendbrot zu. Morgan war mit seinem Teller davongeschlurft, und die anderen beugten sich über ihr Essen. Der Baronet verkündete, daß er ganz gern etwas kaltes Fleisch, Brot und Käse zu sich nehmen würde, und hatte zwischen Margaret und Mr. Femm Platz gefunden. «Komm rüber, Gladys», rief er, «wenn du etwas zu essen haben willst. Wir haben die kleine Abendgesellschaft unterbrochen und wurden eingeladen, mitzuhalten.»

«Schön, schön», rief sie zurück. «Ich komme.» Penderel schob einen Stuhl für sie an den Tisch, und sie setzte sich neben ihn. Er bemerkte, wie sie einen langen Blick von Miss Femm, die stumm und dick dasaß, mit einem Lächeln erwiderte, das eher wie ein Grinsen aussah. Aber es war nicht Frechheit. Sie war natürlich und gefiel ihm.

Sie runzelte die Stirn und fragte ihn: «Wie heißen Sie gleich? Entschuldigung, aber ich kann Namen nie behalten.»

«Penderel.» Es war immer gleich peinlich. Wenn man ein Niemand war, fühlte man sich immer gehemmt, wenn man seinen Namen sagen mußte.

Sie runzelte wieder die Stirn. «Und sonst? Verzeihen Sie die Frage.»

«Roger», antwortete er, und sein Vorname klang fremd. Außerdem war es schon lange her, daß man ihn beim Vornamen genannt hatte.

«Roger Penderel.» Er merkte, daß sie über den Namen nachdachte. «Augenblick mal, kennen Sie einen Jungen namens Ranger, Dick Ranger?»

«Klar. Natürlich kenne ich den jungen Ranger. Mit seinem älteren Bruder Tom war ich mal sehr befreundet. Er ist augenblicklich im Sudan und wird schön von der Sonne gebraten. Dick ist erst vor kurzem aus Oxford nach London gekommen und hat sich zu einem richtigen Großstädter entwickelt. Kennt alle Lokale, verbummelt die Nächte und ist zynisch wie ein Taxichauffeur. Im Vergleich zu ihm komme ich mir alt und spießig vor.»

«Ich kenne ihn auch», sagte sie. «Er ist ganz nett, bißchen jung und dumm noch, natürlich. Ich fragte nur, weil ich sicher war, Sie irgendwo mit ihm gesehen zu haben. Ich wußte, daß ich Sie schon gesehen hatte, bloß konnte ich mich nicht erinnern, wo. Warten Sie mal: Waren Sie nicht – vor drei oder vier Monaten vielleicht – mit ihm zusammen in der 'Ratten- und Mäusebar'?»

«Ratten- und Mäusebar?» Jetzt erinnerte er sich. Eine der

kleineren Bars im Westen. «Stimmt, ich war mal einen Abend mit Dick Ranger da. Es ist ein kleines Lokal, nicht wahr, furchtbar eng, und alles sitzt aufeinander. Die Kapelle saß in einer Nische, wie Sardinen in einer halbgeöffneten Dose. Ich erinnere mich noch gut an den Namen, weil ich Ranger damals sagte, ich käme mir wie im Innern eines Käses vor. Konnte den Laden nicht ausstehen. Und die Cocktails waren die schlechtesten und teuersten von ganz London.»

«Ja, es ist ziemlich übel; aber nicht ganz so übel, wenn man die Leute kennt, die das Geschäft führen. Ich gehe oft hin, wenn es auch nicht mein Lieblings-Schlupfwinkel ist.»

«Schlupfwinkel ist gut», meinte er grinsend, und sie, vielleicht mechanisch, zog in Erwiderung die Nase kraus. «Irgendwo muß man schließlich hingehen.»

«Das sage ich auch immer«, sagte sie eifrig. «Man kann mit den Mädchen und Jungens, die man kennt, ein bißchen tanzen und etwas trinken, die Kapelle macht einen netten Krach, die Beleuchtung ist ganz lustig, und dann geht man eben jeden Abend hin und bleibt sitzen, bis sie zumachen, weil man es zu Hause in seinem miesen Zimmer nicht aushält.»

«Kenne ich. Sobald man die Treppen herunter und durch die Tür gegangen ist, ist es dunkel und regnet womöglich noch, und der Morgen hat schon angefangen. Man schiebt es auf, solange es geht.»

«Genau so ist es», sagte sie zu ihm. Und dann, nach einer kleinen Pause: «Wie hier, nach dem Sturm.» Dabei machte sie eine Bewegung mit dem Kopf nach der Tür. Dann sagte sie leise: «Scheint ein komisches, vernachlässigtes Anwesen zu sein. Auch die Leute, sehr merkwürdig – aber es ist das reinste Palasthotel nach dem Unwetter da draußen.»

«Ja, das glaube ich.» Er wollte keinen Zweifel durchklingen lassen, aber er konnte ihn nicht ganz unterdrücken. Einen Augenblick sah er zu der stummen Miss Femm hinüber und ließ seine Augen dann auf Mr. Femm ruhen, der sich mit Porterhouse unterhielt.

«Sie erstaunen mich, Sir», sagte Mr. Femm gerade, obgleich auf seinem Gesicht nicht Erstaunen, sondern etwas ganz anderes lag. «Aber ich habe mich schon lange aus der Welt zurückgezogen, zehn Jahre, kann man sagen. Ich lese auch keine Zeitungen.»

«Dann würden Sie sie nicht wiedererkennen, das können Sie mir glauben», antwortete Porterhouse. «Sie würden sich nicht mehr zurechtfinden. Es hat sich alles verändert. Ich habe Schritt gehalten, sozusagen. Sogar in vorderster Linie, kann ich behaupten. Aber es hat mich meine ganze Kraft gekostet.»

«Die Welt wird erst anders werden», sagte Mr. Femm langsam, «wenn die Menschen daraus entfernt worden sind, vorher nicht. Die Menschen ändern sich nicht. Ihre dummen Verschrobenheiten bleiben. Es wird immer eine kleine Anzahl Kluge geben, die ein paar Meter über ihre Nase hinaussehen können. Aber die große Herde sieht nichts, sie lebt im Tran und bildet sich etwas auf ihre sogenannten Tugenden ein, weil sie entweder unfähig oder kurzsichtig ist.»

«Mag etwas daran sein», räumte der andere nach einem kurzen Blick ein.

Margaret Waverton sprach mit ihrem Mann. Ihre metallische und klare Stimme war am unteren Ende des Tisches zu hören. «Aber das wirst du Muriel Ainsley nie klarmachen können, Philip. Es ist wirklich erstaunlich, wie wenig Leute, und zwar vernünftige Leute, von sich selbst wissen. Je besser ich das Leben kennenlerne, desto mehr bin ich überzeugt, daß die unbeteiligten Zuschauer die Zusammenhänge des Spiels am besten durchschauen.»

«Ganz deiner Meinung», hörte man Philip mit halblauter, dunkler Stimme sagen. «Bloß daß es nicht immer Spiel ist. Man faßt es auch nicht als Spiel auf, außer wenn man unbeteiligt ist. Und hier hinken solche Vergleiche. Beinahe alle schön klingenden Vergleiche hinken. Es hat gar keinen Zweck, über das Leben zu philosophieren, weil alles Philosophieren wertlos ist. Was für einen Sinn hat es, zu sagen, es ist so oder so, wenn es ganz offensichtlich beides und außerdem noch das Gegenteil von beidem ist?»

«Halte keine Vorträge, Philip», sagte sie. «Außerdem hast du mir das schon mal gesagt. Ich habe übrigens von Muriel Ainsley gesprochen.»

Aber sie halten alle Vorträge, dachte Penderel, seine Person eingeschlossen. Sie fühlten sich schon alle ganz gemütlich, und es würde nicht lange dauern, bis jeder ein bißchen auftrumpfen und sich selbst ins beste Licht rücken würde. Wenn er nicht auf sich aufpaßte, würde er wahrscheinlich der erste sein, zwar etwas durcheinander wie gewöhnlich, aber immerhin. Merkwürdig übrigens, wie die charakteristische Atmosphäre der Femms auf einmal verschwunden oder wenigstens in den Hintergrund getreten war. Dann dachte er über das Mädchen an seiner Seite nach. Bei ihr würden die Femms und ihre muffige Atmosphäre nichts ausrichten. Aber die Nacht hatte erst begonnen. Er hatte ein vages Gefühl, daß ihnen noch einiges bevorstand. Sie hatten noch viele Stunden vor sich. Zum Beispiel hatte die kleine Jazz–Kapelle in der 'Ratten–und Mäusebar' noch nicht zu spielen angefangen.

V

Das Abendessen war vorüber und die Gesellschaft verfiel in Schweigen. Während sie aßen, hatten alle sechs (mit Ausnahme von Miss Femm, die kein Wort gesprochen hatte) sich angeregt unterhalten. Das Gespräch war dahingeplätschert, ohne sich zu Diskussionen oder Meinungsverschiedenheiten zu verdichten. Aber jetzt war alles still, als ob jedermann auf ein Signal wartete, und dieses Signal kam auch: Miss Femm, die bislang eine reine Sache gewesen zu sein schien, verwandelte sich jetzt in eine Person, indem sie sich von ihrem Stuhl erhob und davonwatschelte. Sie sagte nichts, blickte nicht bedeutungsvoll um sich, zögerte nicht, sondern stand nur auf und verschwand. Nach ihrem Benehmen zu schließen, waren ihre Gäste für sie so unwirklich, wie sie es für ihre Gäste war. Sie blickten ihr schweigend nach. Es war also doch kein Signal gewesen.

Aber es gab ein zweites Anzeichen, diesmal aus der sie umgebenden Finsternis, die sie beinahe vergessen hatten. Es konnte der zwischen den Bergen rollende Donner gewesen sein oder ein Dammbruch weiter oben oder wieder ein Erdrutsch. Denn das Geräusch klang entfernt und war nicht zu identifizieren. Aber es hörte sich drohend und gefährlich an. Es brachte ihnen die unsichere Lage, in der sie sich befanden, wieder zum Bewußtsein. Das Dach und die Wände, die ihnen eine kurze Zeit wie ein Bollwerk vorgekommen waren, waren plötzlich nichts mehr als Dach und Wände. Sie waren in einer kleinen Schachtel eingeschlossen, hilflose Geschöpfe unter ein paar flackernden Birnen, die sich ängstlich zusammendrängten und nur aus dem Bewußtsein, gemeinsam gestrandet zu sein, Mut schöpften. Diese Erkenntnis war so entscheidend, wie der stumme Abgang Miss Femms. Nur mußte sie erst an die

Oberfläche dringen, in Worten ausgedrückt werden. Sie setzte sich langsam in Stadien durch, wie etwa mehrere Gazevorhänge eine Szene auf dem Theater freigeben.

Philip durchbrach die Stille zuerst, aber alles, was er sagte, war: «Wenn niemand etwas dagegen hat, werde ich mir eine Pfeife anstecken.» Da er sich an alle gewandt hatte, erleichterte er es den anderen, auch etwas zu sagen oder zu tun. Er holte seine Pfeife aus der Tasche, Sir William fand noch eine Zigarre, und Penderel und die beiden Frauen zündeten sich Zigaretten an. Mr. Femm begnügte sich mit Gin und Wasser.

«Wissen Sie was?» sagte Penderel, «wir sollten irgend etwas spielen.»

«Gute Idee», rief Sir William erleichtert hinter seiner Zigarre. «Kann sowieso noch nicht schlafen. Wie wär's mit Bridge?»

Auch Margaret griff den Vorschlag sofort auf. «O ja, das wäre großartig!» Wie trostreich die vertrauten Köpfe des Königs und der Dame auf den Bridgekarten ihr auf einmal schienen. Kein Wunder, daß alte Leute, die am Abend nicht wußten, ob sie am anderen Morgen noch lebten, so gerne Karten spielten. «Aber ich habe keine Karten mit», fuhr Sir William fort und wandte sich an Mr. Femm: «Nehme an, daß Sie ein Spiel Karten haben, das Sie uns leihen könnten, hm?»

«Ich selbst besitze keine», erwiderte Mr. Femm, «aber ich habe irgendwo welche herumliegen sehen. Er hielt inne, und in seine Augen trat ein nachdenklicher Ausdruck. Dann schüttelte er hastig den Kopf und fuhr fort: «Nein, wir haben keine hier, bedaure sehr.» Es war sehr seltsam, dachte Penderel und sah ihn verwundert an. Sir William fragte nun die Wavertons, aber die hatten auch keine.

«Dann spielen wir 'Wahrheit'», warf Penderel ein. «Das ist gerade die richtige Gelegenheit dazu.»

«Ach, sieh mal einer an, jetzt wird das also gespielt!» rief Mr. Femm mit schriller, ironischer Stimme «Ist auch langsam Zeit.»

Sir William sah sich erstaunt um. «Kenn' ich nicht, klingt auch nicht sehr sympathisch. Wie spielt man es? Hoffentlich ist es nicht eines dieser Spiele mit Papier und Bleistift, mit dem Jungen in der Schule sich immer abgeben. Wenn ja, können Sie mich ausschließen. Mag ich nicht.»

«Ich auch nicht», rief Gladys. «Ist es so eines?»

«Es ist das einfachste Spiel der Welt», erklärte Penderel. «Man kann es eigentlich gar kein Spiel nennen. Wir unterhalten uns nur weiter, verzichten aber auf die Lüge. Wir stellen uns gegenseitig Fragen, die wahrheitsgemäß beantwortet werden müssen. Es ist Ehrensache, nicht zu lügen.»

«Um Gottes willen!» entfuhr es Gladys. Dann sagte sie: «Verzeihung.»

«Scheint dir nicht besonders zuzusagen, Gladys», sagte Sir William zu ihr. «Wird besser sein, wenn du dich heraushältst.»

Aber sie schüttelte entschieden den Kopf. «O nein. Ich mache mit. Mal etwas anderes für einige von uns, ganz besonders für dich, Bill. Aber die Fragen müssen leicht sein, sonst gnade uns Gott, was wir zu hören bekommen.» Sie warf einen raschen Blick über den Tisch zu Margaret hinüber, um zu sehen, wie sie den Vorschlag aufnahm. Nicht sonderlich gut anscheinend. Geschah ihr recht.

«Machen Sie beide mit?» Penderel sah die Wavertons fragend an. Beide nickten. «Wir machen also alle mit. Schön. Vergessen Sie bitte nicht: nur die reine Wahrheit. Beantworten Sie die Fragen so ehrlich, wie Sie können. Geben Sie nur Tatsachen.»

«Wenn man sich die Sache so überlegt», sagte Philip und blinzelte an seiner Pfeife hinunter, «so ist allein die Existenz dieses Zeitvertreibs mit seiner Forderung, die unbedingte Wahrheit zu sagen, eine Anklage gegen die Gesellschaft.»

Mr. Femm starrte ihn erstaunt an. «Was haben Sie sich sonst vorgestellt?»

«Wir können gar nicht immer die Wahrheit sagen, oder ...!» und Sir William machte eine geringschätzige Gebärde mit seiner Zigarre, «... oder es gäbe Mord und Totschlag. Bin noch nicht sicher, wie es sich hier auswirkt. Trotzdem, ich mache mit, und ich verspreche, die Wahrheit zu sagen. Kann mir zur Abwechslung mal nichts schaden. Und wie ist's mit Ihnen allen?» Sie versprachen alle, sich an die Regel zu halten.

«Wie fangen wir also an?« fragte Margaret. Seltsam, sie war ganz begierig, anzufangen. Sie hatte das Spiel schon früher gespielt, und es hatte ihr nicht gefallen – ein niederträchtiges kleines Spielchen, hatte sie damals gedacht. Aber jetzt war es etwas anderes. In dieser zusammengewürfelten Gesellschaft, die nur durch den Zufall des Unwetters in dieses Haus gekommen war, hatte sie mehr Interesse und weniger Bedenken, Fragen zu stellen und Antworten anzuhören.

«Es geht folgendermaßen vor sich», sagte Penderel und deutete auf Waverton. «Ich frage Sie, Sie fragen Mrs. Waverton und so weiter um den ganzen Tisch herum. Das ist ein faires, nachbarliches Verfahren. Aber jeder muß laut und deutlich antworten, daß alle es hören können.»

Niemand hatte gegen den Vorschlag etwas einzuwenden. «Also, fragen Sie», sagte Philip. «Aber seien Sie nicht zu neugierig, und vergessen Sie nicht, daß ich von Natur schüchtern und außerdem jetzt der erste in der Reihe bin.»

«Gut, gut. Ich werde es für den Anfang gnädig machen.» Penderel dachte einen Augenblick nach. «Wie ist es damit? Sie werden mir zugeben, daß es im Leben eine Unzahl von Haken und Klippen gibt ...»

«Oh, vom Leben dürfen Sie nicht mit ihm sprechen», unterbrach Margaret. «Mir hat er es soeben verboten.»

«Du hältst jetzt deinen Mund, Margaret», herrschte er sie an. Aber innerlich war er ihr ganz zugetan. Diese charakteristische Unterbrechung rief ihre gemütliche, häusliche Gemeinschaft in sein Unterbewußtsein zurück. «Ja, ich gebe die Klippen zu», sagte er zu Penderel.

«Schön. Also ...» Penderel fuhr sich durch das Haar, und das Mädchen neben ihm lachte ihn aus. «Sagen Sie uns, was nach ihrer Meinung der größte Haken ist, die Hauptklippe; nennen Sie uns den Hasen im Pfeffer, sozusagen.»

Philip zog an seiner Pfeife. «Augenblick mal. Diese Frage kann man nicht ohne vorherige Überlegung beantworten.» Und er paffte mächtige Wolken in die Luft.

«Verstehen Sie, was ich meine?» sagte Penderel. «Es kann natürlich sein, daß Sie der Meinung sind, es gäbe keine wirklich entscheidenden Haken. Wenn Sie das glauben, dann sagen Sie's.»

«Ich wünschte, ich könnte es sagen», erwiderte Philip. «Aber ich kann es nicht, weil es eine große Menge Haken gibt, eine Reihe von entscheidenden Haken, um Ihren Ausdruck zu gebrauchen. Nach meiner Meinung sieht es so aus: Mir scheint, daß das Leben so viel Anstrengung und Vorsicht erfordert, um anständig durchzukommen, daß es sich gar nicht lohnt. Ich meine damit das Leben, das wir kennen, also unsere Zivilisation, und nicht etwa das Leben, sagen wir, der Zulu–Neger oder Fidschi–Insulaner. Bei uns muß alles so sorgfältig überlegt und geordnet sein, es muß bewußt getan, geplant und gesichert werden, daß wir nicht mehr Zeit und Muße finden, das Leben wirklich zu genießen, vom Glück ganz zu schweigen. Wir sind wie Artisten, die auf einem Seil balancieren. Das einzige Vergnügen, das wir an der Seiltänzerei haben, ist die Erleichterung, nach ein paar Metern gefährlichen Vortastens sagen zu können: 'Gott sei Dank! Das Stück haben wir geschafft!' Können Sie mir folgen? In dem Augenblick, wo man etwas ausruht, sich zurücklehnt und sein Werk beschaut, folgt unweigerlich die Enttäuschung und alles sieht grau und eintönig aus. Wenn man dieser Enttäuschung aber ausweichen will, wird man von den Anforderungen des täglichen Lebens, seinen Pflichten und Mühen, so ausgepumpt, daß man keine Kraft mehr übrig hat, es zu genießen. Und es hat keinen Zweck, vom goldenen Mittelweg zu sprechen, von Kompromissen und so weiter, weil das Prinzip der Kompromisse und goldenen Mittelwege nur Stückwerk ist. Man bekommt von allem etwas: ein bißchen Enttäuschung, ein bißchen Angst und Vorsicht, wieder etwas Enttäuschung; eine miserable Abwechslung. Läßt man die Zügel schleifen, so ist das Unglück unvermeidlich. Läßt man sie nicht schleifen und wirft sich mit ganzer Energie auf seine Aufgaben, so ist man eben ein vielbeschäftigter Mann, aber nicht mehr. Das Bedauerliche ist, daß man dem Leben nicht trauen kann. Um zu leben, muß man dauernd allem mißtrauen, Lücken schließen, reparieren und Gefahren abwenden. Das einzige Glück, das aus dieser Lebensweise entsteht, ist dem zweifelhaften Wohlbefinden zu vergleichen, das einer hat, der dauernd an den Röhren und Spulen seines Radioapparates herumfummelt. Solange die Röhren und Drähte in Ordnung sind, kann er sich gratulieren, daß der Apparat geht. Aber das ist auch alles. Er kann sich nicht zurücklehnen und mit Genuß der Musik lauschen, die aus seinem Apparat ertönt. Das nenne ich den großen Haken. Haben Sie alle verstanden, was ich meine?»

«Kann ich nicht gerade behaupten», sagte Sir William. «Geben Sie mir noch ein Beispiel.»

«Nun, nehmen Sie eine ganz einfache Sache, die Gesundheit. Ein Leben ohne Gesundheit lohnt sich nicht, aber nach den tausend Vorschriften der Ärzte, die jeden einzelnen Teil unseres Körpers betreffen, hätten wir den ganzen Tag nichts anderes zu tun, als uns um unsere Gesundheit Sorgen zu machen, selbst wenn wir nur die Hälfte davon befolgten. Die meisten unter uns kümmern sich natürlich nicht darum, und die Folge davon ist, daß die meisten von uns im Laufe ihres Lebens krank werden. Ich möchte ein Leben führen, in dem ich mit meinem Körper hausen kann, wie es mir paßt, ohne dafür mit Krankheit bestraft zu werden. Irgendwie scheine ich für ein solches Leben bestimmt zu sein, denn in meinem Innern sträubt sich immer etwas gegen die Unvollkommenheiten unserer Lebensbedingungen. Oder, nehmen Sie die persön lichen, familiären Bindungen unter uns. Sie sollten unbeschwert und leicht sein. Aber sie sind es nicht, weil wir gehemmt sind. Die besten Beziehungen zu unseren Freunden halten sich manchmal nicht länger als einen Monat, und wenn man sie länger pflegen will, muß man sich sehr anstrengen. Hat man sich mal mit einem Menschen angefreundet und versteht sich mit ihm, so kann man diese Tatsache nicht genießen, sondern hat alle Hände voll zu tun, die Harmonie zu erhalten. Oder nehmen Sie die Kinder! Vater- oder Muttersein ist eine einzige Kette von Sorgen und Mühen. Dabei meine ich nicht die übertriebene Verhätschelung eines Nesthäkchens, sondern die berechtigte Sorge für ein durchschnittlich gesundes und begabtes Kind. Kümmert man sich nicht um sein Kind, so kümmert sich das Leben darum und sorgt dafür, daß es zu leiden hat. Man kann sich an seinen Kindern nicht freuen, weil keine Energie zur Freude übrigbleibt. Die einzige Freude, die man vielleicht hat, ist die Genugtuung, daß man alles für sie tut, was man kann. Wir haben keine unbeschwerten und glücklichen Beziehungen zu unserer Umwelt; es sind nur die Schatten, die wir ängstlich oder mit dem Gefühl der Erleichterung betrachten, wenn sie uns keinen Schaden zugefügt haben. Das ist der Haken, die Klippe, die ich meine. Wir haben entweder zu viel oder zu wenig vom Baum der Erkenntnis gegessen.» Er sah sich entschuldigend um und schloß: «Verzeihung, ich glaube, ich habe eine Rede gehalten.»

Während die anderen besänftigend abwinkten, sagte sich Margaret im stillen, daß Philip sich noch nie so offen und klar über diese Dinge ausgesprochen hatte, selbst wenn sie bedachte, daß er es unbewußt getan hatte. Das war so echt Phil: er traute dem Leben nicht über den Weg. Es mochte dumm geklungen haben, aber andererseits konnten nur wirklich nette Männer so reden. Und jetzt war sie an der Reihe. Sie sah Philip fragend an. Was würde er anschneiden?

«Sie sind mit Fragen dran, Waverton», sagte Penderel. «Und Sie haben Glück. Ihr Opfer ist Ihre eigene Frau.»

Philip sah sie an, als ob sie eine Fremde wäre. Margaret empfand ein nervöses Prickeln unter seinem Blick, obgleich sie wußte, daß es von dem Spiel als solchem kam. Sie hatte diesen Blick bei derselben Gelegenheit schon einmal bemerkt.

«Meine Frage lautet», sagte Philip und blickte sie immer noch an, als ob er sie nie gesehen hätte, «was willst du, was erwartest du vom Leben? Was möchtest du in deinem innersten Herzen sein und tun?»

«Natürlich, so eine Frage kann nur ein Mann stellen», rief Margaret aus. «Als ob ich ein ganz geheimes Lebensziel irgendwo im Kopf verborgen hätte! Aber ich will versuchen, eine Antwort zu finden. Laß mich kurz überlegen.» Sie blickte um sich, in die auf sie gerichteten Augen, und wünschte, es säße noch eine Frau ihrer eigenen Art am Tisch, an die sie sich wenden könnte. Das Mädchen würde sie nicht verstehen.

«Tja», fing sie zögernd an, «ich weiß nicht recht, ob ich mich verständlich machen kann. Die Frage lautet, was ist mein Ziel, was will ich wirklich tun oder sein, nicht wahr? Darauf kann ich nur antworten, daß es immer mein Bestreben ist, eine bestimmte Atmosphäre um mich zu verbreiten. Welcher Art diese Atmosphäre ist, möchte ich nicht näher erklären. Sie schwebt mir vor, wie die Idee für einen Roman oder ein Drama einem Autor vorschwebt. Aber das Schwierige ist, sie in die Wirklichkeit umzusetzen, ihr Leben einzuhauchen, genau wie beim Autor. Ich möchte das Leben in diese Atmosphäre einhüllen und selbst in ihrem Mittelpunkt stehen, indem ich sie immer von neuem schaffe. Ich möchte, daß die Menschen, die mir nahestehen, in dieser Atmosphäre leben und sich wohl darin fühlen. Auch andere, freundliche Nachbarn oder Fremde, sollen kommen und sich bei mir aufhalten, meine Atmosphäre als die spezifisch zu mir gehörende erkennen und Gefallen daran finden. Meine Atmosphäre enthält alle guten Dinge des Lebens, all das, was die Menschen über das rein körperliche Leben stellen und höher bewerten.» Sie erwärmte sich an dem Gedanken und vergaß langsam ihre Umgebung. «Indem ich dies versuche, bin ich auf eine wunderbare Art schöpferisch, denn ich benütze das Leben als Rohstoff. Die Frauen, denen es gelingt, aus diesem Rohstoff ihre eigene Atmosphäre zu gestalten – natürlich gibt es gute und schlechte

Atmosphären – sind wirklich wie Königinnen, nur ohne den Prunk und das Theater einer Monarchie. Die Männer erkennen sie nur undeutlich, aber immerhin klar genug, um sofort von ihr beeindruckt zu sein. Man weiß aus der Geschichte, daß die größten Männer von der Atmosphäre einer bestimmten Frau bezaubert waren. Es war nicht einfach Verliebtheit, wie die Leute immer meinen, sondern es war die Entdeckung eines neuen Landes, in dem sie sich gerne aufhielten. Das ist es, was ich will: ich will mir mein eigenes kleines Land schaffen.»

Atemlos hielt sie inne, sah sich im Kreise um und bekam plötzlich Angst. Im nächsten Augenblick würde ein großes Gelächter losbrechen. Sie wartete geradezu darauf. Aber nichts dergleichen geschah. Jeder sah sie verwundert oder voll Sympathie an; oder manchmal waren Erstaunen und Zuneigung im Blick ihrer Zuhörer zu bemerken. Sie fühlte sich erleichtert und ziemlich glücklich und lächelte: «Ich glaube, jetzt habe ich auch eine Rede gehalten. Entschuldigung.»

Alle wehrten mit Entschiedenheit ab. «Nein, nein, von Entschuldigung kann keine Rede sein, Mrs. Waverton», sagte Sir William mit freundlicher Steifheit. «Wenn Ihre Ausführungen auch etwas zu tiefschürfend für mich waren. Wer ist jetzt an der Reihe? Können wir nicht einmal Tatsachenfragen stellen?»

Margaret war an der Reihe, die Fragen zu stellen, und Mr. Femm mußte sie beantworten. Verwirrt blickte sie ihn an. Er paßt eigentlich nicht in den Kreis, dachte sie, als sie sein langes, maskenhaftes Gesicht betrachtete, das ihr zugewandt war. Um seine Augen lagen tiefe Falten, und sein scharfer, hoher Nasenrücken glänzte weiß, als ob der Knochen durch die Haut schimmerte. Aber seine Augen waren verschleiert und verrieten nichts. Was sollte sie ihn fragen? Er war ihr völlig fremd. Aber plötzlich erinnerte sie sich an Rebecca Femm und die tote Rachel und die Frauen, die einstmals in dieses Haus gekommen waren, in Seidenkleidern und französischen Parfüms, und an die Männer, die Rebecca zugerufen hatten: 'Geh weg und bete!' Und alles schien ihr unwirklich wie eine alte Geschichte, die sie längst vergessen hatte. Aber dieser Mann hier hatte seinen Anteil an der Geschichte. Er war dabei gewesen.

«Ich bin bereit, Mrs. Waverton», sagte Mr. Femm. Wie komisch seine Stimme klang. Das machte es ihr nicht leichter.

«Los, los, Margaret», sagte Philip ungeduldig. «Denk dir etwas aus.» Und ohne weiter zu überlegen, hörte sie sich fragen: «Sagen Sie uns, Mr. Femm, was bewog sie, hier zu leben?»

Mr. Femm nahm einen Schluck aus seinem Glas Gin, stellte das Glas vorsichtig zurück und blickte dann zum oberen Ende des Tisches hin, wo der leere Platz seiner Schwester war. Er preßte seine dünnen Lippen zusammen, bis sie nur noch einen Strich bildeten, und sagte: «Ich kam hierher, oder eigentlich, ich kehrte hierher zurück – denn ich wurde in diesem Haus geboren und erzogen – aus demselben Grund, der Sie hierher brachte. Ich wollte nicht mehr hier leben, ebensowenig, wie sie die Nacht hier verbringen wollten. Sie kamen hierher, um Schutz zu finden. Ich auch. Als ich mich entschloß, zurückzukehren, hatte ich kein Geld und keine Aussichten, denn ich wurde von der Polizei gesucht. Das überrascht Sie, nicht wahr? Es war nichts wirklich Kriminelles, nichts Geschmackloses; aber die Gesetze in unserem Land sind nun mal so hart und dumm und kurzsichtig, wie die armen Geschöpfe, zu deren Nutzen sie angeblich gemacht wurden. Ich hatte eben Pech. Dies ist unser Familienheim, es war auch einmal mein Heim, und daher kehrte ich zurück, klopfte an die Tür, wie Sie es heute abend getan haben, und bat um Unterkunft. Und seit damals bin ich hier.»

Er hob wieder sein Glas und trank, während die anderen ihn schweigend anblickten. Es war nicht Erstaunen über seine Geschichte, was sie verstummen ließ, sondern es gab eigentlich nichts darauf zu sagen. Sir William räusperte sich, als ob er sprechen wollte, schien es sich aber wieder überlegt zu haben und schwieg.

«Schön, schön», ließ Penderel sich schließlich vernehmen. «Jetzt sind Sie an der Reihe zu fragen, Mr. Femm.» Aber er konnte sich schwer vorstellen, daß der protzige Industriemagnat, der antworten mußte, die Wahrheit sagen würde. Er war zu reich, zu erfolgreich für die Wahrheit.

Mr. Femm warf Sir William einen Blick zu und blickte dann gerade vor sich hin.

«Nennen Sie uns», sagte er langsam, «die schlimmste Tat, die Sie in den letzten zwölf Monaten verübt haben.»

«Na, na, na!» protestierte Sir William, «das geht aber ein bißchen sehr weit.»

«Die Tat», fuhr Mr. Femm ungerührt fort, «deren Sie sich am meisten schämen.»

«Sie verlangen gar nicht viel, nicht wahr?« sagte Sir William und zog ein paarmal an seiner Zigarre, um sich zu beruhigen. Dann überlegte er. «Ja, ich weiß nicht», murmelte er vor sich hin und zog die Brauen zusammen. Doch plötzlich schien er zu einem Entschluß gekommen zu sein. «Gut, wie Sie wollen. Das Schlimmste, was ich in diesem Jahr getan habe. Es ist gar nichts Besonderes, erwarten Sie keine aufregende Skandalgeschichte aus einem Boulevard-Blatt, interessante Enthüllungen, Orgien im Westend oder so ähnlich. Aber ich werde ehrlich zu Ihnen sein. Was ich Ihnen jetzt erzähle, ist tatsächlich eine Sache, deren ich mich am meisten schäme. Ich nenne keine Namen, natürlich, und ich muß mich auf Ihre Diskretion verlassen. Also: Vor einigen Monaten bekam ich mit dem Leiter eines meiner Werke Streit und entließ ihn. Das ist alles. Aber dahinter steckt eine ganze Menge. Ich warf ihm vor, er tauge nichts und gefalle mir nicht. Aber in Wirklichkeit war er einer der fähigsten Direktoren, die ich je hatte. Auf jeden Fall besser als sein Nachfolger. Und ich wußte das. Er entsprach genau dem Typ eines modernen Draufgängers, den ich für diesen Posten haben wollte. Trotzdem habe ich ihn hinausgeworfen. Warum? Ich werde es Ihnen sagen.» Er hielt einen Augenblick inne, setzte sich in Positur und lachte. «Wahrscheinlich werden Sie mich jetzt auslachen, aber ich habe ihn entlassen, weil ich seine überlegene Art und seine verdammte Bildung nicht ertrug. Darauf läuft's hinaus. Er war noch sehr jung, hatte gerade sein Studium in Oxford oder Cambridge abgeschlossen, als er zu mir kam. In ganz kurzer Zeit hatte er sich hochgearbeitet und wurde sehr bald zum Leiter dieses bestimmten Werkes ernannt. Und das mit Recht. Aber jedesmal, wenn er mir gegenüberstand, hatte ich ein unbehagliches Gefühl.

Nicht, daß sein Benehmen arrogant oder sonstwie herausfordernd gewesen wäre; so einfach war das nicht. Aber ein Beispiel: Ich wollte ihn immer fragen, wo er seine Hemden und Krawatten kaufte. Mir ist es nie gelungen, solche Sachen aufzutreiben. Aber das kann doch nicht ausschlaggebend sein, werden Sie denken. Nein, aber es machte mich nervös und gab mir das Gefühl der Unterlegenheit. Dann lud er mich eines Tages zum Diner nach Hause ein. Seine Frau, sagte er, würde sich sehr freuen, mich kennenzulernen. Ich nahm die Einladung an, und das schlug dem Faß den Boden aus. Wir waren nur zu dritt. Seine Frau war sehr charmant, sah gut aus, und man unterhielt sich großartig mit ihr. Ihr Vater war mal Professor von irgendwas in Edinburgh gewesen. Es war klar zu sehen, daß sie ihren Mann liebte, und er liebte sie. Ich kenne mich da aus, ich habe einen Blick für so etwas. Nun, das war schon in Ordnung, es gefiel mir sogar. Wenn ich auch vielleicht nicht so aussehe, so habe ich doch starke sentimentale Neigungen. Sie erzählten mir alles mögliche und ließen mich erzählen, ermutigten mich, ihnen von meinen geschäftlichen Erfolgen zu berichten; ja, sie waren beinahe ehrerbietig zu mir. Aber die verdammte Überlegenheit war immer da. Es war wieder wie im Büro, die Krawatten und Hemden, nur viel schlimmer. Ich fühlte mich immer unbehaglicher und steigerte mich in einen richtigen Minderwertigkeitskomplex hinein. Ich versuchte, durch vieles Reden darüber hinwegzukommen, erzählte ihnen von gefährlichen Finanztransaktionen, die ich glücklich durchgebracht hatte, und zeigte ihnen, was für ein Mordskerl ich war. Aber es ging alles daneben. Ich hörte meine eigene Stimme ununterbrochen reden und prahlen, bloß, damit geredet wurde; sah mich mit den Händen herumfuchteln, fühlte Schweiß auf der Stirn, und die ganze Zeit wußte ich, daß dieser bramarbasierende Bursche gar nicht ich selbst war. Es war die verfluchte Atmosphäre dieser Leute, die mich dazu verleitete, mich wie ein Hanswurst aufzuführen und unbedingt Eindruck auf sie machen zu wollen. Und je mehr ich redete, desto überzeugter wurde ich, daß nichts, was ich sagte oder tat, auf diese Leute Eindruck machte. Verstehen Sie, was ich meine?

Natürlich wußte ich sehr wohl, daß ich auf meine Leistungen stolz sein konnte, daß sie wirklich etwas bedeuteten. Ich habe nicht die Absicht, mein Licht unter den Scheffel zu stellen. Aber den beiden da konnte ich nicht imponieren. Während ich schwitzend und gestikulierend große Reden schwang, saßen sie elegant und lässig in ihren Sesseln und waren sich ihrer selbst vollkommen sicher. Es hatte nichts mit gesellschaftlicher Erfahrung zu tun, nebenbei bemerkt. Denn ich war in gesellschaftlichen Dingen mindestens ebenso bewandert wie sie. Ja noch mehr; denn ich verkehrte in einigen Salons der oberen Zehntausend, die sie nur von außen gesehen hatten. Nein, nein, es war ihre geheimnisvolle, nicht greifbare Überlegenheit. Ich gab es schließlich auf, resignierte. Aber auf dem Heimweg nahm ich mir vor, es ihnen zu zeigen. Es geht euch beiden gut, nicht wahr? sagte ich zu mir. Alles in bester Ordnung, nicht wahr? Aber wartet nur: Ich habe euch aufs Pferd gesetzt, ich kann euch auch wieder herunterholen!

Innerhalb eines Monats hatte ich alle möglichen Klagen und Vorwürfe gegen ihn zusammengebracht, und kurze Zeit darauf warf ich ihn hinaus. Ich mußte natürlich dafür büßen, einen so guten Mann an die Luft gesetzt zu haben. Ich habe in Wirklichkeit gegen mein eigenes Interesse gehandelt. Aber ich ließ nicht locker, bis ich ihn draußen hatte, obgleich ich mir durchaus klar war, wie schmutzig meine Handlungsweise war. So, das war's. Mein Gott, habe ich einen Durst!»

Er griff nach dem Gin, den Mr. Femm ihm hinschob, mischte ihn hastig mit Wasser und leerte sein Glas mit geschlossenen Augen. «Jetzt fühle ich mich besser», sagte er und blickte sich im Kreise um. Wenn seine Geschichte ihnen nicht gefiel, dann sollten sie's bleiben lassen. Sie wollten die Wahrheit wissen, und er hatte ihnen die Wahrheit erzählt. Außerdem hatte es ihm ganz gut gefallen, ein Bekenntnis abzulegen. Hier war der Ort und die Zeit, über solche Dinge zu reden und seinem Herzen Luft zu machen. Aber es schien alles in Ordnung zu sein; sie blickten ihn neugierig und freundlich an, mit Ausnahme vielleicht von Gladys. Sie sah etwas verächtlich drein, nicht so freundlich wie die andere, Mrs. Waverton, die zuerst so kühl und ablehnend erschienen war. Aber andererseits machte Gladys sich vielleicht gar keine Gedanken über seinen Fall, sondern war nur ungeduldig mit ihm.

«Jetzt sind Sie an der Reihe, Miss Du Cane», sagte Penderel. «Sie machen doch mit, nicht?»

Jawohl, sie machte mit und sah begierig zu Sir William hinüber. «Los, frag' schon, ich bin auf das Schlimmste gefaßt!»

«So, so, Sie sind an der Reihe, Miss Du Cane», sagte er mit einem grimmigen Lächeln. Schon ihr Name schien seine nächste Frage anzudeuten. «Wie wär's denn, wenn Sie uns genau sagten, wer Sie eigentlich sind?»

«Das ist doch die Höhe!» rief sie entrüstet aus, und ihre schönen Augen blitzten vor Empörung. «Was willst du damit sagen – wer Sie eigentlich sind?»

Die anderen fühlten sich peinlich berührt, aber Sir William machte das nichts aus. «Nichts Besonderes. Mach uns nur ein paar autobiographische Angaben, wie sie zum Beispiel in 'Who's Who' stehen. Denk daran, was für eine Frage ich zu beantworten hatte. Damit verglichen ist die deine das reinste Kinderspiel.»

Gladys starrte ihn an, wobei sie ihre volle Unterlippe vorschob. Dann zuckte sie leicht mit den Schultern und lehnte sich in ihren Stuhl zurück. «Wie du willst. Los also.» Aber sie schwieg einen Augenblick und starrte mit abwesenden Augen vor sich hin. Dann gab sie sich einen Ruck, hob das Kinn und sagte mutig und ohne Hemmung: «Damit du es genau weißt, mein Name ist nicht Du Cane. Wahrscheinlich hat niemand von Ihnen geglaubt, daß ich so heiße. Aber das macht die Sache für mich nicht leichter. Mein wirklicher Name ist Hoskiss; der Vorname Gladys stimmt. Als ich mir zum erstenmal überlegte, wie ich ins Ballett kommen könnte, dachte ich an einen zugkräftigen Namen. Und da ich gerade ein Buch mit dem Titel 'Die teure Miss Du Cane' las, fand ich, das sei genau das richtige für mich. Ich war damals noch sehr jung, gerade siebzehn. Wir wohnten in Fulham drunten, im Walham Green, um es genau zu sagen. Gleich von der North End Road ab. Wir waren zu siebt, drei Mädchen, zwei Jungens und die Eltern. Vater ist Tischler, wenn er arbeitet. Ich kann mir nicht vorstellen, daß jemand von Ihnen den Bezirk um den North End Road herum kennt. Es würde sich lohnen, einmal hinzufahren und sich ihn anzusehen. Es ist kein Armenviertel, sieht im Gegenteil äußerlich ganz freundlich und lebendig aus – solange man halb betrunken ist oder nicht dort zu wohnen hat. Ich bin oft den ganzen North End Road auf und ab gepilgert, um Fischkoteletts und dunkles Bier für die Familie zu holen oder ein bißchen Geld zu verdienen, damit ich mir einen Stehplatz im Granville lösen konnte. Das ist ein kleines Varieté am unteren Ende der Straße. Wir bewohnten nur ein halbes Häuschen als siebenköpfige Familie, und die Zimmer waren schrecklich klein. Natürlich waren wir uns dauernd im Weg, und jeder nörgelte und schimpfte mit dem anderen herum. Wir drei Mädchen hatten ein kleines Zimmer zusammen, und Sie können sich vorstellen, was das bedeutete. Jede warf die Sachen der anderen im Zimmer herum oder borgte sich ein Kleidungsstück, wenn sie ausgehen wollte. Ich zum Beispiel, als die Jüngste, tat das mit Vorliebe. Maggie, meine älteste Schwester, bekam eine Anstellung als Kellnerin und lernte einen Soldaten auf Urlaub kennen, der ihr gefiel und versprach, sie zu heiraten, sobald der Krieg vorbei war. Sie bekam ein Kind, und er ließ sich nie mehr blicken. Das Kind ist nun auch zu Hause, und Maggie ist immer noch Kellnerin, wenn auch nicht mehr im selben Lokal. Ethel, die im Alter zwischen uns kommt, arbeitete in einer Wäscherei und heiratete einen Mann, der wie eine Ratte aussieht und sich so benimmt.

Das einzige Plus für Ethel bestand darin, daß sie nicht mehr in die Wäscherei zu gehen brauchte. Dann kam ich daran, arbeiten zu gehen. Ich hatte einen Job nach dem anderen. Zuerst Verkäuferin in einem der kleinen, billigen Schokoladenläden, deren schmieriger Besitzer dauernd den Arm um mich legte. Dann drei Monate in einem großen Textilgeschäft, von morgens bis abends auf den Beinen, bis ich vor Erschöpfung hätte umfallen können. Dann in anderen Läden und schließlich in einem Kino, wo ich als Aushilfskraft angestellt wurde. Das gefiel mir ganz gut, und zuerst kam ich mir ganz bedeutend vor. Aber die Bezahlung war mies, der Geschäftsführer wurde zu freundlich, und ich hielt es einfach nicht mehr aus, zu Hause zu wohnen. Eine Stunde in dem Häuschen meiner Familie und ich hätte schreien können. Jedesmal, wenn ich nach dem Westen kam – in eine Vorstellung im Daly oder Gaiety oder Palast oder Palladium –, lag ich nachher die halbe Nacht wach im Bett und grübelte, wie ich von zu Hause wegkommen könnte. Und dann ging ich eines Abends mal mit zwei Mädchen und ein paar Jungens, die ich kannte, ins Granville.

Die Jungens luden uns in der Pause in die Bar ein und bestellten uns ein Glas Portwein, und zufällig kamen ein paar Schauspieler dazu, und wir freundeten uns alle an. Eines der Mädchen war ausgefallen – es war eine Revue mit dem Titel O MEINE AUGEN!, der letzte Dreck –, und ich bin für sie eingesprungen. Die Revue war einige Zeit in kleineren Londoner Vorstadttheatern gelaufen und wurde jetzt auf einer Tournee in der Provinz gespielt. Ich ging mit. Miss Du Cane, die dritte von rechts im Zwölferballett. Und so ist Gladys von zu Hause weggekommen.»

«Bist du je wieder zurückgegangen?» fragte Sir William.

«Natürlich, aber nur auf Besuch. Ich habe manchmal reingesehen, wenn ich gut bei Kasse war, brachte Mutter und Maggies Kind etwas mit. Ich habe sie gern, und sie mögen mich. Wenn man sie nur mal aus ihrem Trott herausholt, sie in eine ruhige Ecke setzt und ihnen etwas zu trinken gibt, tauen sie auf und sind sehr nett. Nur weil sie alle zusammengekoppelt sind und in dem muffigen Häuschen aufeinander herumtrampeln, gehen sie einem auf die Nerven, zum mindesten mir.

Sie sah über den Tisch hinweg direkt in Margarets Augen. «Aber jetzt ist es genug. Ich werde nicht meine ganze Lebensgeschichte zum besten geben, nicht einmal in dieser Nacht, wo wir alle hierher verschlagen wurden und der Piccadilly Circus so weit entfernt zu sein scheint wie Neuseeland.»

«Gut dann, stelle deine Frage. Jetzt kannst du dich rächen», sagte Sir William. Ihm machte das Spiel Spaß, und er war neugierig, was Gladys wohl den blassen, helläugigen jungen Mann Penderel an ihrer Seite fragen würde, mit dem sie sich vom ersten Augenblick an zu verstehen schien.

Gladys beugte sich vor und wandte den Kopf zu Penderel, so daß sie ihm gerade ins Gesicht sehen konnte. Er bemerkte, daß ihre Augen die Farbe von ganz altem braunem Sherry hatten, und im selben Augenblick brachte sie ihre Frage hervor: «Worüber sind Sie so verbittert?»

«Ich?» fragte er verblüfft.

«Ja, Sie», antwortete sie und nickte wie ein altkluges Kind.

«Wieso, sehe ich denn verbittert aus?»

«Ich glaube, ja», sagte sie und wandte sich an die Wavertons um Unterstützung.

«Ich weiß, was Sie meinen», sagte Margaret. «Vielleicht ist verbittert nicht ganz das richtige Wort, aber es genügt.» Dann wandte sie sich an Penderel und sagte: «Es stimmt, Sie sind verbittert.»

«Natürlich sind Sie's, Penderel», bestätigte Philip kameradschaftlich.»Sie sind einer der schlimmsten Nachkriegsfälle, die ich kenne. Sie sind viel schlimmer als ich zum Beispiel. Nun kommen Sie schon, geben Sie's zu.» Er grinste und deutete mit seiner Pfeife über den Tisch. «Verteidigen Sie sich, mein Lieber, und erklären Sie uns, warum.»

Penderel machte eine komische Grimasse. «Na, ich habe nie gewußt, daß man mir alles ansieht. Ich muß mich also erklären. Ich bin mit siebzehn eingezogen worden. Bin von der Schule fortgelaufen und habe die Musterungskommission angelogen, ich sei neunzehn. Vom Krieg brauche ich nichts zu erzählen. Das kennen Sie alle selbst. Ich habe meinen Vater darin verloren, der an Überanstrengung starb. Ich habe meinen älteren Bruder Jim darin verloren, der in Flandern von einer Granate zerrissen wurde. Er war der beste Kerl, der mir je vorgekommen ist, und ich habe ihn richtig verehrt. Männer wie er, das Salz der Erde, wie man so sagt, bekamen immer die Kugel, ganz gleichgültig, ob sie Engländer, Franzosen, Deutsche oder Amerikaner waren. Heutzutage wundern sich die Leute, warum es auf unserer Welt so schlecht aussieht. Aber sie vergessen, daß die besten Männer, die heute im Vollbesitz ihrer Kräfte wären und uns aus unseren Schwierigkeiten führen könnten, unter dem Boden liegen. Wenn man sie zurückholen könnte, Jungens wie Jim, Hunderttausende von ihnen, würde man sehr rasch sehen, wie sie die Welt veränderten. Aber sie sind tot, und ein Haufen anderer Leute, sehr verschiedener Leute, leben und sind gesund. Nun, das habe ich mir alles so betrachtet und mir meine Gedanken darüber gemacht. Es war nebenbei die einzige Bildung, die ich nach dem Abgang von der Schule noch bekam. Dann, gegen Schluß des Krieges, habe ich mich verliebt. Ich war in einer Genesungsabteilung, die in einem Landhaus untergebracht war. Und es war Frühling. Sie wohnte da, und jedesmal, wenn wir einen kleinen Spaziergang machten, überschüttete der Wald uns mit einem weißen Blütenregen. Ich habe nie wieder soviel blühende Apfel- und Kirschbäume gesehen wie in jenem Obstgarten. Und dort erwartete sie mich immer. Wir verlobten uns, und die Welt sah auf einmal anders aus. Ich brauchte nur das Ende des Krieges abzuwarten und dann würde alles herrlich werden. Ich ging an die Front nach Frankreich zurück und dachte nur an sie. Ich steckte im Dreck und den Gaswolken der letzten Angriffe im Sommer und Herbst 1918 und dachte nur an sie. Dann, gleich nach dem Waffenstillstand, bekam ich einen Brief von ihr. Es sei alles ein Irrtum gewesen, wir paßten nicht zusammen, seien auch noch zu jung. Sie habe jemand anders kennengelernt, und wir würden immer Freunde bleiben. Alles vernünftig, kein Zweifel, aber da ich an nichts anderes gedacht hatte, war es eben ein großer Schlag. Wir wurden demobilisiert, ich kam nach Hause, traf sie einmal und machte einen Strich unter die Sache. Aber ich erinnere mich, daß ich noch einmal zu dem alten Landhaus hinausfuhr, im Frühling 1919, und meilenweit blühten wieder die Bäume.

Die ganze Gegend war wie verschneit, und die Blüten fielen auf einen herunter, wie damals. Es tat sehr weh. Ich habe mir natürlich gesagt, daß die Bäume nicht für mich blühten und ein einziger Frost genügte, um die Schönheit zu zerstören. Ich packte meinen Koffer und sah mich nach Arbeit um.»

Er hielt inne und sah auf seine Finger, die automatisch auf der Tischplatte trommelten.

«Weiter, weiter», sagte Philip ungeduldig, nachdem sie ein paar Augenblicke gewartet hatten. Dafür wurde er von Margaret blitzschnell in die Seite gepufft, was ihn immer wieder erstaunte, weil diese schnellen Reaktionen gar nicht zu ihr paßten. Sie gehörten eigentlich zu der anderen Margaret, der unsichtbaren. Es war übrigens seit Monaten wieder das erste Mal, daß sie ihn in die Seite stieß, und es rief ein schmunzelndes Wohlbehagen bei ihm wach.

«Ich will mich kurz fassen», fuhr Penderel fort. «Meine guten Kameraden waren tot, die Liebe hatte Schiffbruch erlitten, und die Welt sah wieder sehr traurig aus. Aber es blieb immer noch die Arbeit. Das würde mich aufrechterhalten, sagte ich mir. Ich wollte wie ein Berserker arbeiten, ich hätte in Oxford oder Cambridge studieren können, hatte aber keine Lust dazu. Ich wollte nicht in Hörsälen herumsitzen, dem trockenen Geschwätz bebrillter alter Männer zuhören und dann mit einem Haufen halbwüchsiger Jungens in den Kneipen randalieren. Ich fand, daß eine Universität mich nichts lehren konnte, was ich wirklich wissen wollte. Reine Überheblichkeit, natürlich, aber so war ich eben, ich wollte mir eine richtige Arbeit suchen. Männerarbeit. Damals wurde in den afrikanischen Kolonien Landbesitz an frühere Offiziere vergeben. Ich kratzte also jeden Penny zusammen, den ich hatte, zahlte meinen Anteil ein und fuhr nach Afrika. Ich will Sie nicht weiter mit dieser Geschichte langweilen. Es war ein Schwindel, und zwar ein ganz besonders schmutziger Schwindel. Afrika wollte mich also nicht haben, auf jeden Fall nicht der Teil von Afrika, wohin ich fuhr, und ich kehrte pleite zurück. Ich lungerte einige Zeit in London herum und soff mit anderen Jungens, die in derselben Lage waren wie ich. Die Idee mit der harten Arbeit war tot, aber ich suchte immer noch nach einem Job, was nicht dasselbe ist. Der eine oder andere meiner Bekannten ließ sich von den 'Black and Tans' anwerben – niemand sonst wollte sie haben –, aber ich mochte die Irländer ganz gerne und wollte mich nicht an ihrer Unterdrückung beteiligen. So lungerte ich weiter herum, schmiedete mit anderen Vagabunden meiner Art große Pläne und trank zuviel. Dazwischen verkaufte ich mal ein paar Sachen auf Provision, aber es machte mir keinen Spaß. Schließlich hatte ich keinen Penny mehr in der Tasche, borgen wollte ich mir auch nichts, sondern entschloß mich kurzerhand, ein bißchen als Erdarbeiter zu gehen. Oben im Norden wurden öffentliche Arbeiten ausgeschrieben, ich meldete mich und bekam den

Job durch Empfehlung. Hat mir gut getan, aber ich hatte weder das Arbeiter–Temperament noch die Erfahrung, so daß mich die Sache so hart ankam wie Zwangsarbeit. Aber ich habe es durchgestanden, bis wir ausbezahlt wurden, kehrte nach London zurück und klapperte die Bars ab, um zu sehen, wo sich eine neue Gelegenheit ergab. Es gab schon Möglichkeiten, es gibt immer welche, wenn man zäh genug ist, aber mir lag das nicht. Ich versuchte, zu schreiben, Material hatte ich ja genug, aber es war nur zweitklassiges Zeug. Dann starb meine Mutter. Sie hatte nicht viel zum Leben gehabt, nachdem Vater tot und Jim gefallen war. Meine einzige Schwester hatte geheiratet und lebte in Indien, und ich war nicht gerade ein sehr erfolgreicher Stammhalter der Familie Penderel. Durch den Tod meiner Mutter erbte ich ein bißchen Geld. Es war nicht viel und es reichte auch nicht lange. Dafür habe ich gesorgt. Ein bißchen davon habe ich noch angelegt, aber ich habe auch darauf geborgt. Wenn man nichts zu tun und kein Ziel hat und wenig wirkliche Freunde, hält das Geld nie lange. Jeder Tag hat vierundzwanzig Stunden, die man bezahlen muß, aufkaufen sozusagen. Ich bin eine der häßlichen Enten der Kriegsgeneration, von der Sorte, aus denen nie ein Schwan wird. Aber schon wächst eine andere Generation heran, die sich nicht betrügen läßt. Jungens, zart und fein und zurückhaltend, aber hart wie Stahl und entschlossen, ihren Anteil am Leben zu erobern. Sie wissen, was sie wollen und lassen sich nicht um ihr Recht betrügen. Ich möchte auch was vom Leben haben, aber ich bekomme es nicht. Ich werde es nie bekommen.»

Er blickte sich um, sah in die Gesichter der anderen. Mr. Femm schien gleichgültig, Sir William etwas unbehaglich, und die Wavertons und Gladys ernst und voll Sympathie. Dann riß er sich plötzlich zusammen und sprudelte die nächsten Sätze rasch und heftig heraus.

«Sie denken wahrscheinlich, daß ich mich jetzt gerechtfertigt haben», rief er. «Aber ich habe mich nicht gerechtfertigt. Was ich sagte, war Gewäsch, nicht gerade unerträgliches Gewäsch vielleicht, aber eben doch Gewäsch. Es ist nichts anderes als sentimentale Schwäche. Ich kenne das von anderen Männern, wenn sie ihre Niederlagen und Mißerfolge bemänteln wollen. Es ist beinahe so schlimm wie die armen Kerle, die als Angeklagte vor Gericht immer wieder auf ihren Kriegsdienst verweisen. Es ist nicht das erste Mal, daß junge Burschen von der Schulbank wegrennen, um freiwillig Zielscheiben zu werden, oder ihre Brüder und Väter verloren haben oder belogen und betrogen wurden. Wenn ein Mann Mark in den Knochen hat, muß er darüber hinwegkommen. Das müssen Sie mir ganz offen sagen. Ich weiß es. Ich weiß, daß Zynismus oder Verbitterung oder wie immer Sie diese moderne Krankheit nennen wollen, nichts ist als eine Entschuldigung für Schwäche. Und das ist bitter. Ich sage mir, ich sollte mich eigentlich durchbeißen, aber dann frage ich mich: wofür? Ich sitze gar nicht gerne im Dreck, aber ich habe kein zugkräftiges Motiv, mich aus dem Dreck zu erheben. Oder man könnte sagen, es gibt kein Leben außerhalb des Drecks. Man kann es auch anders ausdrücken. Ich fragte Waverton vorhin nach dem großen Haken des Lebens. Ich fragte ihn, weil ich neugierig war, was er antworten würde. Ich war gespannt, ob seine Meinung mit meiner übereinstimmen würde. Aber sie stimmt nicht überein. Meine Meinung ist diese: Wenn man dem Leben nach den alten, anständigen Regeln gegenübertritt, dann wird man betrogen und zusammengeschlagen. Tut man das nicht, packt man es ohne Illusionen und Ideale an, dann kommt man mit ihm zurecht und kann sich ganz gut mit ihm stellen. Aber dann ist man nichts als ein Schwein, und das Leben ist keinen Deut wert.»

«Unterscheidet sich gar nicht sehr von meiner Einstellung», meinte Philip. «Bloß scheint mir, daß ich Ihnen ein wenig unter die Arme greifen könnte, ein Kompromiß ist möglich, verstehen Sie?»

«Genau so dachte ich über Sie», rief Penderel. «Ich glaubte, Sie könnten ein Kompromiß zwischen Ihrer Einstellung und den Tatsachen schließen, aber ich nicht. Wenn man natürlich ein geborenes Schwein ist, dann fühlt man nichts. Wenn man aber nur aus Not zum Schwein wurde, dann tut es weh. Ich hoffe, es hört bald auf, weh zu tun. Ich habe mich zum Schwein entwickelt.»

«Sie sind ein schrecklicher Idealist», sagte Margaret, «oder Sie könnten nicht so reden.»

«Klar», warf Sir William zufrieden ein. «Er will auf dem Mond leben.»

«Nein, das stimmt nicht», protestierte Penderel. «Das ist etwas ganz anderes. Ich kenne solche Leute, aber wenn Sie glauben, ich sei einer von ihnen, dann haben Sie mich nicht verstanden.»

«Ich bin nicht ganz sicher, Penderel», sagte Philip. «Es ist doch nur so, dass Sie besseres Brot haben wollen, als man aus Weizen backen kann, wie neulich mal irgend jemand sagte.»

«Nein, nein», sagte Penderel störrisch. «Es ist schlimmer. Es ist die Erkenntnis, dass Brot, aus Weizen gebacken, nicht wert ist, gegessen zu werden.»

«Kommt auf dasselbe heraus», meinte Philip.

«Aber ich will nicht, dass es auf dasselbe herauskommt», wandte Penderel ein, stützte sich auf seinen Ellbogen und runzelte die Stirn. «Warten Sie mal, ich werde Ihnen erklären, was ich meine.»

«Ich weiß, was Sie meinen», sagte Gladys plötzlich und erstaunte alle, denn keiner hatte erwartet, dass sie sich an der Kontroverse beteiligen würde.

«Wenn ich nicht weiß, was Sie meinen, so weiß ich doch, was mit Ihnen los ist. Sie haben nichts, wofür Sie leben können. Sie leben eben so dahin, und das ist natürlich scheußlich. Alles ist schiefgegangen, und jetzt ist es Montagmorgen die ganze Woche.»

Penderel und Sir William wollten den Mund zu einer Erwiderung öffnen, aber eine neue Stimme überschrie sie. Sie war so schrill und unerwartet, daß alle verblüfft aufsahen. Miss

Femm war zurückgekehrt und kam auf den Tisch zu, indem sie auf ihren Bruder einschrie.

«Morgan säuft wieder», kreischte sie. «Ich habe gewußt, daß er heute nacht wieder trinken würde. Wo hat er die Flasche her?»

Mr. Femm biß sich auf die Lippen. «Nicht von mir. Kannst du ihn nicht davon abbringen?»

«Zu spät. Er sitzt in der Küche, schon betrunken. Ich räume die Sachen hier ab, das übrige kann bleiben, wo es ist.» Und sie trug den Rest des kalten Bratens und des Käses davon.

Die anderen rückten ihre Stühle zurück und standen auf. Miss Femm hatte ihnen offensichtlich die Laune verdorben, noch weiter zu diskutieren. Bis jetzt hatte es geschienen, als ob sie am Ufer eines Flusses säßen und das Leben an ihnen vorbeiflösse und jeder den anderen auf die Wellen und kleinen Wirbel aufmerksam machte, die er bemerkte. Aber mit dem Öffnen der Tür und dem schrillen Klang einer anderen Stimme stürzte das Leben selbst auf sie herein. Sie waren mitten in seinem Fluß.

Miss Femm kam zurück. «Wenn er weitertrinkt, muß man ein Auge auf ihn halten», schrie sie. «Draußen wird es auch schlimmer. Wir haben es noch nicht hinter uns.» Und sie verschwand mit dem Brot und der Butter.

Sir Williams wollte etwas unternehmen. Er wandte sich an Mr. Femm: «Wer ist dieser Morgan, Ihr Diener? Ist er so schlimm? Könnten Sie ihn nicht überreden, schlafen zu gehen?»

Mr. Femm schüttelte traurig den Kopf. «Ich habe ihn ein- oder zweimal in dieser Stimmung erlebt. Da er nicht viel besser als ein Tier ist und von der Natur und ihren Veränderungen abhängig, haben solche Unwetter wie das heutige einen schlechten Einfluß auf seine primitiven Instinkte. Und wenn er dann noch zu trinken anfängt, ist nichts mehr zu machen.»

«Könnte ich nicht mit ihm reden?» fragte Sir William und war sich offenbar seiner sehr sicher. «Ich bin gewohnt, mit solchen Starrköpfen fertig zu werden. Es ist der große, plumpe Kerl, den ich an der Tür stehen sah, nicht wahr?»

«Ja, sehr groß, sehr plump, sehr stark.» Dabei schlich sich ein hinterhältiges Lächeln über Mr. Femms Gesicht. «Außerdem ist er stumm.»

«Stumm!» Sir Williams wurde zusehends kleinlaut. Er konnte sich nicht vorstellen, wie er mit einem Stummen verhandeln sollte.

Mr. Femm nickte. «Sehr stark, sehr dumm und stumm.» Er nickte wieder und ging dann weg. Sir William blickte ihm nach und pfiff leise durch die Zähne. Dieser Mensch war so seltsam wie sein Diener. Dann ging er zu den Wavertons ans Kaminfeuer hinüber.

VI

Nachdem sich alle vom Tisch erhoben hatten, wollte es der Zufall, daß Penderel und Gladys nebeneinander standen. Zwischen ihnen und den anderen am Kamin lagen mehrere Meter und die Breite des Tisches. Wenn diese Isolierung auch dem Zufall zu verdanken war, so zeigten beide keinerlei Eile, sie zu beenden. Die Stimmung der Selbstbezichtigungen und der Offenheit war vorüber und ließ sie etwas schüchtern und unbehaglich herumstehen. Und doch war etwas von ihren Konfessionen an ihnen haften geblieben. Äußerlich waren sie sich noch fremd, aber irgendwie hatten sie sich auf vertrautem Boden getroffen.

Gladys schaute sich um und zuckte zusammen. «Ein Glück, daß ich nicht allein hier bin», sagte sie zu ihm. «Ein schreckliches Haus.»

Penderel fragte neugierig: «Wie meinen Sie: allein? Ganz allein?»

«Nein, das meinte ich nicht. Eben allein mit diesen Leuten hier.»

«Mit den Femms?» Hoffentlich meinte sie es so. Sie sah ihm in die Augen und nickte. «Ja, mit dem Mann stimmt etwas nicht. Aber die kleine dicke Frau mit der schrillen Stimme – die ist noch merkwürdiger.» Dabei zog sie wieder die Nase kraus.

Penderel hatte sich über Miss Femm noch nicht viel Gedanken gemacht. «Wahrscheinlich ist sie ganz harmlos, wenn sie mich auch an eine Schnecke erinnert.»

Gladys zog immer noch das Näschen kraus und lächelte dann. «Wie spät ist es eigentlich?» fragte sie.

Er wußte es nicht. «Leider habe ich keine Uhr.»

«Komisch, ein Mann ohne Uhr!» rief sie aus. «Übrigens habe ich auch nie eine. Ich kann mich damit nicht belasten. Und warum haben Sie keine?»

«Weil ich kaum jemals wissen will, wie spät es ist. Und wenn gelegentlich, dann ist immer jemand mit einer Uhr in der Nähe. Es scheint Leute zu geben, die den ganzen Tag an die Zeit denken. Ich mag Uhren nicht, jedenfalls nicht die modernen. Wir sollten zu den Stundengläsern und Sonnenuhren zurückgehen, die die Zeit gemächlich dahinfließen ließen, statt einen dauernd mit Minuten und Sekunden nervös zu machen.»

Sie schien ihn eher anzusehen, als ihm zuzuhören. «Sie sind ein komischer Junge. Das hat man Ihnen sicherlich schon öfter gesagt, nicht?» sagte sie nach einer Weile.

Meinte sie, was sie sagte, oder wollte sie ihn bloß necken? «Nein, hat man mir nicht gesagt», antwortete er leichthin. «Man hat mir überhaupt seit langer Zeit nichts mehr gesagt. Ich bin immer mit Männern zusammen. Na, und Männer sagen, wie Sie wissen, solche Sachen nie. Sie reden nie vom anderen.»

«Ich kann Ihnen übrigens etwas von mir erzählen», sagte sie mit einer komischen Grimasse.

«Und das wäre?»» fragte er mit gekünsteltem Interesse.

Sie antwortete hinter vorgehaltener Hand: «Ich habe schrecklichen Durst.»

«Ich auch!» stimmte er ihr fröhlich zu. «Dieses Beichtspiel hat mich furchtbar durstig gemacht. Also gut, da drüben steht die Ginflasche, es ist auch noch etwas drin.»

«Oh Gott, nein, das ist nichts für mich. Soweit bin ich noch nicht gesunken, daß ich Gin unverdünnt trinke. Sie wollen mich doch nicht als Ginsäuferin sehen, oder?»

Er gab zu, daß er darauf keinen Wert lege, und im nächsten Augenblick überlegte er sich, daß der Gedanke allein ihn schon wütend machte. Eine Welle von Interesse an diesem Mädchen stieg in ihm auf, und er fühlte so etwas wie ritterliche Zuneigung zu ihr. Es ging schnell vorüber, ließ aber ein seltsames, angenehmes Gefühl zurück.

«Gibt es nichts anderes?» fragte sie. «Ein Glas Whisky, und ich kann den Rest der Nacht froh und heiter ertragen. Sir

William hat in seiner Gier die ganze Flasche ausgetrunken, sobald wir hereinkamen. Wenn Sie wissen wollen, warum diese Leute so viel Geld verdienen, hier haben Sie die Erklärung: es ist die Gier.»

Penderel musterte nachdenklich den Tisch. «Ich wäre auch sehr für Whisky. Aber es ist keiner da.»

«Verdammt schade, kann ich nur sagen. Warum tragen Sie keinen Flakon in der Hüfttasche?»

Er starrte sie einen Augenblick abwesend an und schlug sich dann mit der flachen Hand auf die Stirn. «Was bin ich für ein Idiot!» rief er.

«Natürlich sind Sie einer», sagte sie lachend. «Aber warum fällt es Ihnen jetzt gerade auf?»

«Im allgemeinen habe ich keinen Flakon bei mir, aber heute hatte ich einen. Ich habe gar nicht mehr daran gedacht. Kaum zu glauben, nicht? Aber trotzdem wahr. Ich hatte einen, voll mit gutem Whisky. Ich erinnere mich auch noch, daß ich einmal einen großen Schluck daraus trank, als wir kurz nach dem Mittagessen abfuhren.

«Ja, und? Wo ist die Flasche jetzt?» fragte sie. «Sie werden mir nicht erklären, es sei nicht gut für junge Mädchen, Whisky zu trinken, oder?»

«Ach, Unsinn! Ich gehe gleich los und hole die Flasche, und dann trinken wir sie zusammen aus, ehrlich geteilt.»

«So ist's richtig.» Dann schlich sich ein spitzbübischer Zug in ihr Gesicht, und sie lachte ihn an. «Nur wir beide. Wir wollen Bill nicht dabeihaben. Er verdient es auch nicht. Und die anderen wollen ohnehin keinen. Wo haben Sie die Flasche?»

«In der Tasche meines Regenmantels, glaube ich. Ich gehe gleich und sehe nach.» Er ging zu seinem Mantel hinüber, kam aber sofort wieder zurück und schüttelte verneinend den Kopf. «Nicht drin. Ich muß sie im Wagen liegengelassen haben, auf dem Sitz wahrscheinlich.»

Sie machte ein langes Gesicht. «Pech. Was hat es für einen Zweck, eine Flasche Whisky draußen im Wagen zu haben. Wir können doch nicht über Felsblöcke klettern und knietief im Wasser waten, um sie zu holen.»

«Aber unser Wagen ist hier, gleich um die Ecke», sagte er. «Sie scheinen das zu vergessen. Ich kann also leicht hinausschlüpfen und die Flasche holen.»

«Ach ja, ich dachte an unseren Wagen», sagte sie erleichtert. «Augenblick, ich ziehe mir nur meine hohen Stiefel an. Dann komme ich mit Ihnen vor die Tür.»

«Haben Sie vielleicht eine Taschenlampe?» fragte er.

Als sie bejahte, fuhr er fort: «Wenn Sie sie mir eine Minute überlassen wollen, bin ich gleich wieder zurück. Sie brauchen sich nicht zu bemühen.» Aber er hoffte, sie würde mitkommen.

Als sie gestiefelt, den Mantel an und die Taschenlampe in der Hand zurückkam, sagte sie: «Nein, ich komme mit Ihnen bis vor die Tür. Erstens habe ich dann etwas zu tun, und zweitens trinken wir die Flasche wahrscheinlich da draußen aus. Ich bin Ihrer Freundin – wie heißt sie gleich? Mrs. Waverton – schon genug auf die Nerven gegangen heute abend. Außerdem wird Bill nur mitmachen wollen.»

Die anderen saßen am Kamin und schenkten ihnen keine Aufmerksamkeit. Gladys war begierig, ein bißchen hinauszugehen und sich Bewegung zu verschaffen. Es würde wie ein kleines Abenteuer sein. Sie wollte nicht in der Diele herumstehen und auf ihn warten.

Sie ließen die große Haustür offen und blieben einen Augenblick auf der obersten der drei Stufen stehen, wo sie von einem kleinen Vordach vor dem Regen geschützt waren. Die Nacht war so finster wie je, die Windstöße heulten um das Haus, und das Licht, das hinter ihnen herausschien, beleuchtete einen schmalen Streifen Regen und den naß glänzenden Kies zu ihren Füßen. Eine Minute lang sagten sie nichts und bewegten sich nicht, sondern standen nur nahe nebeneinander und starrten in die Nacht.

«Es geht doch nichts über London», sagte Gladys, ihren Mund nahe an seinem Ohr. «Nie gibt es dort eine solche Finsternis, und Sturm und Regen merkt man nicht so sehr. Puh! Hier möchte ich nicht geschenkt leben. Dabei kenne ich einige fürchterliche Viertel in London. Aber man weiß immer, daß man nur um die nächste Ecke zu biegen braucht und alles ist wieder gut, Lichter, Omnibusse, Schutzleute. Aber hier, nicht auszuhalten!»

«Wir werden jetzt sicherlich völlig abgeschnitten sein», sagte Penderel und fand den Gedanken ganz aufregend. Wie Schiffbrüchige. Endlich einmal eine Unterbrechung in der Langeweile der täglichen Routine. Hoffentlich würden sie mehrere Stunden festsitzen. «Die Leute hier sagen, das sei schon mehrere Male passiert. Das Haus selbst steht fest, aber es kann schwierig werden, hier wegzukommen.» Ihn reizte die Situation. Er legte gar keinen Wert darauf, daß die Dinge sich rasch wieder regelten.

Überraschenderweise schien Gladys seine Gedanken erraten zu haben. «Gefällt Ihnen ganz gut, scheint mir. Jede Aufregung ist Ihnen recht, was?»

«Schon möglich», sagte er grinsend. «Aber hoffentlich sagen Sie mir jetzt nicht, Sie hätten Männer wie mich schon öfter getroffen. Das würde mir gar nicht behagen. Ich möchte ein Original sein.»

Sie überlegte. «Nein, ich habe eine ganze Menge und sehr verschiedene Typen kennengelernt. Einige ähnelten Ihnen ein bißchen, aber mehr nicht. Sie sind wirklich anders.»

«Vielen Dank für das Kompliment», rief er. «Es geht nichts über Originalität. Sie sind übrigens auch anders.»

«Natürlich, das mußten Sie sagen.» Sie drehte sich ihm zu und blickte ihm gerade ins Gesicht. Ihre Augen schienen riesig in dem Dämmerlicht, das durch die offenen Tür drang. «Aber Sie meinen kein Wort von dem, was Sie sagen.»

«Das ist nicht wahr.» Er fing an, Blödsinn zu reden, aber es gefiel ihm, sie zu necken.

«O doch, es ist wahr. Und jetzt halten Sie den Mund, und holen Sie die Flasche», antwortete sie ganz ruhig. «Wo steht der Wagen?»

«Irgendwo um die Ecke.» Dabei winkte er mit der Hand unbestimmt in die Gegend. «In einem Schuppen oder in einer Remise oder so. Abgeschlossen ist es auf jeden Fall nicht. Kann ich mal die Taschenlampe haben?»

Sie gab sie ihm und sagte: «Ich warte hier auf Sie.»

«Schön. Ich komme gleich zurück.» Er sprang die Stufen hinunter, und einen Augenblick später sah sie den kleinen Lichtkegel der Taschenlampe um eine Ecke verschwinden. Nun vergingen einige Minuten, in denen sie mit einem warmen, belebenden Gefühl vor sich hinträumte. Sie war in Gedanken meilenweit von dem strömenden Regen und der Finsternis entfernt, in der sie stand. Es würde ganz nett werden, wenn er mit der Flasche zurückkam. Der Alkohol war nicht so wichtig, wenn sie auch ihre gewohnten Whisky und Sodas vermißte, die sie beinahe allabendlich in ihrer Londoner Bar trank. Aber der Gedanke, daß sie hier mit ihm draußen ganz allein die Flasche austrinken und damit eine Art Komplott bilden würde, reizte sie. Der Junge hatte etwas an sich, das ihr gefiel. Sie verstand ihn. Sie erinnerte sich auch genau an ihn, damals, in der 'Ratten- und Mäusebar'. Im Gegensatz zu ihm, der sie nicht bemerkt hatte. Aber das machte nichts. Sie war nicht beleidigt. Er hatte eine Menge getrunken, war sogar beschwipst, aber nicht rot im Gesicht und mit blöden, starren Augen, wie die meisten anderen. Er war blaß mit hellen, intelligenten Augen. Er gehörte nicht zum Durchschnitt. Aus Mädchen schien er sich nicht viel zu machen, sondern verbummelte seine Abende mit anderen Jungens, trinkend, kartenspielend und über den Krieg, Politik und Bücher diskutierend. Klug und irgendwie originell. Seine Kameraden hielten ihn natürlich für glücklich, aber was wußten die schon! Sie konnte sie sich so richtig vorstellen: einen Haufen junger Männer, lachend und durcheinanderredend wie Kinder. Das Mädchen, von dem er erzählt hatte, hatte aus ihm gemacht, was er heute war. Zum mindesten hatte sie den Anstoß dazu gegeben. Wie sie wohl ausgesehen hatte? Groß, blond, einen kleinen Kopf, hohe Stimme und einen snobistischen Akzent, einen kühlen Blick, in einem teuren Kostüm. Dazu einen Kuß zur Belohnung, wenn er sich gut benahm – sie konnte sich den Typ gut vorstellen. Ein bißchen wie diese Mrs. Waverton. Aber er hatte nichts mit Mrs. Waverton, war gar nicht an ihr interessiert, das konnte man sehen. Vielleicht war das Mädchen damals doch anders. Aber worüber zerbrach sie sich eigentlich den Kopf? Höchste Zeit, daß er zurückkam.

Dann geschah etwas. Der kleine Lichtfleck, der den strömenden Regen und den nassen Boden beleuchtet hatte, auf den sie in den letzten fünf Minuten in Gedanken versunken gestarrt hatte, ging aus und es war schwarze Nacht. Der Hauseingang war dunkel. Die Lichter im Hause mußten ausgegangen sein. Das war so plötzlich, so unerwartet und geräuschlos vor sich gegangen, daß sie einen Augenblick ganz verwirrt und erschrocken war. Dann hörte sie Stimmen aus dem Innern des Hauses dringen. Wahrscheinlich riefen sie sich drinnen gegenseitig zu, man müsse nach dem elektrischen Licht sehen und die Sicherungen auswechseln, oder sonst was reparieren. In ein paar Minuten würden die Lichter wieder brennen. Hineingehen wollte sie nicht, denn sie hatte Penderel versprochen, draußen auf ihn zu warten. Sie blieb also, wo sie war.

Trotzdem war es ungemütlich und beängstigend, allein im Dunkel zu stehen und nicht zu wissen, was geschehen war. Sie könnte wenigstens einen Blick hineinwerfen, um sich zu beruhigen. Durch den Eingang konnte sie einen ganz schwachen Schimmer des Kaminfeuers sehen. Dann hörte sie wieder Stimmen, Schritte und jetzt eine laute Stimme – das war die dicke, taube Frau, die sich ganz in der Nähe befinden mußte. Unentschlossen hatte sie auf den dunklen Eingang geblickt, gab sich aber einen Ruck und machte ein paar Schritte auf die offene Tür zu. Wäre sie noch einen Schritt weiter gegangen, so wäre sie von der schweren Tür getroffen worden. So konnte sie gerade noch anhalten, denn sie wurde ihr vor der Nase zugeschlagen.

Sie war so erschrocken, daß sie sich einen Augenblick an die Tür lehnen mußte. Als ob jemand ihr hatte einen Schlag versetzen wollen. Kein Windstoß konnte diese schwere Tür zugeschlagen haben. Jemand mußte sie von innen zugestoßen haben, und sie war ausgeschlossen. Es war dunkler als je. Alles, was sie hörte, war das monotone Rauschen des Regens.

Warum kam er denn mit seiner Flasche noch nicht zurück? Und warum dachte niemand im Inneren des Hauses daran, daß sie draußen waren, und ließ sie hinein? Vielleicht war die Tür nur aus Versehen geschlossen worden. Sie würde einfach klopfen. Aber merkwürdig: Während sie die Hand nach der Tür ausstreckte, fühlte sie eine solche starke Hemmung, daß sie zögerte, den Klopfer zu heben. So blieb sie stehen, eine Hand an der Tür und die andere gekrümmt, um nach dem Klopfer zu greifen. Sie begann, auf sich selbst böse zu sein. Was war denn mit ihr los? Ein–, zweimal geklopft, und die Sache war erledigt. Aber als sie schließlich klopfte, klang es so furchtsam und leise, als ob sie Angst hatte, daß das Öffnen der Tür ihr nichts Gutes brächte. Sie wartete einen Augenblick und klopfte noch einmal, dieses Mal stärker. Aber nichts regte sich. Die schwere Tür sah aus, als ob sie für immer geschlossen bliebe. Das Rauschen des Regens schien lauter und die Finsternis hinter ihr undurchdringlicher. Was war da drinnen geschehen? Wo war Penderel? Sie konnte nicht mehr länger auf ihn warten, alles war so beängstigend. Wenn sie noch eine Minute länger vor dieser schrecklichen Tür stünde, würde sie schreien und mit beiden Fäusten dagegen hämmern. Penderel wußte nichts von allem. Sie würde ihm nachgehen und ihn suchen.

Wenigstens gab es jetzt etwas zu tun, wenn es auch bedeutete, wieder in Nässe und Dunkelheit herumzustapfen. Sie ging auf die Ecke zu, hinter der Penderel mit der Taschenlampe verschwunden war, aber als sie sich in der Finsternis nach der anderen Seite des Hauses getastet hatte, sah sie nirgends einen Schuppen oder eine Remise. Links jedoch blinkte so etwas wie ein schwaches Licht. Sie ging eilends darauf zu, in der Meinung, Penderel gefunden zu haben. Aber nein, es war das Haus. Das Licht schien aus einem vorhanglosen Fenster des Erdgeschosses. Sie ging näher heran und sah, daß das Licht von einer einsamen Kerze stammte und jemand im Zimmer saß. Penderel? Nein. Sie ging vorsichtig noch näher auf das Fenster zu und blickte hinein.

Die Kerze stand auf einem blanken Tisch, an dem vornübergelehnt ein Mann saß, vor sich eine Flasche Kognak und ein Glas. Es war der stumme Riese, den sie bei ihrer Ankunft gesehen und von dem man gesagt hatte, er trinke. Morgan. Sie konnte ihn nicht deutlich sehen, weil das Fenster von dem Regen halb blind gewaschen wurde, aber sie erhaschte doch einen Blick von dem großen Klumpen Fleisch und dem haarigen, roten Gesicht auf der Tischplatte. Sein Kopf rollte leicht hin und her, und er legte eine große Hand auf den Tisch, um sich festzuhalten. Er sah aus, als ob er das Stadium des Grübelns erreicht hätte. Das bedeutete, daß er bald unangenehm werden würde, wenn er nicht einfach einschlief. Sie hatte ähnliches schon erlebt. Meistens hingen zwei, drei Polizisten an den betrunkenen Kerlen, bis sie endlich umfielen. Zu dieser Sorte gehörte er offenbar, dazu seine Bärenstärke. Es würden vier Polizisten nötig sein, um ihn in Schach zu halten. Man hätte ihn in das Zimmer, das wie eine Küche aussah, einschließen sollen. Vielleicht hatten sie ihn auch eingeschlossen. Jetzt sah sie, wie er den Kopf hob, und ein Schreck durchfuhr sie, als er zum Fenster hinsah. Aber natürlich konnte er sie nicht sehen. Sie blieb stehen und beobachtete ihn fasziniert weiter. Jetzt stand er auf und sah sich um. Er ging ein paar Schritte, blieb stehen, schwankte leicht hin und her und murmelte mit sich selbst. Offensichtlich hatte er noch nicht das Stadium erreicht, wo er nicht mehr gehen konnte, denn er bewegte sich verhältnismäßig sicher. Aber betrunken war er, darüber gab es keinen Zweifel. Brütend und gefährlich betrunken, zu allen Schandtaten bereit.

Sie wandte sich um, von dem Licht etwas geblendet, und tastete sich um die nächste Ecke. Sie war naß und fror und hatte Angst. Wo war Penderel? Einen Augenblick war sie ganz verwirrt und patschte hilflos wie eine Blinde in der finsteren Nässe weiter. Aber von rechts glaubte sie ein Geräusch zu vernehmen. Es hörte sich an wie ein Pferd im Stall. Sie ging in der ungefähren Richtung auf das Geräusch zu und glaubte, in der Finsternis die Umrisse eines langen dunklen Gebäudes zu sehen. Das waren wohl die Ställe und Schuppen, von denen Penderel gesprochen hatte. Und tatsächlich bemerkte sie weiter hinten links auch einen Lichtschimmer. Sie ging rasch darauf zu und kümmerte sich nicht um die Pfützen, durch die sie planschte. Einen Augenblick später blinzelte sie in das grelle Licht der Taschenlampe. Sie hatte ihn endlich gefunden.

«Sind Sie's?» rief sie erleichtert.

«Hallo!» kam seine Stimme aus der Dunkelheit. «Ich wollte gerade zurückgehen. Entschuldigen Sie, daß es so lange gedauert hat, aber zuerst konnte ich den Wagen nicht finden und dann nicht die Flasche. Ich habe die Rücksitze des Wagens abgesucht, aber da war nichts. Dann erinnerte ich mich, daß ich Waverton die Flasche nach vorn gereicht hatte. Der hat sie neben sich gelegt und nicht mehr daran gedacht. Ich habe sie auf dem Vordersitz gefunden. Tut mir leid, daß ich Sie so lange warten ließ.»

Sie hörte kaum hin. Sie standen in einer Art Schuppen, und sie lehnte sich atemlos an ihn. Ihre Knie zitterten vor Schwäche. «Einen Augenblick», keuchte sie und richtete sich dann wieder auf.

Er legte eine Hand auf ihren Arm und leuchtete mit der anderen das Innere des Schuppens ab. «Was ist denn los?» fragte er.

Sie antwortete nicht gleich, es schien ihr auf einmal nicht mehr wichtig zu sein. Er würde sie wahrscheinlich für hysterisch halten. «Es ist nichts oder nicht viel», sagte sie dann. «Als ich draußen vor der Eingangstür wartete, ging drinnen das elektrische Licht aus.»

«Ach, das ist nichts», unterbrach er sie. «Es hat sowieso den ganzen Abend geflackert. Ich habe das jede Minute erwartet. Elektrizität aus dem eigenen Akkumulator taugt nie etwas, und in einer solchen Nacht muß es natürlich schiefgehen.»

«Sehr richtig, Herr Klugschnabel. Darauf bin ich auch gekommen. Aber ich habe noch mehr Neuigkeiten. Gleich darauf wurde mir die Tür vor der Nase zugeschlagen, und ich stand draußen.»

«Das ist merkwürdig, da haben Sie recht», gab er zu. «Aber vielleicht vom Wind ...»

«Nein, es war nicht der Wind. Dann habe ich geklopft, aber es kam niemand. Schließlich hatte ich es satt, mutterseelenallein auf Sie zu warten. Ich machte mich also auf, Sie zu suchen, und sah auf dem Weg hierher Morgan in der Küche, sternhagelvoll. Scheußlich.» Sie blies angewidert den Atem aus. «Und jetzt möchte ich mich irgendwo hinsetzen.»

«Aber natürlich», rief er. «Und etwas zu trinken wollen Sie auch. Also, draußen oder drinnen?»

«Was heißt draußen oder drinnen? Den Whisky natürlich drinnen.»

Er drehte sie um und leuchtete in den Schuppen. Der Wagen stand da, er war rückwärts in einen langen Schuppen gefahren worden. «Wir können uns auf das Trittbrett setzen, oder wie das Ding heißt, oder wir können uns hineinsetzen und es uns drin bequem machen. Augenblick mal», fügte er hinzu und ging auf den Wagen zu, «ich drehe die Scheinwerfer an, allerdings abgeblendet, denn es ist ja Wavertons Batterie. Aber dann wird's gemütlich. Na, bitte!»

«Wir setzen uns hinein», entschied sie.

«Sehr schön. Vorn oder hinten?» fragte er, indem er eine einladende Handbewegung nach den beiden Türen machte.

Sie mußte lachen. Er verstand es, alles ins Lustige zu kehren. «Oh, hinten!» rief sie. Er hielt ihr die Tür auf, sie stieg ein und kuschelte sich bequem auf den Rücksitz. Er setzte sich neben sie und schraubte den Flakon auf.

«So, so, die haben uns ausgeschlossen», sagte er, während er den Whisky in einen kleinen Becher einschenkte. «Na, das ist ja nicht neu, nicht wahr? Wir werden immer ausgeschlossen.»

«Ich nicht.» Sie nahm den Becher, den er ihr reichte.

Er lachte. «Nein? Aber ich. Trinken Sie aus, und dann fangen Sie ganz von vorne an, und erzählen Sie mir alles. Aber warten Sie, bis ich auch getrunken habe. Ich glaube übrigens nicht, daß es etwas zu bedeuten hat, ich meine das ausgegangene Licht und die Tür. Andererseits kann etwas dahinterstecken. Wenn, dann muß es etwas Entsetzliches sein. Zuerst trinke ich jetzt mal auf Ihre Gesundheit, Gladys.» Er leerte den Becher. «Ich hoffe, Sie haben nichts dagegen, daß ich Sie bei Ihrem Vornamen nenne. Aber da wir beide hierher verschlagen wurden, in die Dunkelheit, abgeschnitten, und die letzte Flasche Whisky vor uns ...»

«Nein, ich habe nichts dagegen. Es gefällt mir sogar.» Sie fühlte den Whisky angenehm warm im Magen und lehnte sich ein bißchen an ihn. Seine männlich-schützende Nachbarschaft flößte ihr Vertrauen ein. «Aber was meinen Sie mit 'etwas Entsetzlichem'?» fragte sie. «Wollen Sie mir Angst machen?»

Er wurde etwas ernster, wenn auch nicht ganz. «Nein, das will ich nicht. Ich sagte Ihnen ja, ich glaube nicht, daß es etwas zu bedeuten hat. Aber ich wiederhole, wenn etwas dahinter steckt, dann kann es nur etwas Schreckliches sein. Damit meine ich, daß dieses Haus, in das wir vor dem Unwetter geflüchtet sind, durchaus in Ordnung sein kann – jedenfalls für uns als Obdach –, aber ich gebe zu, daß es einen seltsamen Eindruck macht. Wenn etwas Außergewöhnliches passieren sollte, so habe ich das Gefühl, daß es verbrecherisch, scheußlich sein wird. Es ist wie ein halbgezähmtes Tier, das etwas Furchtbares anstellt, wenn es freigelassen oder gereizt wird. Ich habe den ganzen Abend darüber nachgegrübelt und ich glaube, ich kenne mich da besser aus als Sie.»

«Das sagen Sie nur so», rief sie. «Sie wissen auch nicht mehr als ich. Sie übertreiben, damit es ein bißchen aufregender aussieht. Nur aus Langeweile.»

«Vielleicht. Aber hören Sie zu. Da ist zunächst mal der alte Sir Roderick.»

«Wer ist denn das?»

«Sehen Sie? Von dem wissen Sie also noch nichts. Aber er ist da drin. Er ist der eigentliche Hausherr und war früher mal eine sehr gewichtige Persönlichkeit. Jetzt ist er sehr alt und hinfällig und liegt irgendwo im ersten Stock, unerreichbar. Man könnte beinahe sagen, er ist wie Gott.»

Sie zwickte ihn in den Arm. «Das dürfen Sie nicht sagen», flüsterte sie. In einer solchen Nacht durfte man mit diesen Sachen nicht spaßen. Er war noch unehrerbietiger als sie, sie würde ihn in Zucht halten müssen. Er schien gegen das Zwicken nichts einzuwenden zu haben, und sie ließ ihre Hand leicht auf seinem Arm liegen.

«Dann diese Dame Femm», fuhr er fort. «Sie haben sie ja gesehen und gehört. Sie kann irgendwie sehr unangenehm werden. Ich bin zum Beispiel nicht sicher, ob sie Margaret Waverton nicht einen Mordsschreck eingejagt hat. Dann Morgan. Den haben Sie auch gesehen ...»

«Und wie», unterbrach sie ihn. «Hoffentlich haben sie ihn eingeschlossen.»

«Und schließlich dieser Mr. Femm, der Knochenmann, der der Polizei entwischt ist. Was er wohl angestellt hat? Das Komische an ihm ist, daß er vor etwas oder jemand eine furchtbare Angst hat. Ich habe es genau beobachtet. Er behauptet, er habe vor Morgan Angst, wenn der sich betrinke ...»

«Könnte ich ihm nicht verübeln», meinte sie nachdrücklich.

«Aber es stimmt eben nicht, das ist es ja. Ich bin ganz sicher, daß es etwas anderes ist oder jemand anderes. Und zwar muß es im Haus sein. Vielleicht hat es mit Sir Roderick zu tun.»

Sie klammerte sich an seinen Arm. «Jetzt habe ich aber genug, ich möchte in Ruhe ins Haus zurückgehen können.»

«Schön, schön. Aber Sie müssen doch noch Ihre Geschichte erzählen. Fangen Sie an, und wenn Sie fertig sind, gehen wir zurück und sehen, was wirklich geschehen ist.» Er rutschte etwas tiefer in seinen Sitz und lehnte den Kopf hinten an. Sie erzählte ihm in allen Einzelheiten, wie das elektrische Licht ausgegangen war und die Tür zugeschlagen wurde, und während sie redete, rutschte ihr Kopf langsam herunter und ruhte schließlich an seiner Schulter. Die Erinnerung an die schwere, feindliche Tür, die Finsternis und das Rauschen des Regens, den sie jetzt auf das Dach des Schuppens niederprasseln hörte, flößte ihr jetzt noch Schrecken ein. Aber Gott sei Dank hatte sie ein kleines, schützendes Dach über sich, das Verdeck des Wagens. Sie schienen in einem grotesken, winzigen Zimmer zu sitzen, das nach Benzin und Leder roch und sie warm und behaglich umschloß und gegen die wilde Nacht draußen beschirmte. Sie beide allein, in angenehmer, vertrauter Unterhaltung. Sie hätte sich gerne einen unmerklichen Ruck gegeben, wie früher als Kind, wenn sie im Theater saß und der Vorhang hochging. So wohl und aufgeregt zugleich hatte sie sich schon lange nicht mehr gefühlt. Und das alles, weil sie beide hier in dem fremden Auto saßen und über fremde Dinge sprachen und dabei ihr eigenes Einander-Fremdsein wegredeten.

VII

Es hatte so ausgesehen, als ob Philip die Gelegenheit doch noch benutzen wollte, mit Margaret wieder ins reine zu kommen. Sie hatten sich beide etwas von den anderen zurückgezogen und standen neben dem Kamin, mit sich selbst beschäftigt. Sie hätten gleich anfangen sollen, als das Beichtspiel beendet war. Ihre Augen hatten auch angefangen, sich zu nähern, aber Margaret gestand sich selbst, daß es gemein von ihr war, den ersten Schritt Philip zu überlassen.

Der arme Philip war so voll Hemmungen. Entweder war er zu stolz, vernünftig mit ihr zu reden, oder er war schüchtern. Warum hatte sie solange gewartet und dann den günstigen Augenblick mit Geschwätz vergeudet? Nein, es war eigentlich nicht Geschwätz. Nichts, worüber sie jetzt redeten, konnte man Geschwätz nennen. Aber sie wichen sich gegenseitig aus. Ihre Augen sagten etwas ganz anderes als ihre Lippen. So war es überall in der Welt. Der Mund redete, und die Augen blickten verzweifelt über das Gerede.

Dann schien es, als ob er anfangen wollte. Er hatte seine Lippen zusammengekniffen und die Stirn gerunzelt. Sie kannte diese Eigenart an ihm genau. Und dann sagte er sehr ernst: «Hast du verstanden, was ich meinte, als wir uns am Tisch unterhielten, Margaret? Es war wichtig, weißt du. Ich meine wichtig für uns beide.»

Natürlich hatte sie verstanden. Sie kannte ihn in– und auswendig, kannte sein ehrliches, begieriges, um sie besorgtes Wesen. Sie hatte einen Augenblick gezögert, um die richtigen Worte zu finden. Und dann, ehe sie den Mund öffnen konnte, war es passiert. Das elektrische Licht war ausgegangen. Als ob dieses Haus dauernd zwischen sie und Philip treten mußte. Sie hatte gerade begonnen, den häßlichen Vorgang in Miss

Femms Schlafzimmer zu überwinden; alles sah wieder freundlich und sogar gemütlich aus, und da mußte das Licht ausgehen. Zuerst schien es, als ob sie in vollkommener Finsternis säßen, die aber, nachdem die Augen sich daran gewöhnt hatten, durch das schwache Glimmen im Kamin etwas aufgehellt wurde. Man stand wie Schatten in einer rötlich glühenden Höhle herum.

Das Durcheinander, das folgte, war gar nicht unwillkommen. Es trug wenigstens dazu bei, das Haus und seine unheimlichen Bewohner aufzurütteln. Die Männer riefen sich Fragen und Antworten über Sicherungen, Kurzschlüsse und den Akkumulator zu. Philip, der sich damit auskannte, erbot sich, die Sache in Ordnung zu bringen, aber Mr. Femm behauptete, es sei nutzlos. Margaret hörte nicht genau hin. Sie war schon zufrieden, die lauten Männerstimmen in der dunklen Diele zu hören. Aber als Sir William ein Streichholz anzündete, es hochhielt und nach Kerzen fragte, erinnerte sie sich, daß sie die Kerze aus Miss Femms Zimmer mitgebracht hatte.

Man zündete sie an, stellte sie auf den Tisch, und alles rückte näher heran und betrachtete das einsame Flämmchen. In diesem Augenblick kam Miss Femm mit einer zweiten brennenden Kerze anmarschiert.

«Ach, Sie haben schon eine», kreischte sie. «Passen Sie auf, sie flackert. Es muß irgendwo ein Luftzug sein.» Sie sah sich um. «Die Tür ist ja sperrangelweit offen!» schrie sie, ging hin und schlug sie zu. Dann kam sie zum Tisch zurück, stellte ihre Kerze nieder und ließ ihre kohlschwarzen Augen von einem zum anderen wandern.

«Hören Sie mal», rief Sir William freundlich, «könnten wir nicht etwas Besseres haben, eine Lampe oder so etwas? Das Kerzenlicht ist verdammt dunkel.»

«Was ist?» schrie Miss Femm und sah ihren Bruder an. Er erklärte ihr mit seiner gezischten Sprache, die sie verstand, was Sir William wollte. Margaret glaubte inzwischen, ein schwaches Klopfen zu hören, aber da sich niemand rührte, hatte sie sich wohl geirrt. Dann schrie Miss Femm wieder, und die Lautstärke ihrer Stimme erlaubte keinen anderen Gedanken.

«Wir geben ihnen also die große Lampe», sagte sie. Miss Femm sprach von ihren Gästen immer in einer Weise, als ob sie gar nicht anwesend wären. «Öl ist drin. Wir haben sie das letzte Mal benützt, als das elektrische Licht ausging. Wir brauchen ohnehin Licht hier unten, nicht nur, um denen einen Gefallen zu tun. Morgan ist auch noch da, vergiß das nicht. Geh jetzt, und hole die große Lampe, Horace. Du kennst sie ja.»

Er starrte sie an, und sein Gesicht sah wie ein Totenkopf im Kerzenlicht aus. Dann, nachdem er einen Augenblick gezögert hatte, murmelte er: «Ja, ich glaube. Ich weiß aber nicht, wo sie ist. Hole du sie, Rebecca.»

«Ich nicht!» schrie sie. «Sie ist zu schwer für mich. Und wenn du nicht weißt, wo sie ist, dann sage ich es dir. Aber natürlich weißt du es genau so gut wie ich. Sie steht auf dem kleinen Tisch auf dem Absatz im oberen Treppenhaus.» Ihre Stimme erhob sich zu einem wilden Kreischen. «Du weißt doch, wo das obere Treppenhaus ist. Du hast schon davon gehört, nicht? Also, dort oben ist sie, unterm Dach, das kannst du wenigstens glauben, wenn du auch sonst nichts glaubst.»

Es war seltsam, daß Mr. Femm sich über die Lampe so sehr aufregte. Er zögerte immer noch. «Ja, ich erinnere mich jetzt, die große Lampe. Aber sie ist zu schwer für mich.» Und er schüttelte den Kopf. «Ich kann sie nicht die Treppe heruntertragen.»

«Du bist nur zu feige, allein hinaufzugehen», schrie sie und deutete mit dem Finger auf ihn. «Ich gehe auf jeden Fall nicht hinauf. Ich habe genug zu tun. Gehen Sie mit ihm!» Und dabei deutete sie mit dem Finger auf Philip.

Margaret sprang auf und wollte laut herausrufen, daß Philip auf keinen Fall gehen dürfe, aber dann machte sie sich klar, daß sie sich nur blamieren würde. Warum sollte er schließlich nicht mitgehen? Und trotzdem war sie halb erschrocken und halb böse, als er Miss Femm zunickte. «Natürlich, ich komme mit und helfe Ihnen.»

«Wenn Sie wollen, kann ich auch gehen», meinte Sir William und sah fragend von einem zum anderen.

Philip grinste. «Nein, auf mich fiel die Wahl. Ich gehe mit. Aber wir werden wohl eine dieser Kerzen mitnehmen müssen, nicht?»

Er griff nach einem Kerzenhalter, lächelte Margaret zu und ging einige Schritte auf die Treppe zu. Mr. Femm nahm die Kerze und ging die Treppe hinauf voran. Die anderen sahen ihnen schweigend nach, bis ihre zitternden Schatten verschwunden waren.

«Ich brauche diese da», kreischte Miss Femm und griff nach dem Kerzenhalter.

Margaret protestierte laut dagegen, in der Dunkelheit sitzen zu müssen. Sie blickte Miss Femm mit ausgesprochenem Haß an.

«Sie müssen uns schon etwas Licht hierlassen», rief Sir William und blickte Margaret dabei freundlich an. Sie war ihm für seine Unterstützung dankbar. «Wenn Sie nicht hierbleiben», bellte er weiter, «müssen Sie uns die Kerze dalassen. Wir können nicht im Finstern sitzen.»

Miss Femm, so erstaunlich es aussah, lächelte ein bißchen. «Würde Ihnen gar nichts schaden, im Dunkeln zu sitzen», schrie sie ihn an. «Aber ich will sehen, was sich tun läßt. Ich kann auch nicht im Dunkeln herumlaufen. Vielleicht habe ich noch eine.» Sie fummelte in der Schale des Kerzenhalters herum und fand einen kleinen Stummel, den sie anzündete und vor sich her hielt, während sie auf die Tür zuwatschelte, die in den Gang führte. Die anderen beiden sahen ihr nach und setzten sich dann ans Feuer.

«Ich glaube, ich rauche jetzt eine Zigarette», sagte Sir William und zog sein Etui heraus. «Möchten Sie auch eine?»

Eigentlich wollte sie nicht rauchen, aber sie nahm eine Zigarette, weil sie sie beruhigen würde. Dieses Zusammensitzen am Kamin, allein und im Kerzenlicht, schuf ganz offensichtlich eine Atmosphäre der Vertraulichkeit.

Sir William stieß den Rauch aus, lehnte sich in seinem Stuhl zurück, streckte die Beine aus, sah sich um und bemerkte dann: «Sieht nicht sehr verlockend aus, nicht wahr? Was ist eigentlich aus Gladys und dem anderen jungen Mann geworden, Penderel heißt er wohl? Komisch, ich habe die beiden gar nicht vermißt. Ob sie irgendwo im Haus herumstreichen?»

Sie wußte es auch nicht. Vielleicht seien sie hinausgegangen, meinte sie. Er scheint sich über seine Gladys nicht allzuviel Gedanken zu machen, dachte sie. Was für ein seltsames Verhältnis! Plötzlich wollte sie mehr von dem Mann wissen, der ihr gegenüber saß und den Rauch seiner Zigarette in die Luft blies.

«Eigentlich benehmen wir uns ziemlich befehlshaberisch diesen Leuten gegenüber, wenn man es sich so überlegt», sagte er. «Bin nicht ganz einverstanden damit. Wenn wir auch Grund dazu haben.»

«Sie haben recht. Wenn es Leute wie wir wären, würde ich sagen, wir benehmen uns sehr schlecht. Aber sie sind so anders, finden Sie nicht?» Hoffentlich widersprach er ihr jetzt nicht. Ihre künstliche Ruhe würde sich sofort in die alte Nervosität verwandeln.

Aber er lächelte nur, und was er sagte, entsprach durchaus ihrer Meinung. «Ein bißchen verrückt, würde ich sagen. Beide. Aber man wird so, wenn man in solchen einsamen Häusern lebt, von jeder Verbindung abgeschlossen und pro Jahr ein paar Sturmnächte von der Art, wie wir sie jetzt erleben. Ich kenne mich da ein bißchen aus, denn wo ich herkomme, ist es ähnlich.»

Sie nahm vor Erstaunen die Zigarette aus dem Mund. «Nanu? Ich stelle Sie mir vor einem Hintergrund von Telefonen und Autos und D-Zügen und Büros und Fabriken vor. Aber auf keinen Fall in einem solchen Haus.»

«Jetzt, ja. Aber es war nicht immer so. Ich stamme aus einem kleinen Dorf im östlichen Teil von Lancashire, am Rande des großen Moors. Ein paar Meilen von uns entfernt ist die Gegend genauso wild, und man trifft ebenso seltsame Leute an wie hier.» Sie konnte einen fernen Anklang an den singenden Lancashire-Akzent aus seinen Worten hören. «Manchmal fahre ich auf ein paar Tage hin. Die nehmen kein Blatt vor den Mund, sagen mir, was sie von mir denken. Ein Bruder und eine Schwester von mir wohnen noch dort, ganz im alten Stil.»

Sie kannte die Leute natürlich nicht, dachte aber unwillkürlich an gewisse schottische Romane. «Sie meinen, man macht nicht viel Wesens darum, daß Sie eine bekannte Persönlichkeit geworden sind und sehr viel Geld haben?»

Er lachte. «Tja, es ist so: sie haben natürlich einen Mordsrespekt vor Geld, aber nicht vor mir. Sie wissen, wie schwer es zu verdienen ist, daraus machen sie keinen Hehl. Zum Unterschied von anderen Gegenden Englands. Im Süden zum Beispiel tun sie so, als ob Geld ihnen nichts bedeutet, geben sich aber den Anschein, als ob sie mich achteten, weil ich viel Geld habe. Aber die andere Reaktion ist mir doch lieber, wenn sie mir auch bei jedem Besuch meines Heimatdorfes mißfällt.»

Margaret fand ihn zunehmend sympathisch. Er redete so ungekünstelt. «Wie sind Sie denn zu so viel Geld gekommen?» fragte sie. «Ich meine, wie haben Sie angefangen?»

Er sah sie unter seinen dichten, schwarzen Augenbrauen etwas erstaunt an. «Eine komische Frage.»

«Entschuldigen Sie; ich weiß, es ist eine ziemlich ungehörige Frage. Aber ich wollte schon immer mal einen reichen Mann nach dem Geheimnis seines Erfolges fragen.»

«Oh, ich bin durchaus nicht beleidigt!» rief er und räkelte sich noch tiefer in seinen Sessel. «Ich meinte, es sei eine komische Frage, weil ich im selben Augenblick dasselbe dachte.» Er hielt inne und starrte mit zusammengekniffenen Augen ins Feuer. Margaret machte sich inzwischen Gedanken, was Philip wohl tat. Er war schon lange weg, im oberen Stock. Oder schien es ihr nur so? Tatsächlich, es waren erst ein paar Minuten her, seit er gegangen war. Sie wandte sich wieder ihrem Gesprächspartner zu, der seinen Kopf hob und sie fragend ansah. «Wollen Sie es wirklich wissen?»

Sie nickte. «Ja, es interessiert mich sehr.» Wenn er ihr nun eine Vorlesung über Finanzprobleme hielte, so würde Philip zurück sein, ehe er richtig angefangen hatte. Andererseits hatte sie das Gefühl, daß seine Geschichte etwas persönlicher werden würde, denn sein Gesicht hatte einen Ausdruck angenommen, den sie bei Männern kannte. Es war meistens der Vorbote von Konfessionen.

«Wenn man nicht sehr viel Glück hat», fing er an, «kann man nur Geld verdienen, indem man es mit ganzer Intensität will, hart arbeitet und alles andere liegen läßt. Wenn man einmal richtig hineingekommen ist, ein paar gute Geschäfte gemacht hat und sich im Großkapital auskennt, wird man von dem Reiz des Geldverdienens gepackt und braucht keinen neuen Anstoß mehr. Verstehen Sie das? Es kommt auf den ersten Anstoß an. Der ist sehr schwer. Wenn man noch mit der Mütze in der Hand von Büro zu Büro wandern muß. Aber ich habe die Erfahrung gemacht, daß immer irgend etwas einen Menschen weitertreibt. Wie ein Messer, das schärfer wird, trifft es auf einen Stein, an den es sich wetzen kann. Es kann eine ganz nebensächliche Ursache haben. Ich kannte einen jungen Mann, ebenfalls aus Lancashire, ein netter, leichtsinniger Bursche, der sich mehr um Cricket als um sein Geschäft kümmerte. Bis ihn der Direktor einer anderen Firma eines Tages volle zwei Stunden in Vorzimmer warten ließ. Er hat es mir selbst erzählt. «Gut», sagte er sich. «Dem werde ich es zeigen!» Nachdem die zwei Stunden vorüber waren, ging er verwandelt aus dem Büro des arroganten Geschäftsfreundes davon. Und er hat es ihm auch gezeigt. Ich will nicht sagen, daß nun jeder, der sich so etwas vornimmt, es auch durchhält, aber einigen gelingt es. Nun, mit mir war es genau so.»

«Was hat Ihren Ehrgeiz angestachelt?» fragte Margaret neugierig.

«Ein Baumwollkleid», antwortete er ruhig.

Sie blickte ihn ungläubig an und unterdrückte ein Lachen. Offenbar scherzte er nicht. Er erinnerte sie an einen großen, nachdenklichen Schuljungen. «Erzählen Sie», forderte sie ihn leise auf.

«Wenn Sie wollen. Ich kann mir zwar nicht denken, daß es Sie interessiert, aber hier ist die Geschichte.» Er wechselte den Ton und fuhr fort: «Gleich nachdem ich aus der Schule kam, wurde ich im Büro einer Baumwollspinnerei in Manchester angestellt. Mit zwanzig lernte ich ein Mädchen kennen, mit dem ich mich sehr bald verlobte. Heiraten konnten wir nicht gleich, weil ich nicht genug verdiente. Schließlich wurde ich befördert, wurde von meinem Schreibtisch weg an die Börse geschickt und bekam Gehaltserhöhung. Jetzt konnten wir heiraten. Viel Geld hatten wir nicht, aber es reichte, um ganz nett leben zu können. Ich war in meine Frau verliebt und sehr glücklich. Im Beruf arbeitete ich hart, aber nach Büroschluß verschwendete ich keinen Gedanken mehr daran. Trotzdem, ich war ehrgeizig, und meine Frau unterstützte meinen Ehrgeiz. Nach einer Weile wurde ich wieder befördert, diesmal ins Londoner Büro, mit mehr Verantwortung und mehr Gehalt. Wir waren ganz aufgeregt darüber, kann ich Ihnen versichern. Ich sehe uns heute noch unsere Sachen packen – nicht, daß wir lange dazu gebraucht hätten – und uns auf die große Reise ins Glück machen. In London haben wir eine billige, kleine Wohnung in der Nähe von Swiss Cottage gefunden, wo Lucie, meine Frau, nun ihre Tage mit Schrubben, Kochen, Abstauben verbrachte. Ich half ihr nach Feierabend. Wir waren ganz glücklich, wenn wir auch noch keine Freunde hatten und monatelang nur auf uns selbst angewiesen waren. Aber wir waren in London und hatten das Gefühl, daß es aufwärts ging. Wir teilten unser Geld ein, gingen ein- oder zweimal im Monat in ein gutes Restaurant in Soho und ins Theater. Sie war ein bißchen einsam anfänglich, aber es machte ihr nichts aus. Wir würden schon noch Anschluß finden, nach oben natürlich. Ich ließ mir einen Frack machen, den ersten in meinem Leben.»

Er hielt inne und blickte sie an, dann räusperte er sich und sagte: «Aber das wollen Sie doch nicht hören. Warum sollte ich Sie damit belästigen?»

«Doch, doch, fahren Sie fort. Ich möchte alles wissen.»

«Nun, ich will mich so kurz wie möglich fassen. Einer der Direktoren unserer Firma gab ein Essen, und wir wurden eingeladen. Endlich die große Chance! Wir waren sicher, daß wir jetzt die Stufenleiter nach oben klettern würden. Man nahm uns für voll. Sie können sich unsere langen Gespräche darüber vorstellen. Lucie war ganz begierig, um meinetwillen einen guten Eindruck zu machen. Nun, ich zog meinen neuen Frack an, und sie machte sich so hübsch, wie eine junge Frau überhaupt sein kann. Während des Abends hatte ich wenig Gelegenheit, mich um sie zu kümmern. Ich saß bei den Männern, wo über Geschäfte gesprochen wurde, blickte nur einige Male zu ihr hinüber und lächelte ihr ermunternd zu. Und sie lächelte zurück. Aber ich hatte den Eindruck, als ob sie sich ein bißchen verlassen vorkam. Auf dem Heimweg redete ich ununterbrochen von dem schönen Abend, während sie ziemlich einsilbig blieb. Ich nahm an, daß sie müde war. Dann gingen wir zu Bett, und ich tat so, als ob ich gleich eingeschlafen wäre. Da fing sie an zu weinen. Als ich sie nach dem Grund fragte, schützte sie Kopfschmerzen vor. Da sie sich in der letzten Zeit wirklich nicht wohl gefühlt hatte, glaubte ich ihr. Aber es fiel mir auf, daß sie den Abend nie wieder erwähnte. Es gab nach einiger Zeit wieder eine Einladung, aber sie weigerte sich, mitzukommen. Sie hatte eine triftige Entschuldigung, denn jetzt war sie wirklich krank. Nach einem Jahr war sie tot. Aber ich habe doch herausgefunden, was an jenem ersten Abend vorgefallen war. Es entschlüpfte ihr einmal. Sie hatte nur ein billiges Baumwollkleid angehabt (mir schien es sehr hübsch zu sein, und ich verstand damals schon einiges von Kleidern). Aber die anderen Frauen zeigten ihr ihre Verachtung. Für sie war Lucie eine kleine Provinzgans in einem Baumwollfähnchen. Der Abend mußte scheußlich für sie gewesen sein. Sie mußte den

Eindruck gehabt haben, daß Vorwürfe und Bemerkungen gegen sie aus allen Ecken kamen, daß jeder sie von oben herab ansah. Wie gesagt, es entschlüpfte ihr, als sie schon sehr krank war, im Fieber. Ich weiß noch, wie ich an ihrem Bett saß ...»

Er hielt inne und starrte ins Feuer. Margaret sagte nichts, um seine trübe Erinnerung nicht zu stören. Schließlich rückte sie sich in ihrem Sessel zurecht, und er sah auf. Es war gerade genügend Licht, um zu sehen, wie sich seine Miene verfinsterte.

«Das hat mir den Anstoß gegeben», rief er. «Bis dahin war ich der nette, gefällige und ehrliche kleine Angestellte der Firma gewesen. Aber damit war es jetzt Schluß. Die konnten es nicht über sich bringen, einem armen kleinen Niemand in einem Baumwollkleid, der sie vor Nervosität anlächelte und sie bewunderte, ein gutes Wort zu geben. Nein, die nicht! Ich habe mir geschworen, die ganze Bande zu ruinieren. Ich war wahnsinnig vor Wut, aber es gab mir die Energie zur außergewöhnlichen Leistung. Wenn ich im ersten Jahr nach Lucies Tod allabendlich in meine leere Wohnung zurückkehrte, schwor ich mir, jede einzelne der Frauen, die Lucie auf der Party damals beleidigt hatten, zur Bettlerin zu machen. Es gelang natürlich nicht ganz, aber ich tat, was ich konnte. Ehe ich mit ihren Ehemännern fertig war, hatte ich eine Menge Baumwollgeschäfte von der Firma abgezogen und nach drei Jahren war sie bankrott. Und ich ging geradewegs zur größten Konkurrenzfirma. Und dann fing ich an. Sie halten mich nicht für sentimental, nicht wahr? Und doch waren die Gründe meines Aufstiegs sentimental. Es war nicht mehr schwer, denn ich hatte nichts mehr zu tun, als Geld zu verdienen. Anfänglich wollte ich es nicht einmal ausgeben, weil ich niemand hatte, für den ich es hätte ausgeben können. Und herumbummeln wollte ich auch nicht; die Erinnerung an das Baumwollkleid hielt mich davon ab!»

Er stand auf und schob ein Holzscheit ins Feuer zurück. Dann sah er auf sie hinunter. Sein großes Gesicht zeichnete sich scharf in dem Feuerschein ab.

«Sie werden sicherlich eine Menge übler Geschichten über mich hören oder haben wahrscheinlich schon welche gehört. Ich bin einer der gröbsten der groben Selfmade-Männer, die Sie sich denken können. Ich habe keinen Respekt vor reizenden Gesellschaftsdamen, deren Männer mich anpumpen wollen; oder vor zarten Aristokratinnen, die sich nicht zu gut dünken, einen doppelt so alten Mann zu heiraten, der sich den Adel gekauft hat und ein paar Fabriken und Schiffe und Zeitungen besitzt. Das wird man Ihnen von mir erzählen, und man hat ganz recht. Achtung habe ich vor Frauen in billigen Baumwollkleidern. Und wenn ein Mann irgendwo eine sentimentale Ader haben muß, so ist das meine sentimentale Ader. Ich habe schon manche Zwanzigpfundnote in einen Umschlag gesteckt, um so eine Frau für ein Jahr der Kleidersorgen zu entheben. Komisch, was?»

Margaret murmelte etwas, aber sie wußte kaum, was es war. Vor ihrem geistigen Auge zogen Fabriken und Schiffe und Büros vorüber, und davor stand die Gestalt dieses Mannes, nein, dieses rachsüchtigen großen Jungen mit seiner kleinbürgerlichen Romantik, verloren, lächelnd, weinend, in seiner kleinen, einsamen Londoner Wohnung, vor dreißig Jahren. Sie blickte ihn an. Es kam ihr vor, als ob er nie richtig erwachsen geworden war. Waren alle diese Männer so, die an der Macht saßen, ganze Länder ruinierten, andere Menschen in die Welt hinausschickten, um für sie zu schuften? Wieder einmal schien ihr das Leben unerträglich. Es war höchste Zeit, daß Philip zurückkehrte. Warum kam er nicht, warum brachte er die Lampe nicht? Dieses flackernde Kerzenlicht war nicht auszuhalten. Sie kam sich verlassen und schutzlos vor.

VIII

«Was war das?» fragte Sir William plötzlich. «Haben Sie nichts gehört?»

Margaret beugte sich vor und sagte: «Ich glaube, ich hörte ein Geräusch wie ein entferntes Rumpeln.» Sie erhob sich, und beide standen da und horchten. Ihre Augen waren leer, aber ihre Ohren nahmen alle Geräusche der Nacht auf.

«Es kann nichts gewesen sein», sagte Sir William schließlich. «Es ist der Sturm draußen, nehme ich an.»

Er streckte die Hände in die Taschen und pfiff leise vor sich hin. Margaret hatte über seiner Geschichte den Sturm, die donnernden Berge und Überschwemmungen beinahe vergessen. Ihre Fahrt und ihre Ankunft in dem einsamen Haus waren in ihren Gedanken zurückgedrängt worden. Sie waren als Ereignisse verblaßt. Jetzt traten sie auf einmal wieder in den Vordergrund. Sie stand da und horchte angestrengt in die Nacht.

Man hörte wieder entferntes Rumpeln, dann kam ein lautes Krachen irgendwo von oben und hinter dem Haus. «Was kann das wohl gewesen sein?» fragte sie und sah Sir William an.

«Etwas heruntergebrochen», rief er aus. «Es wird gleich mehr Wasser nachfolgen, vermute ich.» Er trat ans Fenster, rieb es mit dem Ärmel klar und sah hinaus.

«Nichts zu sehen. Stockdunkel.» Er blieb am Fenster stehen und drückte das Gesicht dagegen. «Aber ich will Ihnen etwas sagen», sagte er nach einer Minute, «ich kann doch etwas hören. Wie rauschendes Wasser, viele Tonnen. Kommen Sie mal her und hören Sie.»

Sie ging zum Fenster, das auf die Rückseite des Hauses hinausging. Von irgendwoher tobte das Geräusch rauschenden Wassers. Es war nicht sehr laut, aber es klang gefährlich, als ob eine feindliche Macht im Anzug wäre. «Strömt das auf uns herunter?» fragte sie.

«Um uns herum, glaube ich», erwiderte er. «Wahrscheinlich dringt es ins Haus ein.»

Dieses Haus war eine Eierschale, die am Berghang klebte. Nirgends war Sicherheit. Die Erkenntnis ärgerte sie, sie kam sich wie betrogen vor.

«Aber es wird uns nicht schaden», meinte Sir William. «Es wird uns nur zwingen, im Hause zu bleiben. Aber wir wollen ja heute nacht nicht hinaus.»

Sie gab sich Mühe, ihm zuzustimmen und nicht überängstlich zu erscheinen. Ein halber Meter Wasser, ein paar Geröllblöcke, die dunkle Nacht, das war alles. Und darin eingeschlossen waren sie. Sie wünschte, sie träumte das alles. Aber leider war es Wirklichkeit. Sie traten beide vom Fenster zurück und gingen zum Kamin.

Hinter ihnen wurde eine Tür geöffnet, und sie drehten sich um. War es endlich Philip? Nein, es war Miss Femm. Sie trug eine Kerze in der einen Hand und deutete mit dem Zeigefinger der anderen wie ein Ankläger auf Margaret.

«Sie haben es geöffnet, nicht wahr?» schrie sie sie an.

«Jetzt können Sie es auch wieder schließen. Ich kann es nicht. Keine Zeit zu verlieren. Das Wasser strömt herein, durch den Keller.»

Margaret fand kein Wort der Entgegnung. Sie war zu verblüfft. Aber Sir William nahm die Sache in die Hand. «Was ist los?» fragte er streng.

«Überschwemmung natürlich», schrie Miss Femm. «Ums Haus herum.»

«Ja, weiß ich», gab er zurück. «Aber was meinen Sie mit öffnen und schließen?»

«Mein Fenster.» Und dabei deutete sie auf Margaret. «Sie muß es aufgemacht haben. Jetzt kann sie es auch wieder schließen, sonst werde ich aus meinem eigenen Zimmer geschwemmt.»

Margaret fand die Sprache wieder. «Es tut mir furchtbar leid.» Und zu Sir William sagte sie leiser: «Ich habe das Fenster in ihrem Zimmer geöffnet, das meint sie.»

«Ist das alles? Na, dann gehe ich und schließe es», erwiderte er. «Keine Aufregung», schrie er Miss Femm zu. «Ich komme gleich und schließe es.»

Miss Femm nickte zustimmend. Sie kniff ihre Lippen zusammen und sah Margaret mit bösen Augen an. Dann ging sie zu der Tür zurück, durch die sie eben hereingekommen war. Es war die Tür, die in den Gang führte, den Margaret kannte. Miss Femm hielt die Tür auf. Sir William ging darauf zu, drehte sich um und sagte zu Margaret: «Bin gleich zurück. Ihr Gatte müßte auch jede Minute mit der Lampe zurückkommen.» Er ging hinaus, von Miss Femm gefolgt, die die Tür hinter sich zuschlug.

Ein trostloses Geräusch. Auch die Stille, die ihm folgte, war nicht gerade sehr gemütlich. Es fiel ihr ein, daß sie allein in der großen Diele war. Aber es würde nicht mehr lange dauern. Philip mußte dann die Treppe herunterkommen. Langsam ging sie zum Fuß der Treppe, sah nach oben in die Dunkelheit und horchte, ob sie Schritte vernehmen könnte. Sie hörte auch etwas, sehr entfernt, als ob jemand oben sprach oder sich bewegte. Waren es Philip und Mr. Femm? Und wenn nicht, wer war es dann? Irgendwo knarrte es. Waren es die Treppenstufen oben? Sie blickte sich wieder in der Diele um und wollte plötzlich die Treppe hinauflaufen und Philip suchen. Es schien ihr besser, als unten allein zu bleiben. Aber war es besser? Vielleicht würde sie ihn verfehlen; vielleicht kam er über die Hintertreppe zurück, während sie oben herumirrte. Niemand konnte wissen, wie groß und unübersichtlich dieses Haus war. Sie sah sich schon dunkle, unbekannte Korridore entlanglaufen. Nein, sie würde lieber hierbleiben. Auf jeden Fall kam Sir William ja bald zurück.

Sie ging zum Tisch zurück und sah auf das Kerzenlicht herunter. Spielerisch bewegte sie die Finger in der Nähe der

Flamme und betrachtete die grotesken Schatten, die sie gegen die Wand warfen. Sie zog ihre Hand zurück und blieb einige Augenblicke ganz still stehen. Sie fühlte sich sehr klein und verlassen. Aber dann wurde sie ungeduldig, mit sich selbst und mit allen anderen. Warum mußten sie alle weglaufen und sie hier allein lassen? Aus ihrer Angst entstanden Hirngespinste. Sie bildete sich ein, daß sie das Opfer eines Komplotts sei und die anderen absichtlich von Miss Femm weggelockt worden waren. Sie würden von ihr eingeschlossen werden, und dann käme Miss Femm zurück und würde sie mit ihren Krötenfingern packen. Eine Sekunde lang konnte sie diese Hand geradezu fühlen, aber dann zerstob das Gespinst ihrer überhitzten Phantasie, und sie nahm sich wieder zusammen.

Natürlich war sie viel zu ungeduldig, sagte sie sich. In ihrer Ungeduld wurde aus jeder Sekunde eine Minute. Trotzdem war es verdächtig, wie lange sie alle brauchten, wiederzukommen. Wo waren zum Beispiel Penderel und dieses Mädchen Gladys? Natürlich hockten sie irgendwo zusammen, in einer dunklen Ecke des Hauses (der Gedanke allein machte sie schaudern) oder draußen, vor dem Haus.

Von dieser Überlegung glitten ihre Gedanken auf die Eingangstür ab. Wie wäre es, wenn sie einmal hinausschauen würde? Selbst wenn noch niemand zurück war, wenn sie von der Tür zurückkam, was unwahrscheinlich war, so konnte ein Blick in die schwarze Nacht nichts schaden. Er würde im Gegenteil dazu beitragen, die einsame Diele wieder als warmen Hort erscheinen zu lassen. Sie öffnete die schwere Tür und sah hinaus. Zuerst sah sie nichts als Finsternis und fühlte einen angenehmen kühlen Luftzug im Gesicht. Dann stahl sich das schwache Licht der Diele in die Dunkelheit hinaus, und sie fing an, einiges unterscheiden zu können. Von ferne drangen immer noch Geräusche an ihr Ohr, aber sie waren ihr bekannt. Sie bildeten einen unklaren Hintergrund für neue Geräusche aus der Nähe. Es klang nach Wasser, rauschte, spritzte und klatschte. Sie beugte sich vor und sah schärfer hin. Es regnete jetzt sehr wenig oder gar nicht. Nur einige vereinzelte Tropfen vermischten sich mit dem heulenden Wind. Was aber war dieser blasse Schimmer da unten? Sie sah auf den Boden und entdeckte, daß zwei der drei Stufen, die zum Eingang heraufführten, verschwunden waren. Dann begriff sie, wenn sie es auch nicht genau sah, daß es Wasser war, was da unten so dunkel glitzerte und schäumte und klatschte. Sie blickte auf einen Fluß oder einen See hinunter. Die Überschwemmung war bis zum Haus vorgedrungen, hatte es umspült und drang jetzt wahrscheinlich in den Keller ein. Das Wasser war so weit gestiegen, daß es die beiden unteren Stufen bedeckte. Sie waren belagert, und sie stand am Ufer einer kleinen Insel. Unwillkürlich trat sie zurück und machte die Tür etwas mehr zu, schloß sie aber nicht ganz. Fasziniert blickte sie auf das dunkle Wasser zu ihren Füßen und stellte sich ganze Täler und ihre Bewohner vor, wie sie in seinen Wellen ertranken.

Dann zuckte sie plötzlich zusammen. Jemand stand hinter ihr, sehr nahe. Einen Augenblick bewegte sie sich nicht, und vor ihr inneres Auge trat wieder das Bild von Miss Femm, wie sie nach ihr griff. Sie mußte hinter ihr stehen, bösartig, mit üblen Absichten, eine Hexe.

Sie hörte eine schlürfende Bewegung und das Geräusch eines schweren Atems. Jetzt brauchte sie sich nicht mehr umzudrehen, um zu wissen, wer es war. Es war nicht Miss Femm, sondern Morgan. Eine große Hand reichte unsicher über ihren Kopf nach der Tür, die sie hielt, und versuchte, sie zu schließen. Sie fühlte seinen heißen Atem, er lehnte leicht gegen sie, und sie roch seine tierische Wärme, ein widerlicher Geruch.

Mit einem raschen, verzweifelten Ruck ihres ganzen Körpers machte sie sich frei. Die Tür wurde von seinem Gewicht zugeschlagen, und er blieb einen Augenblick gegen sie gelehnt stehen, eine große, keuchende Gestalt. Sie stand ihm zitternd einen Meter entfernt gegenüber und starrte ihn an. Sie wollte schreien, aber sie biß die Zähne zusammen und schwieg.

Natürlich war er betrunken, wie man es vorausgesagt hatte. Hatte er nur die Tür schließen wollen? Wahrscheinlich ja. Sie brauchte sich also nur ruhig und unbeeindruckt zu verhalten, und er würde sich sofort wieder zurückziehen.

Ohne ihn noch eines Blickes zu würdigen, ging sie durch die Diele auf den Kamin zu. Es schien eine schrecklich weite Entfernung zu sein. Sie fühlte, wie ein schauderndes Prickeln ihr Rückgrat hinaufkroch. Aber sicherlich hatte sie keine Ursache, sich zu fürchten. Er würde gehen, und jemand von den anderen mußte ja nun bald zurückkommen, unbedingt. Jetzt hatte sie den Tisch erreicht, und die brennende Kerze flößte ihr wieder Vertrauen ein. Was machte er eigentlich da drüben? Sie kniff die Augen zusammen, um besser sehen zu können. Das schwache Licht zeigte ihr die undeutlichen Umrisse seiner riesigen Gestalt. Aber dann sah sie, daß er sich nicht mehr an die Tür lehnte, sondern sich nach ihr umgedreht hatte. Sah er sie an? Sie konnte sein Gesicht nicht deutlich sehen, war aber sicher, daß er zu ihr herüberstarrte. Es wäre weniger angsteinflößend gewesen, wenn sie ihn klar und deutlich hätte sehen können. Aber diese schwammige Masse, dieser dunkle, riesige Fleischklumpen! Wie der Schatten eines Ungetüms, es war schrecklich. Ging er jetzt auf sie zu, oder schwankte er nur hin und her? Und kein Laut war zu hören. Niemand kam. Alles war leer und furchtbar.

Ja, er kam auf sie zu, zweifellos. Sie sah seine unförmige Gestalt vorwärtstaumeln und wollte fliehen. Aber er blieb keine drei Meter vor dem Tisch auf unsicheren Füßen stehen. Sie sah ihn jetzt deutlich, sein Haar und seinen tropfenden Bart, ja sogar seine kleinen tückischen Augen. Und merkwürdigerweise beruhigte sie sein Anblick etwas, denn wenigstens sah er wie ein Mensch aus. Immer wieder sagte sie sich, daß es ja nur Morgan sei, der Diener, ein großer dummer Kerl. Warum blieb sie überhaupt stehen und sah ihn aufmerksam an? Wenn sie keine Notiz von ihm nahm, würde er wahrscheinlich weggehen. Sie drehte ihm den Rücken zu und ging langsam auf die andere Seite des Kamins. Dann drehte sie sich blitzschnell um. Auch er hatte sich bewegt und stand jetzt an der Stelle, wo sie sich einen Augenblick vorher befunden hatte.

«Was wollen Sie?» rief sie zitternd. Ihre Stimme klang so schwach, daß sie ihre Unsicherheit nur noch unterstrich. Aber es hatte ja keinen Zweck! Er war ja stumm. Wenn er bloß nicht stumm wäre, dann könnte er antworten, und sie würde ihn schon zur Raison bringen.

Seine kleinen Augen ruhten auf ihr, als ob er ihre Frage beantworten wollte. Dann hob er seine unförmige Hand, und sein Mund vezog sich zu einem Grinsen.

Sie behielt ihre abweisende Haltung. «Gehen Sie!» rief sie wieder und blickte ihn befehlend an. Aber er bewegte sich nicht, gab nur einen unverständlichen Laut von sich. Und wieder roch sie den widerlichen Geruch seines ungewaschenen, haarigen Körpers. Wenn er nur sprechen könnte, gleichgültig was, dann hätte sie wenigstens die Möglichkeit gehabt, ihm zu antworten und ihre ablehnende Haltung zu bekräftigen. Aber dieses Gestammel bereitete ihr Übelkeit. Sie nahm alle Energie zusammen und ging wieder ein paar Schritte weiter, diesmal rechts um den Tisch herum, so daß der Tisch zwischen ihnen stand. Sie beschloß, auf die Treppe zuzugehen. Dort irgendwo war Philip; er konnte jeden Augenblick zurückkommen.

Aus den Augenwinkeln beobachtete sie Morgan. Er stand immer noch da und sah sie an. Jetzt wandte sie sich von ihm ab und blickte auf die unterste Stufe der Treppe. Hinter sich hörte sie ein Geräusch. War er es? Sie beschleunigte ihre Schritte und hatte sich der Treppe jetzt auf einen Meter genähert. Er kam hinter ihr her; er war sogar sehr nahe. Dann stieß sie einen leisen Schrei aus, denn seine Hand lag auf ihrer Schulter und zwang sie, sich umzudrehen. Ein riesiger Arm umfing sie, und sie hatte den flüchtigen Eindruck eines Ungetüms, dessen Gesicht sich auf sie niederbeugte, das sie an sich preßte und unangenehm roch. Dazu die großen Hände, die an ihr herunterstrichen. Sie bog sich zurück und zerrte mit allen Kräften an dem Arm, der sie umfangen hielt. Da gab es einen scharfen Riß – der obere Teil ihres Kleides war aufgeschlitzt –, und sie war frei. Sie stolperte keuchend einen Schritt zurück, er stand riesig über sie gebeugt vor ihr. Aber sie glitt blitzschnell unter seinem ausgestreckten Arm hindurch, und es gelang ihr, die ersten Stufen der Treppe hinaufzuspringen.

«Philip! Philip!» rief sie mit letzter Kraft. Wo war er denn? Wenn er bloß Antwort gäbe! Die Stufen schwankten vor ihren Augen in dem unsicheren Licht. Das Haar fiel ihr ins Gesicht. In ihren Ohren dröhnte es. Aber Morgan folgte ihr, und sie packte verzweifelt das Geländer der Treppe und zog sich höher, stolpernd und sich bei jedem zweiten Schritt wieder aufrichtend. Nur einige Meter hinter sich hörte sie ihn schnaufen. Die Treppe wand sich in der Dunkelheit weiter, es konnte nicht mehr lange dauern und sie würde oben angelangt sein. Endlich konnte sie schreien: «Philip! Philip!» und es hallte durch die oberen Zimmer und Gänge, in deren geheimnisvoller Finsternis er sein mußte. Er war irgendwo, und er würde sie hören.

IX

Mr. Femm stieg die Treppen so langsam hinauf, daß Philip genügend Zeit zur Überlegung hatte. Er ging nicht nur langsam, sondern mit offensichtlichem Widerwillen, als ob es aufs Schafott ginge. Philip stellte fest, daß ihm jetzt wohler war. Dafür hatte er Penderel (und vielleicht auch dem Haus) zu danken. Der Ausbruch gegenseitigen Vertrauens am Tisch in der Diele war die Ursache für die Erleichterung, die er fühlte. Vor allem hatte er einmal seine Meinung sagen können. Dann hatte in Margarets Antwort auf seine Frage eine ganze Menge gelegen. So viel, daß er gerade anfangen wollte, sich mit ihr wieder zu versöhnen. Aber dann war das Licht ausgegangen, und die Gelegenheit war verpaßt. Auch die anderen hatten ehrlich ihre Schwächen bekannt, ein erfreuliches und herzerfrischendes Experiment. Die Nacht schien sich doch nicht so schlecht anzulassen. Was jetzt noch folgte, war gleichgültig, selbst wenn das Dach einfallen sollte; ein starker Optimismus für einen Architekten, dachte Philip schmunzelnd.

Bis jetzt war er hinter Mr. Femms Schatten hergelaufen. Nun erreichten sie den Absatz des ersten Stocks, und sein Führer blieb stehen, hielt die Kerze hoch, als ob er den Architekten Waverton einladen wollte, sich umzusehen. Viel war nicht zu sehen, aber Philips berufliche Neugier war geweckt, und er betrachtete interessiert die Wände. Sie waren getäfelt. Mr. Femm hielt die Kerze näher heran.

«Siebzehntes Jahrhundert?» fragte Philip.

«Ja, als das Haus gebaut wurde, oder zum mindesten Teile davon», erwiderte Mr. Femm und schien so lange wie möglich stehenbleiben zu wollen, falls noch mehr Informationen gewünscht würden.

Philip nickte auf alles, was ihm erklärt wurde, und befühlte einige Möbelstücke. Alles war wunderbar, aber sträflich vernachlässigt und jetzt halb zerfallen. Es war eine Schande. Jetzt wußte er, warum das Haus ihn beim ersten Anblick so deprimiert hatte, denn aus allem sprach dieselbe traurige Geschichte. Kein Zweifel, schon unten in der Diele hatte er es gefühlt. Wenn man dem Haus und seiner Einrichtung nur die geringste Pflege hätte angedeihen lassen, wäre es eine wahre Freude gewesen, darin zu wohnen. So aber standen sie da und beleuchteten mit ihrer Kerze eine Welt des Zerfalls. Ein merkwürdig melancholisches Gefühl, das noch nicht einmal unangenehm war, befiel ihn. Er mußte zu Margaret darüber sprechen.

Langsam gingen sie den Gang entlang und kamen an mehreren schweren Türen vorbei. An die letzte klopfte Mr. Femm leicht mit dem Zeigefinger und sagte: «Mein Zimmer. Ich könnte mir denken, daß Sie noch einiges sehen möchten.» Dabei sah er Philip fragend an.

«Sicherlich», erwiderte Philip, «aber ich glaube, nicht gerade jetzt, wenn Sie nichts dagegen haben. Wir müssen zuerst die Lampe holen.»

Mr. Femm hielt die Kerze etwas tiefer und strich sich mit der anderen Hand über das Kinn. Er sah geisterhaft blaß und knochig aus. «Ach, natürlich, die Lampe.» Dann starrte er Philip einen Augenblick an, bog sich nach vorn und flüsterte: «Wissen Sie was? Was geht uns die Lampe an! Wir sind jetzt lange genug weg. Wir gehen einfach zurück und sagen, wir hätten sie nicht gefunden oder sie sei zu schwer für uns oder sie sei kaputt. Die werden uns schon glauben. Warum sollen wir uns um die alte Lampe kümmern?»

Philip sah ihn erstaunt an. Was war mit dem Mann los? «Ich verstehe nicht ganz, was Sie meinen», fing er an. Dann änderte er den Ton und sagte schärfer: «Außerdem können wir das nicht tun. Wir haben versprochen, die Lampe zu holen, und wir holen sie. Warum denn nicht?»

«Warum sollen wir sie holen, wenn wir nicht wollen?» fragte Mr. Femm ruhig. «Und ich muß Ihnen sagen, daß ich nicht will. Haben Sie Angst vor einer Notlüge? Sonst kann ich Ihnen die Lüge abnehmen.»

«Nein, das ist es nicht, wenn ich auch Lügen nicht liebe. Und in diesem Fall wäre es besonders niederträchtig.» Aber Philip konnte dem Mann nicht böse sein. Die Situation war so lächerlich. So etwas war ihm noch nicht vorgekommen. Da standen sie beide in dem dunklen Korridor, unter dem flackernden Licht einer Kerze, und stritten sich um einen nebensächlichen Auftrag, den sie übernommen hatten.

«Ich muß schon sagen, wenn Sie es mir nicht verübeln», fuhr Mr. Femm nachdenklich fort, «daß Sie für einen Mann von Kultur, als der Sie sich soeben erwiesen haben, merkwürdig naiv sind. Haben Sie vielleicht religiöse Bedenken wie meine Schwester? Ist Gott auf Ihrer Seite?»

«Keine Spur», antwortete Philip scharf. Jetzt fing er doch an, sich zu ärgern. Etwas an diesem Mann hatte eine beleidigende Note, die weit über das Exzentrische hinausging. Aber dann hörte er etwas, was seinen Gedankenfluß unterbrach. «Hallo, haben Sie das gehört?» rief er aus. Es war ein unterdrückter Schrei von irgendwoher und darauf folgte eine Art Klatschen.

Die Kerze zitterte und flackerte, und in ihrem schwankenden Licht sah Mr. Femm geisterhafter aus als je. Er starrte Philip mit seinen tiefliegenden Augen an und sagte nach einer Weile: «Ja, ich habe etwas gehört.»

«Natürlich müssen Sie's gehört haben», sagte Philip unhöflich. «Was war es?»

Der andere beugte sich wieder vor. «Es muß Morgan gewesen sein. Der Kerl ist betrunken, wie Sie wissen. Wahrscheinlich macht er in der Küche Krach.»

Das Geräusch war aber nicht aus der Richtung der Küche gekommen. Doch konnte Philip schwerlich seinen Zweifel äußern. Er behielt ihn also für sich. Es hatte keinen Zweck, noch weiter hier herumzustehen. «Also, was ist nun mit der Lampe?»

Mr. Femm biß sich auf die Lippe und sah betreten aus. «Hören Sie zu», sagte er, «entschuldigen Sie mich, wenn ich nicht mitkomme. Ich bin müde und meine Gesundheit ist nicht die beste. Ich kann nicht noch mehr Treppen steigen. Ich hätte Ihnen das vorher sagen sollen, aber die Eitelkeit – die Eitelkeit des Alters – hat mich daran gehindert. Sie wissen ja, wo es hingeht, nehme ich an. Sie finden die Lampe auf einem kleinen Tisch beinahe am Ende des nächsten Treppenabsatzes im oberen Stock ...», und er deutete nach oben.

Dem Mann stand die Lüge so offensichtlich ins Gesicht geschrieben, daß Philip ihn am liebsten ausgelacht hätte. Seine Ausflüchte waren einfach eine Frechheit. Trotzdem, was konnte man tun? «Schön, ich verstehe», sagte er und sah ihn scharf an. «Ich gehe und hole sie. Und sie ist nicht zu schwer für mich, meinen Sie?»

«Durchaus nicht», antwortete Mr. Femm. Unten hatte er noch das Gegenteil behauptet. Das war also auch eine Lüge gewesen. Was für ein merkwürdiger, unsauberer Kerl er war! Deswegen habe ich ihn auch gleich nicht gemocht, dachte Philip; er ist ein geborener Lügner, der alles um sich herum korrumpiert.

«Aber die Kerze brauche ich», sagte Philip und streckte die Hand nach dem Halter aus. Mr. Femm bat ihn, einen Augenblick zu warten, und verschwand in seinem Zimmer. Er kam mit einem brennenden Nachtlicht zurück und gab Philip, ohne ein Wort zu sagen, die Kerze. Dann blieb er vor seinem Zimmer stehen, während Philip den Gang zurück zur Treppe eilte.

Er war noch nicht weit gekommen, als er eine Tür hinter sich zufallen hörte. Augenscheinlich hatte sich Mr. Femm auf sein Zimmer zurückgezogen. Und im nächsten Augenblick hörte er, wie eine Tür abgeschlossen oder verriegelt wurde. Mr. Femm wollte sich wohl ganz sicher fühlen. Komisch, dachte Philip, blieb stehen und horchte. Irgendwie war ihm das Geräusch der Tür verdächtig vorgekommen. Eine Nebensächlichkeit vielleicht, aber er fühlte sich unbehaglich. Er ging weiter, gab sich aber Mühe, ganz leise die Treppe hinaufzusteigen.

Die Stufen waren schmaler als im unteren Stockwerk, hatten keinen Läufer und knarrten noch, nachdem der Fuß schon weitergegangen war. In dem schwankenden Kerzenlicht sah alles sehr vernachlässigt und melancholisch aus. Über sich sah er ein kleines Dachfenster, auf das der Regen herunterklatschte. Es roch nach altem Staub und verfaulten Dingen, nach einem Ort, den nie ein Sonnenstrahl getroffen hatte. Es war wie das Schreckgespenst eines Hauses, von dem man manchmal träumt.

Vor ihm war nun der Treppenabsatz, und weiter hinten, beinahe am Ende, stand ein kleiner Tisch mit der Lampe darauf. Er betrachtete beides, um den letzten Anflug von Gruseligkeit, die Mr. Femms Gerede ihm eingeflößt hatte, auszulöschen. Die Lampe war eine altmodische Konstruktion mit Doppelzylinder und von oben bis unten mit Staub bedeckt. Wenn er aufpaßte, müßte er sie eigentlich in einer Hand tragen können. Das Kerzenlicht fiel auf einen alten Stahlstich an der Wand über dem Tischchen. Der Stich zeigte einen bärtigen Offizier mit gezogenem Säbel vor einer großen Kanone, während im Hintergrund sich eine unmögliche Pagode auftürmte. Einen Augenblick starrte er das Bild an, das offenbar einen Helden aus einem der frühen Chinesenkriege betraf, und wunderte sich, wie der Held hierher kam, mit seinem Säbel und der Kanone und der Pagode. Dann hob er die Lampe hoch, hielt die Kerze vor sich her und ging langsam und vorsichtig dem Treppenabsatz zu.

Er war so eilig und darauf bedacht gewesen, den Tisch mit der Lampe zu entdecken, daß er die Tür auf der linken Seite gar nicht bemerkt hatte. Jetzt, wie er langsam den Gang zurückging, erregte sie seine Aufmerksamkeit. Sie hatte nichts Besonderes an sich, eben eine schwere alte Tür, deren Anstrich zum großen Teil abgeblättert war. Aber es war sehr merkwürdig, wie sie geschlossen war. Sie hatte zwei große Riegel, die außen befestigt waren. Warum? Fürchteten sie, daß man von außen in das Haus einbrechen könnte? Allein der Gedanke, daß jemand in dieses Haus einbrechen wollte, war lächerlich. Während er darüber nachdachte, war er schon an der Tür vorübergegangen. Aber plötzlich hörte er etwas. Es waren Schritte. Und eine Stimme hörte er auch, eine Art Murmeln, nicht weit weg. Es konnte nur aus dem Zimmer hinter der Tür herkommen. Jemand mußte in dem Zimmer sein, hinter der dicken Wand und der verrammelten Tür. Ob der unterdrückte Schrei, den er vor einigen Minuten gehört hatte, und das Klatschen auch von da kamen? Die Neugier stachelte ihn einen Augenblick an, verschwand aber sofort wieder und ließ ihn in der Finsternis zurück, ängstlich und unbehaglich.

Aber er war noch keine Minute stehengeblieben, als an sein Ohr ein zweiter Schrei drang, diesmal von unten, aus einem anderen Bereich. Das konnte nur Margaret gewesen sein. Hatte sie nicht seinen Namen gerufen? Oder bildete er es sich nur ein? Wieder herrschte Stille, und er ging vorsichtig weiter. Aber jetzt war kein Zweifel mehr möglich: «Philip, Philip!» hörte er sie verzweifelt um Hilfe rufen. Die Lampe fest umklammernd und in der anderen Hand die Kerze haltend, rannte er die Treppe hinunter und fiel glücklicherweise nicht hin. Sofort verschwand das Gefühl des Unbehagens und der Furcht, und an ihre Stelle trat deutliche Wut. Sie hatte ihm zugelächelt und befand sich ganz wohl, als er sie in der Diele verlassen hatte, und jetzt mußte ihr etwas geschehen sein. Selbst sie blieb nicht verschont. Er suchte in Gedanken nach einem Schuldigen, fand aber keinen Namen dafür. Irgendeine üble Macht stand zwischen ihnen, die er früher schon immer schwach gefühlt hatte, die ihn aber jetzt bestürmte. Sie war überall wirksam, in dem Schlamm und Regen draußen und in den staubigen Ecken dieses Hauses. Margaret schien es nicht begreifen zu wollen; jetzt aber mußte sie begriffen haben, sonst hätte sie nicht um Hilfe gerufen. Er hatte sich schon oft gesagt, sie müsse es endlich begreifen, aber als er jetzt nach unten eilte, um ihr beizustehen, machte der Gedanke ihn maßlos wütend, daß sie ausgerechnet nach einem Lächeln und in Erwartung seiner schnellen Rückkehr darauf gestoßen wurde.

Sobald er den unteren Treppenabsatz erreicht hatte, stellte er die Lampe auf den Boden und rannte vor. Er sah einen blauen Kleiderfetzen, einen blonden Kopf, und schon hing sie an ihm und packte ihn an dem Revers seines Jacketts. Sie rang nach Atem. «Morgan – betrunken – packte mich ... kommt hinter mir», das war alles, was er verstand. Aber es war genug. Im nächsten Augenblick erschien der Riese, ein unförmiger Schatten auf der schwach erleuchteten Treppe. Er blieb sofort stehen, als er im Kerzenlicht das Paar sah.

Margaret wandte rasch den Kopf nach ihm, zerrte Philip am Ärmel und flüsterte: «Da ist er. Nur weg von ihm!»

Philip schüttelte verneinend den Kopf, sah sich rasch um und heftete dann seine Augen auf die dunklen Umrisse Morgans. «Hinter uns ist ein Türeingang», sagte er schnell zu Margaret. «Wenn er angreift, trittst du hinter mich und stellst dich in den Eingang. Zum Wegrennen ist immer noch Zeit.»

«Nein, gehen wir doch. Ich habe schreckliche Angst, Philip.»

Er sah Morgan ruhig an. Der Mann schwankte ein bißchen, bewegte sich aber sonst nicht. «Wahrscheinlich hat er sich sinnlos betrunken und läuft jetzt ziellos herum. Hat er dich wirklich verfolgt?»

«Er ist mir unten in der Diele auf Schritt und Tritt gefolgt», flüsterte sie aufgeregt. «Ich war ganz allein. Dann packte er mich, und als ich mich losmachte, lief er mir die Treppe hinauf nach.» Er fühlte, wie sie zitterte. «Gehen wir lieber, vielleicht finden wir die anderen.»

«Ich habe keine Ahnung, wo die anderen sind.»

Was hatte Morgan vor? Philip behielt ihn gespannt im Auge, denn der Kerl war sicher so stark wie ein Gorilla und dazu noch halb verrückt. Im Vergleich mit ihm war Philip zwar ziemlich kräftig und wenigstens nüchtern, aber er bezweifelte, ob er einem Angriff standhalten, geschweige denn ihn besiegen könnte. Er wußte noch nicht einmal, wie er sich verhalten sollte, wenn Morgan ihn angriff. Er hatte seit Jahren seine Fäuste nicht mehr benutzt, wenn er auch früher ein ganz guter Boxer gewesen war. Auf jeden Fall war er entschlossen, nicht davonzulaufen oder sich vor einer Auseinandersetzung zu drücken. Die Wut, die er auf der Treppe angespeichert hatte, war immer noch da. Was immer der Mann angestellt haben sollte, bis jetzt schien er nur ein dummer Fleischklumpen zu sein. Wenn er aber gefährlich werden sollte, würde Philip sich ihm entgegenstellen, ganz gleich, was passierte. Margaret konnte leicht entwischen, die Treppe hinunter – nicht nach oben, unter das Dach, wo dieses Zimmer lag.

Er flüsterte: «Wenn er angreift und du weglaufen willst, dann an mir vorbei und die Treppe hinunter. Vergiß das nicht!»

Sie sah ihm eine Sekunde lang in die Augen und sagte ruhig: «Ich bleibe hier.» Sie hatte sich wieder gefangen. «Gib mir die Kerze.» Sie nahm den Halter und trat einen Schritt zur Seite.

Morgan schlurfte ein bißchen hin und her und stürzte dann plötzlich vor.

«Stehenbleiben!» rief Philip befehlend. «Was wollen Sie?»

Morgan richtete sich in seiner ganzen Länge auf, dann schob sich sein großer, zottiger Schädel vor, und sie sahen, wie seine Augen sie anstarrten. Als ob er auf Philips Frage antworten wollte, kam ein gurgelnder Laut aus seiner Kehle, und er deutete auf Margaret.

Es lag etwas Überwältigendes in der Riesenhaftigkeit des stummen Kerls, und sein Angriff hatte Philip zuerst Angst eingejagt. Laufe, laufe, hatte ihm eine innere Stimme geraten! Als er aber diese verblüffende Geste sah, die ausgestreckte Hand, die auf Margaret deutete, wurde er so zornig, daß seine Nerven ihm sofort wieder gehorchten. Er streckte einen Arm aus und schob Margaret sanft nach hinten in den Türeingang. Das Licht der Kerze, die sie hielt, fiel voll auf Morgan und ließ

Philip im Schatten. Er beobachtete scharf die kleinen, glasigen Augen, die sich jetzt von Margaret abwandten und ihn anstarrten. Er lehnte sich etwas vor, richtete sich auf den Zehen auf und wartete.

Er brauchte nicht lange zu warten. Irgend etwas ging endlich in Morgans Hirn vor sich. Er hob plötzlich den Arm und sprang auf Philip zu. Der blinde Stoß gab Philip Gelegenheit, sein ganzes Gewicht in einen einzigen harten Schlag zu legen. Krachend landete seine Faust im Gesicht seines Gegners. Sofort trat Philipp wieder zurück, um außerhalb der Reichweite der langen Arme zu kommen. Aber augenblicklich war keine Gefahr. Nur seine Größe hatte Morgan davor bewahrt, von Philips Schlag niedergeworfen zu werden. Der Hieb war wohlgezielt gewesen, er hatte ihn am Kinn getroffen. Aber er war so hart gewesen, daß Morgan zurücktaumelte. Philip nutzte seinen Vorteil nicht aus, sondern blieb, wo er war, auf Verteidigung eingestellt. Vielleicht hatte sein Hieb ein bißchen Vernunft in den Kerl hineingeschlagen. Er stand jetzt still und hielt sich mit den Händen den Kopf. Philip fühlte Margarets Hand an seinem Ärmel und drehte sich rasch um, um ihr beruhigend zuzulächeln. Sie stand in den Türeingang gedrückt und sah im Kerzenlicht sehr blaß aus. Ihre Augen glänzten aufgeregt. Ein Geräusch von vorn warnte ihn, und er wandte sich schnell zurück. Es war höchste Zeit.

Morgan griff wie ein Bulle an. Philip konnte gerade noch die Fäuste heben und seine Muskeln spannen, als das ganze Gewicht des Riesen sich auf ihn warf und seine Arme von den klobigen Händen des Kerls umklammert wurden. Er schien verloren zu sein. Instinktiv jedoch drehte er seine Arme herum, und indem er sich fest an Morgans Ärmel anklammerte, machte er seinen Körper, statt dem Gewicht des Angreifers zu widerstehen, ganz locker. Das Ergebnis war, daß er nicht zu Boden stürzte, sondern nach hinten gedrückt wurde, an Margaret vorbei und den Gang entlang. Es fühlte sich an, als ob Morgan ihn trug. Es war kein schönes Gefühl, so hilflos ins Dunkel geschoben zu werden, aber Philip behielt die Nerven. Solange er nicht wirklich zu Boden geworfen wurde, der Riese auf ihn zu liegen kam und seine Hand ihn an der Kehle packte, war es vielleicht immer noch möglich, das wütende Tier zu meistern, das ebenso riesig und ebenso hirnlos war wie ein vorgeschichtliches Monstrum.

Jetzt berührte er mit den Füßen wieder den Boden. Der Augenblick zum Gegenschlag war gekommen. Er lockerte eine Sekunde seinen Griff, nahm die Arme herunter und stieß sie dann mit aller Kraft aufwärts und nach außen. Morgan war zu langsam, um zu parieren, und Philip kam frei. Er sprang zurück, aber weiter, als er beabsichtigte, und stieß gegen die Wand, denn im selben Augenblick traf Morgan mit seiner großen Faust Philip an der Seite des Kopfes. Der Schlag war so hart, daß Philip beinahe ohnmächtig wurde. Aber das Kerzenlicht war jetzt so schwach, daß Morgans großer Körper es beinahe völlig verdeckte. Er schien nicht genau zu wissen, wo Philip sich befand, und als er wieder angriff, ging er einfach geradeaus. Philip stellte ihm ein Bein, und als Morgan kopfüber stürzte, nahm er alle seine Kräfte zusammen und führte einen wütenden Schlag gegen den Körper des Mannes. Der Hieb landete irgendwo zwischen den Rippen und kam voll zur Wirkung. Es entstand ein dumpfes Geräusch und gleich darauf das Klirren zerbrochenen Glases. Morgan lag in seiner ganzen Länge auf dem Boden. Er war im Fallen auf die Lampe gestürzt, die Philip vor einigen Minuten abgestellt hatte. Die Lampe war in Stücke zerbrochen. Und das war das Ende der unglückseligen Lampe und, wie Philip hoffte, auch Morgans Ende, wenigstens für eine Zeit lang.

Philip lehnte sich erleichtert und völlig erschöpft gegen die Wand. Einen Augenblick lang konnte er sich nicht bewegen, dann machte er ein paar zaghafte Schritte auf das Kerzenlicht zu. Der Kopf tat ihm weh, und sein Herz klopfte wild. Wieder mußte er sich anlehnen. Er schloß die Augen und wünschte nichts, als in Ruhe atmen zu können. Aber das Licht kam näher und zwang ihn, die Augen zu öffnen. Es war Margaret. Sie schlang den Arm um seinen Hals, preßte ihr Gesicht an seine Wange, und aus dem Halbdunkel des häßlichen Korridors drang der süße Duft ihres Haares an seine Nase. «Ich bin's, Phil», sagte sie. Und diese Worte brachten ihn zurück, einen weiten Weg zurück.

Sie fuhr ihm sanft über das Gesicht: «Bist du verletzt?»

Er öffnete weit die Augen und schüttelte verneinend den Kopf. «Nein, nicht der Rede wert. Nur ein kleiner Kratzer. Ich habe Glück gehabt.» Er lächelte sie an und blickte dann auf Morgan hinunter, der immer noch bewegungslos auf dem Boden lag.

Sie folgte seinem Blick. «Er ist doch nicht ... tot?» fragte sie.

Er nahm ihr die Kerze ab. «Keine Angst, wahrscheinlich nicht mal ohnmächtig. Es hat einen Mordskrach gegeben, als er niederstürzte, aber der Kerl hat ja Bärenkräfte. Es ist ihm sicher nichts passiert. Mal sehen.» Er hielt die Kerze über den ausgestreckten Körper, der sich jetzt leise bewegte und schwer atmete. Margaret sah Philip über die Schulter. «Er hat sich selbst vors Hirn gestoßen», sagte Philip. «In einer Minute wird er wieder zu sich kommen, oder er fällt gleich in Schlaf, was viel wahrscheinlicher ist, denn er ist vollkommen betrunken.»

Margaret hob zweifelnd die Augenbrauen: «Und wenn er wieder anfangen sollte?»

«Wird er nicht. Mach dir darüber keine Sorgen.»

Philip nahm ihren Arm und ging mit ihr auf die Treppe zu. «Wenn er wieder klar im Kopf ist, wird er sich wahrscheinlich an nichts mehr erinnern und außerdem zu geschwächt sein, um noch mehr Unfug anzurichten.»

Margaret drückte ihren Arm gegen seine Hand. «Es ist mir ein Rätsel, wie du das fertiggebracht hast, Phil. Es war großartig!»

Er lachte. «Das sind gerade die richtigen Worte und der richtige Ton, voller Stolz, Liebling. Weißt du, ich komme mir vor wie Jack der Riesentöter. Und wenn du's genau wissen willst: mir ist es auch ein Rätsel.»

Sie gingen langsam dem Treppenabsatz zu. Doch plötzlich blieb Margaret stehen. «Horch mal, Philip! Siehst du das Zimmer dort drüben, die Tür, vor der ich gestanden habe?»

«Ja. Was ist damit?»

»Jemand ist da drin, ein Mann, glaube ich. Als ich dort stand, hörte ich ihn rufen, mit einer dünnen, schwachen Stimme.»

«Femm ist in einem dieser Zimmer», erklärte er ihr. «Er hat mich hier stehengelassen und sich irgendwo eingeschlossen. Aber es ist das Zimmer weiter hinten, nicht dieses.» Dabei dachte er wieder an die andere Tür im oberen Stockwerk. Es kam ihm wie ein Alptraum vor. Sollte er Margaret davon erzählen? Nein, noch nicht.

«Ich habe aber deutlich jemand gehört. Als ob er etwas wollte. Es muß der andere sein.»

«Welcher andere?» Er hatte ganz vergessen, wer hier alles wohnte. Die vielen Korridore und dunklen Ecken, die geheimnisvollen Türen und Stimmen hatten ihn verwirrt.

«Der Älteste, den sie als den Hausherren bezeichnet haben, Sir Roderick», flüsterte sie. «Erinnerst du dich nicht, daß sie sagten, er sei sehr alt und krank? Ich bin sicher, daß er etwas wollte. Stell dir vor, wenn er in seinem Bett liegt und die vielen Geräusche hört und sich nicht rühren kann.»

Ja, das mußte wohl der alte Sir Roderick sein, in dessen Haus sie schließlich Unterkunft gefunden hatten. Ein sehr problematisches Asyl! Er sah Margaret zweifelnd an, dann die Tür. Sie standen jetzt davor, ihre Holztäfelung glänzte ein bißchen im Kerzenlicht.

«Horch!» Margaret hob eine Hand und beugte sich vor. Ihr weiße Schulter war an der Stelle entblößt, wo Morgan ihr das Kleid zerrissen hatte, und ihr Kopf sah wie ein Medaillon aus blankem Gold aus. Eine Welle von Liebe überspielte ihn, während er horchte. Jetzt wandte sie sich zu ihm um und sah ihn fragend an. «Hast du's gehört?» flüsterte sie.

Er nickte und hob dann fragend die Brauen hoch. Wie aus weiter Ferne war eine kleine schwache Stimme zu ihnen herausgedrungen, die Stimme, die Margaret meinte. Er las in ihrem Gesicht, was sie vorhatte, und hinderte sie nicht, als ihre Hand die Tür berührte und leise klopfte. Ihre andere Hand lag schutzsuchend auf seinem Arm.

«Herein», hörten sie kaum vernehmlich von drinnen.

Margaret zögerte und Philip fühlte, wie ihre Hand seinen Arm drückte. Er gab ihr die Kerze, beugte sich vor und öffnete langsam die Tür. Sein Schatten drang schwankend in das Zimmer, er folgte ihm nach, und Margaret kam hinter ihm.

X

Sie saßen immer noch behaglich auf dem Rücksitz des Autos, und ihre Unterhaltung drehte sich jetzt um Sir William Porterhouse. Gladys wollte unbedingt ihre Beziehung zu ihm erklären, sehr zu Penderels Beunruhigung, wenn er im geheimen auch neugierig darauf war.

«Natürlich mag ich ihn», sagte sie. «Sonst würde ich nicht mit ihm verreisen. Darauf können Sie sich verlassen. Aber ich bin ungefähr ebenso verliebt in ihn wie in den alten Banks, den Türsteher des Nachtklubs Alsatia. Ich mache Ihnen da gar nichts vor – darüber sind wir hinaus, nicht wahr? Komisch eigentlich, wo wir uns doch erst ein paar Stunden kennen.»

«Ja, aber wir haben uns in einer Sturmnacht kennengelernt», meinte er. «Und das ändert die Sache ein bißchen. Einem etwas vorzumachen in einer Nacht wie dieser hier – ziemlich sinnlos. Außerdem haben wir nicht viel Zeit.»

«Was meinen Sie, nicht viel Zeit? Eine ganze Menge Zeit haben wir. Man hat immer Zeit.» Sie schien etwas beleidigt zu sein. Offenbar wollte er damit sagen, daß er sie nach diesem Zusammentreffen nicht mehr sehen werde. Und sie hatte gerade gehofft, ihn später noch sehr oft zu treffen.

«Ich weiß nicht, was ich gemeint habe», lenkte er ein.

Und wenn er es sich richtig überlegte, so wußte er es wirklich nicht. Es war nur eine Redensart gewesen. «Wahrscheinlich habe ich dabei an die üblichen Wendungen einer Predigt gedacht. Sie kennen ja das Gerede: Wir sind wie die Blumen, frisch am Morgen und verwelkt am Abend oder ähnlich.»

«Ach so!» Sie tat das veraltete Zitat mit einer verächtlichen Handbewegung ab und fühlte sich erleichtert. «Das trifft nur für das Äußere zu, wenn man sich um sein Gesicht und seine Figur Sorgen macht. Aber sonst nicht. Die Leute, die ich kenne, haben immer mehr Zeit, als sie brauchen; sogar der alte Bill, trotz seiner Überseekabel und Blitzgespräche und Privatsekretärinnen und was weiß ich – hat mehr Zeitlücken, als er ausfüllen kann. Diese alten Propheten, die in der Bibel stehen, müssen richtige Schönheitsspezialisten gewesen sein.»

«Vielleicht waren sie's – auf ihre Weise», meinte er nachdenklich. «Aber was wollten Sie sagen, ehe Sie davon redeten, daß Sie mir nichts vormachen wollten?»

«Oh ja. Von mir und Bill wollte ich reden. Also, es kommt in Wirklichkeit auf folgendes hinaus: unsere Freundschaft hat sich zu einer für beide Teile befriedigenden Vereinbarung entwickelt. Wie ich schon sagte, mag ich ihn gern, er hat mir viel geholfen und mir manche schöne Stunde bereitet. Wir sind nicht regelmäßig zusammen, verstehen Sie? Er hat mir keine süße kleine Stadtwohnung gemietet und was sonst noch alles dazugehört. Er führt mich nur abends gelegentlich aus, wenn er in Stimmung ist, und manchmal sind wir übers Wochenende weggefahren. Diese Fahrt hier war bis jetzt die längste und weiteste. Ich wollte erst gar nicht mitfahren, aber er war furchtbar scharf darauf, einen Tag zum Golfspielen nach Harlech zu fahren. Wenn er so wäre, wie ich es bei anderen schon gesehen habe, dauernd an einem herumfingern und wie ein liebeskranker Kater knurren, wäre mit mir nichts zu machen gewesen. Aber er will – meistens wenigstens – nur jemand um sich haben, mit dem er sich in der Bar oder im Hotel gut unterhalten kann. Er setzt sich gern auf den Rand des Bettes und prahlt darauf los, um den Tag schön zu beenden. Eigentlich ist er einsam, trotz seines großen Mundwerks. Er hätte wieder heiraten sollen. Seine Frau ist gestorben, als er noch sehr jung war, und er hat sie nicht vergessen. Das merkt man gleich. Ich habe ihn genau beobachtet.»

«Sie sind ein großer Beobachter», sagte Penderel. «Direkt beängstigend.»

«Jetzt halten Sie mich zum besten», rief sie. «Ich erzähle Ihnen nichts mehr.»

Merkwürdig, dachte Penderel, wie einfach sie sich gab, beinahe wie ein Kind, wenn sie sich mit ihm unterhielt. Sobald sie aber über andere Dinge oder Leute redete, erstaunte sie ihn. «Nein, nein, Sie müssen weitererzählen. Ich möchte noch mehr hören. Wenn Porterhouse Sie hören könnte, würde er große Augen machen, obgleich er kein eingebildeter Idiot ist, nach der Anekdote zu schließen, die er uns in der Diele erzählt hat. Also, bitte, erzählen Sie weiter.»

«Noch 'ne Eigenart von ihm ist diese, übrigens von vielen Männern, glaube ich: wenn er mich einlädt, mit ihm wegzufahren, tut er es nicht so sehr, weil er mich bei sich haben will.» Sie hielt einen Augenblick inne, um zu überlegen. «Was er tatsächlich will, ist ein Schutz dagegen, daß er irgend jemand will, verstehen Sie? Das ist durchaus nicht dasselbe.»

«Ganz und gar nicht dasselbe», bestätigte er ihr. «Dazwischen liegt eine ganze Welt.»

«So ist es meistens mit ihm. Er will alles haben oder glaubt, er müsse es haben. Wenn er allein wäre und in London herumbummeln oder in einem luxuriösen Badehotel wohnen würde, mit den vielen gut angezogenen und schicken Frauen dauernd vor der Nase, würde ihn der Gedanke verrückt machen, daß er keine hat. Er könnte vor lauter Ärger nicht mal sein Essen verzehren. Aber wenn er auch eine neben sich hat, die ihn anlächelt, wenn er nur den Blick zu ihr erhebt, dann ist alles gut. Außerdem hat er dann eine, mit der er sich zeigen und der er später seine Geschichten erzählen kann. Und das ist meine Aufgabe. Er hält mich nämlich für smart und hübsch. Was Sie wahrscheinlich nicht tun.»

«Meine liebe Gladys, ich halte Sie für ungemein hübsch, geradezu überwältigend sogar.» Stimmte gar nicht. Er dachte plötzlich daran, daß er eine ganze Menge Mädchen kennengelernt hatte – aus seinen eigenen Kreisen, wie man blöderweise immer noch sagte –, die viel hübscher als Gladys waren. Aber sie hatten ihn nicht interessiert, während dieses Mädchen ihn eigenartig fesselte und anzog. Wie eine erfrischende Melodie, dachte er. Aber was immer es war, was ihn anzog, es war nicht so sehr ihr gutes Aussehen, wenn das auch nicht zu verachten war.

«Natürlich, so etwas mußten Sie ja sagen, nicht? Ich halte mich nicht für sehr hübsch. Da haben Sie's. Ist das Ehrlichkeit oder nicht?»

«Wieso? Was haben Sie an sich auszusetzen?»

«Mein Gesicht ist zu breit, und meine Nase ist auch falsch. Meine Figur ist unmodern, wo heute alle Frauen rank und schlank und knabenhaft aussehen müssen.»

«Ach, das ist alles Unsinn, darüber machen Sie sich gar keine Sorgen», meinte er beruhigend. «Ich kann diese alten Knochengerüste und Totenköpfe, die man jetzt überall sieht, nicht ausstehen.» Und er fühlte mit Behagen die Arme ihres schönen, kräftigen Körpers so dicht an seiner Seite. Dennoch überlegte er immer noch, was ihn an ihr so besonders anzog. Es konnten nur ihre burschikose Frische, ihre Vernunft und ihr gesunder Menschenverstand, vermischt mit ihrer warmen Fraulichkeit und Vitalität, sein. Natürlich, das war es. Im Vergleich mit ihr war Margaret Waverton nur eine leicht aufgefrischte Mumie. Außerdem erinnerte Gladys ihn mit jedem Wort und mit ihren Gebärden an London. Es war, als ob seine Gedanken an sie immer gleichbedeutend wären mit der Vorstellung der Londoner Straßen, dem Verkehr und dem frechen, großstädtischen Jargon – mit allem, was eben diese Riesenstadt bedeutete: Busse, Abendzeitungen, Austernverkaufsstände, Teeläden, Drehorgeln und Varietés. Das müßte eigentlich die Erklärung abgeben für seine merkwürdige Sympathie. Aber wenn er ehrlich war, so genügte es noch nicht.

Sie fragte ihn, ob er etwas höre. «Ich habe es schon eine ganze Weile gehört», fügte sie hinzu.

«Was?» Er beugte sich zu ihr hin und sah im Halbdunkel ihr blasses, rundes Gesicht mit den großen Augen und dem geschwungenen Bogen ihrer Lippen.

«Draußen. Es klingt wie Rauschen.»

«Ich habe fast vergessen, daß es überhaupt ein Draußen gibt. Jetzt kann ich es aber hören. Es wird lauter.»

«Kann man wohl sagen. Hört sich an, als ob ein ganzer Fluß auf uns herunterstürzte.» Sie fröstelte. «Was werden Sie jetzt tun?»

Er öffnete die Tür des Wagens. «Ich werde nachsehen, was los ist.»

Er stand jetzt draußen auf dem Boden des Schuppens, der nach dem Eingang zu etwas abschüssig verlief. Alles schien sehr naß zu sein. Man hörte das Geräusch großer Wassermassen, die irgendwo draußen herunterrauschten. Sie schienen vorbeizufließen und um den Schuppen herum zu steigen. Man konnte aber kaum etwas sehen, weil die abgeblendeten Lichter des Wagens nicht nach außen zielten.

«Hören Sie, Roger», rief sie ihm nach. Es klang seltsam, seinen Vornamen von ihr zu hören aus der Dunkelheit heraus und von einer immer noch nicht ganz vertrauten Stimme gerufen. Es kam ihm vor, als ob er fünfzehn Jahre jünger wäre und wieder von vorn anfinge. «Wenn Sie sich weit entfernen, dann warten Sie einen Augenblick, ich komme mit.»

«Ich gehe nicht weit», antwortete er. «Höchstens einen Schritt noch.» Das Wasser floß tatsächlich in den Schuppen herein. Irgendwo mußte etwas geborsten sein. Man hörte deutlich das Rauschen eines Flusses. «Passen Sie auf», rief er, «ich komme zurück.» Eine Welle floß plötzlich flutartig um die Ecke des Schuppens, und in einer Sekunde stand ihm das Wasser beinahe bis zum Knie. Er sprang rasch in den Wagen zurück.

«Schauen Sie sich das an», sagte er keuchend. «Das Wasser strömt in den Schuppen.» Sie lehnte sich vor und sah durch die offene Tür hinaus, während er versuchte, das Wasser aus seinen Hosenenden auszuwringen.

«Um Gottes willen», rief sie, «wenn es noch mehr steigt, dringt es in den Wagen ein.»

«Dann müssen Sie die Füße auf den Sitz legen», murmelte er, immer noch mit seinen nassen Hosen beschäftigt.

Sie faßte ängstlich nach seinem Arm. «Aber wenn es höher und höher steigt, dann sind wir ja hier gefangen.»

Er richtete sich auf, näherte sein Gesicht dicht dem ihren und lächelte sie durch die Dunkelheit an. «Irgendwie kämen wir schon heraus. Außerdem kann es nicht viel steigen. Es muß rasch wieder ablaufen. Eigentlich ganz amüsant, finden Sie nicht auch?»

«Amüsant!» Er glaubte zu sehen, daß sie eine Grimasse schnitt. «Komische Begriffe haben Sie.»

Seine Finger berührten etwas Glattes, Kühles. Es war der Flakon. Den hatte er ganz vergessen. «Es ist noch ein Schluck drin», sagte er und schüttelte die Flasche. «Wollen Sie ihn haben?»

«Nein, danke. Trinken Sie die Flasche aus.»

«Soll ich wirklich? Oder soll ich den Rest für den Notfall aufbewahren? Oder ist das vielleicht schon ein Notfall? Was meinen Sie?»

«Eben sagten Sie, es sei keiner, nicht wahr, Sie Klugschnabel? Los, trinken Sie's aus.» Sie lehnte sich auf ihrem Sitz zurück und sah ihn an. «Ich glaube, ich bin müde», sagte sie gähnend. «Mir fallen die Augen zu.» Aber innerlich war sie gar nicht müde, sondern sehr aufgeregt.

«Wenn Sie jetzt einschlafen, könnten Sie etwas Tolles versäumen», sagte er, während er die Flasche aufschraubte. «Stellen Sie sich vor, Sie wachen auf, und das Wasser reicht Ihnen bis zum Kinn, und unter Ihren Armen schwimmen lustig Forellen herum. Oder Sie schlagen Ihre schönen Augen auf und befinden sich gar nicht mehr hier, sondern auf dem Piccadilly Circus, um die letzte U-Bahn zu erwischen.»

«Und wo wären Sie in diesem Augenblick?»

«Nirgends. Sie hätten mich nur geträumt. Sie wissen doch, wie Leute, die man nur ein- oder zweimal im Leben gesehen hat, plötzlich im Traum auftauchen? Nun, so einer wäre ich.»

«Dann will ich nicht auf dem Piccadilly Circus aufwachen.»

«Warum nicht?» fragte er und sah sie über seinen Flakon hinweg an.

«Weil Sie mir sympathisch sind.»

«Und bei Gott, der finsteren Nacht und Sir Roderick Femm, Sie mir auch!» rief er aus. «Dieser wichtige Augenblick muß gefeiert werden. Sind Sie ganz sicher, daß Sie nicht noch einen Schluck haben wollen?»

«Ganz sicher. Ich sagte es Ihnen doch.»

«Dann muß ich den kostbaren Alkohol einem besseren Zweck zuführen, als dem Ruin meiner Gesundheit.»

«Was wollen Sie tun? Irgend etwas Verrücktes, wette ich. Ich seh' es auf Ihrem Gesicht.»

«Ich opfere den letzten Schluck, obgleich ich ihn gut zum Aufwärmen gebrauchen könnte, um diesen Augenblick gebührend zu feiern. Ich werde ein paar Worte an die Götter richten und den Inhalt der Flasche dann als ein Opfer ausgießen. Wie gefällt Ihnen das?» Er setzte sich in Positur. «Oh, ihr Götter des Lichts, der Schönheit und des Glücks!» begann er mit Pathos. «Hört den Ruf aus der kleinen Welt, auf die ihr so lange nicht herniedergestiegen seid. Blickt auf zwei Sterbliche herunter, die euch zum Ruhme geschaffen wurden, aber in der Finsternis sitzen, Finsternis außen und innen, obdachlos, verloren und inmitten einer steigenden Flut schwarzen Wassers – »

«Wenn Sie jetzt nicht aufhören, kommen mir die Tränen», unterbrach sie ihn. «Sie sollten zum Theater gehen.»

«Ich bin im Theater, Gladys, die ganze Zeit. Ich laufe bloß herum und versuche, mich an mein Stichwort zu erinnern, und wie das Stück heißt, und wie das Publikum aussieht. Aber jetzt haben Sie meine Ansprache ruiniert. Bleibt also nur noch das Trankopfer übrig. Hier.» Er hielt die Flasche hinaus und erhob seine Stimme: «Nehmt in Gnaden dieses Opfer an. Es ist alles, was wir haben, der letzte Rest unseres Geistes.»

Und der Inhalt der Flasche ergoß sich ins Wasser, das um den Schuppen gurgelte.

«Nun, ist Ihnen jetzt besser?» erkundigte sie sich, als er zurückkam. Dabei lächelte sie.

Er faßte sie an den Armen und rief: «Ich glaube tatsächlich, ja. Ich bin überzeugt, daß sie ihr Auge auf uns geworfen hatten, ich meine die Götter, schon ehe ich ihnen das Opfer brachte. Und jetzt werden sie sich sicherlich unser annehmen. Wenn ich ehrlich sein will, so war ich heute abend nur einmal deprimiert, und das ist eine große Seltenheit.»

«Wann war das?» wollte sie wissen und drückte sich sanft an ihn.

«Oh, ehe Sie auftauchten, gleich, nachdem wir das Haus betreten hatten. Ich erinnere mich noch genau. Ich saß allein da, und plötzlich war alles leer und hohl in mir. Kennen Sie das Gefühl?»

«Und ob! Ich hatte das schon wochenlang. Alles wird zur unerträglichen Anstrengung, atmen, aufstehen, sich waschen, Haare kämmen, anziehen, essen – »

«Und herumlaufen und mit den Leuten reden oder in ihre dummen Gesichter gucken. Und dann sich wieder ausziehen, ins Bett kriechen, versuchen einzuschlafen. Und am anderen Morgen den ganzen Unsinn von vorn. Kenne ich. Aber Ihnen hätte ich es nicht zugetraut.»

«Warum nicht?»

«Sie sahen so vital aus, so voll Lebenslust», antwortete er. «Ich konnte mir nicht vorstellen, daß Sie jemals länger als eine Minute gedrückter Stimmung sein könnten. Und kann es auch jetzt noch nicht.»

«Da irren Sie sich aber gewaltig», sagte sie ernsthaft nickend und machte runde Augen wie ein Kind. Dann lachte sie. «Ihnen hätte ich es übrigens auch nicht zugetraut. Sie sahen so fröhlich aus. Selbst, wenn Sie behaupten, Sie fühlten sich deprimiert, sehen Sie immer noch lebenslustiger aus als Leute, die sich nach langer Zeit mal einen Augenblick wirklich glücklich fühlen. Schauen Sie sich Bill an. Der gibt nie zu, daß er sich wohl fühlt. Und wenn er ein paar Glas Sekt intus hat, dann wird er noch melancholischer als Sie, wenn Sie reden, als ob Sie schon im Grab lägen. So, jetzt haben Sie's, Mr. Roger.»

«Ah, aber heute abend ist es eben anders», sagte er kopfschüttelnd. «Das wollte ich Ihnen doch schon immer klarmachen.»

«Ich garantiere Ihnen, jeden Abend könnte es anders sein. Natürlich haben Sie von allem die Nase voll. Das habe ich gleich gesehen. Und dann Ihre Beichte. Habe ich sehr gut verstanden, kann ich Ihnen versichern. Aber Sie brauchen nicht dauernd herumzusitzen und darüber nachzugrübeln und sich zu bedauern. So sind Sie gar nicht. Sie sind voll Lebenskraft und Frohsinn. Ich bin auch ein bißchen so, wenn auch nicht ganz. Deswegen mag ich Sie auch, teilweise. Bloß, daß ich nicht so gescheit bin wie Sie, und das macht die Dinge einfacher.»

«Ich bin nicht ganz so gescheit wie ein zehnjähriger Apportierhund», protestierte er. «Und das sage ich nicht aus Bescheidenheit. Ich will noch nicht einmal gescheit sein. Ich kenne diese gescheiten Burschen und kann sie nicht riechen.»

Sie rührte sich ein bißchen und rückte näher an ihn heran. «Warum tun Sie nicht irgend etwas?»

«Wieso?» fragte er leise. «Wollen Sie mir einen guten Rat geben?»

«So ungefähr. Womöglich halten Sie es für eine Frechheit, was?»

«O nein. Wenn schon einen guten Rat, dann von Ihnen. Von anderen nehme ich ihn ohnehin nicht an. Aber was meinen Sie eigentlich?»

Ehe sie antwortete, nahm sie einen Arm hoch und stützte ihre Wange in die Hand. Irgendwie rührte ihn diese kleine Geste, die er nur undeutlich im Halbdunkel des Wagens bemerkte. Es war eine der süßen Kinderstubengewohnheiten, die die Frauen manchmal ins erwachsene Leben übertragen. Und jetzt erklärte sie ihm, was sie meinte, mit ihrer kleinen kindlichen Stimme und ohne Rücksicht auf ihren Akzent, den sie anfänglich bedächtig zu verdecken gesucht hatte.

«Ich meine, daß Sie sich für etwas interessieren müßten. Fangen Sie ganz neu an. Versuchen Sie Ihr Glück. Aber fangen

Sie etwas an, was Sie bis jetzt noch nie versucht haben. Sie können meinen Rat in den Wind schlagen oder ihn befolgen, wie Sie wollen. Aber ich meine nicht, daß Sie jetzt in Abendschulen laufen sollen oder eine Hühnerfarm aufmachen oder wöchentlich fünf Schilling aufs Sparkonto tragen sollen. Von mir aus können Sie eine Spielbank leiten, wenn alle Stricke reißen – wenn ich Sie mir auch nicht am Roulette vorstellen kann –, aber worauf es ankommt: tun Sie irgend etwas! Wenn Sie der Meinung sind, daß alles falsch gemacht wurde – der letzte Krieg und alles –, dann stellen Sie sich auf eine Seifenkiste im Hyde Park und reden Sie los wie die Bolschewiken oder Sozialisten oder was weiß ich wer. Auf jeden Fall müssen Sie etwas tun, um sich selbst zu vergessen.»

Jetzt hatte er einmal eine typisch weibliche Meinung gehört. Wir kommen uns immer so furchtbar wichtig vor, sagte er sich. Aber die Frauen betrachten uns mit Distanz. Sie amüsieren sich über unsere Gewohnheiten, und es ist ihnen nicht wichtiger, ob wir am Roulette sitzen oder den Mond ansingen. In ihren Augen sind wir immer noch Kinder. Gladys hatte ihm ganz klar gesagt, daß sein tiefverwurzelter Pessimismus – der bei ihr offenbar gleichbedeutend mit Bolschewismus und Sozialismus und Psychoanalyse war oder was sie sonst noch alles aufgeschnappt hatte – leicht geheilt werden konnte, indem man ihn durch Reden abreagierte und ein bißchen Dampf abließ. Vielleicht hatte sie recht. Auf jeden Fall war es faszinierend, und er sah den Unterschied zwischen dem Geschwätz, das in den Büchern stand, und der nüchternen Wirklichkeit. Hier, neben ihm, war eine andere Welt. Sie war warm, weich und atmete; man konnte mit ihr sprechen und lachen und weinen. Und sie war gar nicht so sehr verschieden von ihm selbst. Ja, sie ähnelte ihm sogar.

«Und wenn Sie jetzt beleidigt sind», sagte sie, «dann sind Sie kein Sportsmann, und ich mag Sie nicht mehr.»

«Ich war nie weniger beleidigt», rief er. «Ich bin ziemlich beeindruckt und aufgeregt. Entweder bringt ein Auto, das steht, mich aus dem Geleise, oder das Wegwerfen des Whiskys hat mich betrunken gemacht. Wahrscheinlich tut der Zauberspruch der Götter jetzt seine Wirkung. Das Leben hat sich für mich plötzlich von einer langen staubigen Straße in einen riesigen Eßkorb verwandelt, und ich komme mir vor, als ob ich versuchte, den Deckel zu heben. Gladys, ich muß Sie umarmen!»

Ihre Hände flogen ihm entgegen, und sie sagte ruhig: «Nun, wenn Sie wollen, tun Sie's doch.»

Dann war sie in seinen Armen, ihr Gesicht bog sich zurück, und sie küßten sich. Sie fuhr ihm mit der Hand sanft über das Gesicht, seine Arme umfingen sie fester, und sie küßten sich wieder. Es spielte sich alles sehr ruhig und behaglich ab, ohne die in solchen Situationen üblichen Ausbrüche blinder Leidenschaften. Und trotzdem bedeutete es beiden etwas und entsprach einem tiefen Gefühl. Ein Gefühl, das durch den Grad der Kameradschaft, den sie empfanden, noch verschönt wurde.

Jetzt drückte sie sich mit den Händen von ihm ab und Penderel holte tief Atem. Er war nicht verwirrt, auch nicht in Ekstase; er fühlte sich nur sehr glücklich und sehr reich.

«Das habe ich übrigens nicht gemeint», sagte sie spitzbübisch, «als ich sagte, du solltest etwas tun.»

«Schade. Nein, es ist nicht schade.» Komisch, er war durchaus beherrscht, aber seine Stimme war es nicht. Sie klang heiser und unruhig. «Gut, ich werde etwas unternehmen, und zwar schon diese Woche.»

«Hör zu, Roger», sagte sie und legte eine Hand auf seinen Arm. «Warum kommst du nicht nach London?»

«Will ich ja. Tatsache ist, daß ich augenblicklich auf dem Weg dahin bin, so komisch das klingt.»

«Du denkst vielleicht, ich will dich antreiben», sagte sie ernst. «Aber ich kann mir nicht helfen. Ich habe das Gefühl, daß ich dir alles sagen muß, solange wir hier sind und – oh, ich weiß nicht. Übrigens: Wirst du, willst du mich wiedersehen?»

Er wollte sie wieder umarmen, aber sie fing seine Hände auf. «Nein, nicht jetzt. Sag mir ehrlich, willst du?»

«Natürlich will ich», rief er. «Was für eine Frage! Du bist der einzige Mensch, den ich sehen will, wenn ich es auch noch nicht wußte, als wir hierher fuhren. Aber was wußte ich schon? Wann kommen wir nach London? Auf jeden Fall gehen wir gleich am ersten Abend zum Essen aus. Das heißt, wenn Sir William nichts dagegen hat. Wie steht's mit ihm?»

«Sei nicht dumm, er spielt keine Rolle. Er kann verduften. Ist schon verduftet.»

«Stimmt», sagte er. «Und es ist ein ganz beruhigender Gedanke. Aber wie ist das nun mit London?»

«Ich möchte dich auch wiedersehen. Und ich möchte dir helfen, wenn du anfängst, etwas zu arbeiten. Ich tue alles, alles.»

«Du meinst...?» fragte er ganz verwirrt.

«Merkst du nicht, was ich meine?» fragte sie leise und heftig. «Ich tue alles. Ich weiß, es klingt verrückt. Glaube ja nicht, daß ich immer so bin. Ich war noch nie so. Aber das Mädchen vom Ballett, das du mitten in der Nacht kennengelernt hast, sagt dir, daß sie sogar zu dir zieht, wenn du es willst. So, jetzt weißt du's. Sie ist verrückt und wirft sich dir an den Hals.»

«Und er wirft sich ihr an den Hals», rief er und nahm sie in die Arme. Der Gedanke nahm langsam Gestalt an. Warum sollten sie's nicht zusammen versuchen? Sie hatten nichts zu verlieren, er zum mindesten nicht, doch alles zu gewinnen. Es war ein herrlich verrückter Gedanke, den er im Kopf wälzte; zwar nicht ganz derselbe wie der ihre, aber noch verrückter. Aber er hatte sie noch nicht auf die Probe gestellt. «Du bist einfach unbezahlbar, Gladys. Du nimmst mir den Atem. Aber jetzt hör mir eine Minute zu...»

«Willst du mir sagen, daß du mich nicht willst?» fragte sie. «Du brauchst nur zu nicken, das genügt.»

«Keine Spur», sagte er hastig. «Es ist etwas ganz anderes.»

«Ich weiß schon, was es ist», fuhr sie fort. «Ich sage es dir. Du wolltest mir gerade klarmachen, daß du wenig Geld hättest und nicht weisst, wo du welches verdienen kannst und daß Schmalhans bei uns Küchenmeister sein würde. Nicht wahr?

Natürlich. Darauf sage ich dir: das macht nichts. Wenn du mich wirklich gern hast, können wir uns zusammentun und werden schon irgendwie durchkommen. Vor allem kann ich mir eine Stellung suchen. Ich bin wirklich im Ballett gewesen, das war kein Schwindel. In letzter Zeit allerdings habe ich ausgesetzt. Du brauchst nicht zu denken, daß ich von Bill viel gehabt habe. Er hält mich nicht aus, nicht eigentlich. Ich kann ins Ballett zurückgehen. Wenn da nichts los ist, kann ich leicht etwas anderes bekommen. Ich kenne zum Beispiel ein Mädchen, das einen Hutladen leitet. Da könnte ich mitmachen. Und wir würden uns eine billige kleine Wohnung suchen, irgendwo hoch oben, nicht zu weit draußen, und wenn du dann noch etwas finden würdest, kämen wir großartig aus. Ich weiß, daß ich als Hausfrau nicht viel taugen würde und du dich am Anfang wahrscheinlich nicht sehr behaglich fühlen würdest. Kochen kann ich nicht viel – ein bißchen, etwas auf dem Gasring, das rasch geht, ist ungefähr alles, was ich kann. Aber ich würde mich anstrengen und wäre glücklich, solange du mich nicht zu oft ausschimpfen würdest. Ich weiß natürlich, wie schwer es ist, ich bin kein Kind mehr. Mit einem anderen als mit dir so zusammen zu leben wäre eine kleine Hölle. Aber mit dir ist es etwas anderes. Wir hätten unseren Spaß und unsere Kurzweil, würden in der Stadt herumbummeln und reden und uns über alles unterhalten, genau wie heute abend. Und wir würden uns nicht mehr einsam und verlassen vorkommen. Ich weiß, daß ich nicht die Art Mädchen bin, die du dir aussuchen würdest – wie die andere, von der du erzählt hast –, aber ich verstehe dich. Und wenn du wieder deine Depressionen bekommst, dann necke und liebe ich dich solange, bis sie vorbei sind. Oh, du mußt mich für furchtbar dumm halten!» Und mit einem unterdrückten Schrei warf sie sich ihm in die Arme und drückte ihr Gesicht an das seine.

«Meine Liebe, meine Liebe», hörte er sich murmeln. In Gedanken sah er sie beide in einer Dachstube irgendwo hoch oben, auf die vorbeifahrenden Busse herunterblickend, lachend oder sich streitend, je nachdem, wie es ihnen ging. Er sah sie über Wind und Wetter lachen und sich gegenseitig das Leben erträglich machen. Er hielt sie fest an sich gepreßt und kam sich wie ein Beschützer und Tröster vor. Und trotzdem lauerte im Hintergrund das Gefühl, daß er durch das glückliche Gewicht in seinen Armen der Beschützte und Getröstete sei. Er hatte den Weg in die Wirklichkeit zurückgefunden. Aber er würde nicht in wilder Ehe mit ihr leben. Sein eigener Gedanke, so verrückt er vielleicht war, war besser. Sie würden heiraten, alles auf eine Karte setzen und sich dann ins Leben stürzen. Zweifellos hatten die Leute recht über ihn: er hatte immer den Mond gewollt. Aber zur Abwechslung fing er jetzt ganz von unten an und gab sich mit dem Käse zufrieden. Und vielleicht kam er noch dahinter, daß der Mond aus Käse bestand.

Er legte seine Hand auf ihr Haar und bog sanft ihr Gesicht zurück, daß er sie wieder küssen konnte. «Ein großartiger Plan, Gladys», sagte er zu ihr. «Und du bist ein wundervolles Mädchen. Und wir werden alles so machen. Nur ist meine Idee noch etwas besser als die deine, wenn du sie vielleicht auch für verrückt hältst.»

«Sag' mir», flüsterte sie, «was ist es?»

«Gehen wir zuerst ins Haus zurück, dann erzähle ich sie dir.» Sie mußte seinen Plan drinnen im Haus anhören, wo andere Leute in der Nähe waren und alles wirklicher aussah als hier draußen, wo jede Phantasie plausibel erschien. «Wir sind schon zu lange draußen. Gehen wir.»

«Nein, nein! Du willst mich nur allein lassen.» Er fühlte, wie ihr Körper in seinen Armen steif wurde.

«Ich will dich nicht verlassen. Nie. Aber wir müssen einmal sehen, was die anderen tun. Vielleicht schlafen sie schon. Dann reden wir noch einmal über alles. Ich habe einen ganz besonderen Grund, weshalb ich es drinnen besprechen möchte.»

«Schön.» Sie rückte etwas von ihm ab, sah ihn aber immer noch an. Dann sagte sie nach einer Pause: «Aber bist du ganz sicher ...» Ihre Stimme klang skeptisch und ihr Blick drückte düsteren Zweifel aus. Gleichzeitig hatte er ein Gefühl der Sorge und Scham. Ihr war es soeben klar geworden, daß sie eigentlich nichts von ihm wußte. Und umgekehrt wußte er nichts von ihr. Sie waren zwei Fremde, die sich im Dämmerlicht anstarrten. Stimmen, fragende Augen, der Reiz körperlicher Berührung, und man bildete sich ein, alles vom anderen zu wissen. Aber eine Drehung des Rades, und schon wußte man gar nichts. Seine alte Verzweiflung kehrte zurück. Er war wieder in der Falle. Ohne weiter zu überlegen, griff er nach ihrer Hand, und im nächsten Augenblick fühlte er, wie sie ihn warm drückte. Und in derselben Sekunde kam ihm ein Gedanke, als ob er durch den Händedruck in ihn hineinproduziert worden wäre.

«Ach», rief er laut, «es ist ja alles Blödsinn!»

«Was?» Sie zog ihre Hand sofort zurück. «Was ist Blödsinn?»

«Entschuldige, ich meinte nicht uns, wenn wir auch am Rande dabei vorkommen. Ich habe nämlich soeben eine Entdeckung gemacht.»

Sie sah ihn nachsichtig an. «Erleichtere dich lieber, sonst platzt du noch. Also, was ist es?»

«Wir neigen alle zu Extremen, die ganze Zeit.» Er redete mehr zu sich selbst als zu ihr. «Zuerst glauben wir, alles zu wissen, und alles sieht wunderbar aus. Dann glauben wir, nichts zu wissen und alles sieht grau und düster aus. Als ob es nicht einen Mittelweg gäbe! Es gibt immer einen, wir sind bloß zu stolz und zu faul und selbstsüchtig, ihn zu suchen und zu benützen. Weil etwas einfacher, gesunder Menschenverstand ist, geben wir uns nicht damit ab. Wir schrecken davor zurück. Wir glauben, dadurch unsere Geltung zu verlieren. Zum Beispiel, Gladys, ich kenne dich doch»

«Wirklich?» unterbrach sie ihn. «Das habe ich soeben bezweifelt. Du kennst mich doch nicht richtig. Und ich kenne dich nicht, wenn ich dich auch besser kenne als alle anderen. Komisch, nicht?» Sie war sehr eifrig und bei der Sache.

«Ich weiß natürlich nicht alles von dir», fuhr er hartnäckig fort, «aber ich weiß eine ganze Menge. Vielleicht bilde ich mir auch vieles ein, na wenn schon. Ich kann noch vieles lernen, die Wahrheit wird schon herauskommen.» Er war ganz aufgeregt, setzte sich hoch und sprach, als ob er seine Entdeckung der ganzen Welt mitteilen wollte. «Wir wollen nur nicht glauben, daß die Wahrheit herauskommen muß. Wir haben keine Geduld, ruhig zu warten und zu lernen. Wir bilden uns ein, wir seien zu gut für einen Kompromiß, während wir in Wirklichkeit zu schlecht dafür sind. Alles egoistischer Schwindel.»

«Sicherlich hast du recht, wenn ich dich auch nicht ganz verstehe. Ich habe noch nie jemand kennengelernt, der solche Reden schwingen konnte. Und was meinst du überhaupt mit 'wir'?» Sie fing an, sich über ihn zu amüsieren und bewunderte ihn, als ob er soeben etwas furchtbar Schlaues vollbracht hätte. «Also, wen meinst du?»

«Ach, Leute wie mich, nehme ich an, melancholische junge Esel. Ich spreche für meine eigene Generation. Ob du zu dieser Generation zu zählen bist, meine liebe Gladys, weiß ich allerdings nicht sicher.»

Sie beugte sich vor, streifte mit ihrer Wange sein Gesicht und strich ihm über das Haar. «Du bist ein komischer Junge», sagte sie. «Ich weiß nicht, weshalb ich mich eigentlich mit dir abgebe.»

«Das war wie ein Segen», sagte er. «Aber jetzt müssen wir gehen. Drinnen sprechen wir weiter – ohne Ende. Fertig?» Er stand vom Rücksitz auf und fand, daß seine Füße eiskalt waren und er einen Krampf in den Beinen hatte.

«Nein, Roger, nicht!» Sie hielt ihn am Arm. «Nicht zurückgehen! Bleiben wir doch hier.»

Er wandte sich um und blickte sie erstaunt an. «Warum denn, was ist los? Wir können doch die Nacht vollends im Haus verbringen. Wenn es auch ein seltsames Haus ist, so hat es doch ein Kaminfeuer. Warum willst du nicht hineingehen?»

«Weil etwas ist ... oh, ich kann es dir nicht erklären. Wahrscheinlich bin ich dumm. Vielleicht will ich bloß diesen komischen kleinen Schuppen nicht verlassen. Ich hatte beinahe vergessen, daß wir auf dem Rücksitz eines Autos sitzen. Wenn man irgendwo glücklich war, ganz gleich, wie es aussah, möchte man nicht wieder weg, nicht wahr? Es ist ein Risiko. Wahrscheinlich ist das der Grund.» Aber es klang nicht sehr überzeugend.

Er schaltete die Stadtlichter des Wagens aus, nahm die Taschenlampe und stieg aus – in dreißig Zentimeter hohes Wasser! «Wir müssen zurückwaten», sagte er zu ihr und leuchtete mit der Lampe in den Wagen. «Ob ich dich tragen kann?»

«I wo», sagte sie, «ich bin viel zu schwer.» Trotzdem hob er sie hoch, als sie aussteigen wollte und platschte mit ihr los, wobei er es fertigbrachte, die Taschenlampe so zu halten, daß sie ihnen voranleuchtete. Die kurze Strecke durch die steigende Flut schien ihnen beiden wie das Gemisch eines bösen Traumes, in dem alle sonst bekannten Dinge ihre Vertrautheit einbüßen, sich in nichts auflösen oder schreckhafte Formen annehmen; und dann wieder wie ein schöner Traum, in dem das verzückte Herz seine geheimsten Wünsche entdeckt, wie im Kinderland. Dieser Traum, mit seiner Gewißheit, daß sie sich nahe waren, und mit seiner Wärme, durchstieß den Alpdruck aus gurgelndem, schwarzem Wasser und unheimlich drohender Luft, führte sie um die Ecken des Hauses, die im Licht der Taschenlampe wie fahle Knochen glänzten, und besiegte die Furcht, daß sein Fuß ausgleiten könnte und sie stürzen würden. Sie bat ihn mehr als einmal, sie auf die Füße zu stellen, aber er gab nicht nach. Zweimal mußte er anhalten, um Atem zu holen. Er lehnte sich schwer an die Hauswand und hielt sie mit einem Arm immer noch umfangen. Naß und mühselig stapfte er jetzt an einem erhellten Fenster vorbei. Die Tür konnte also nicht mehr weit sein. Gladys tastete mit der Hand die Wand ab und stützte beide dadurch, während sie sich die ganze Zeit über seine Entschlossenheit, sie zu tragen, wunderte. Dann ließ er sie aus seinen Armen auf den Boden gleiten und lehnte sich keuchend an die Tür. Und zum zweiten Mal in dieser Nacht klopfte er um Einlaß.

XI

Nachdem Margaret das Zimmer betreten hatte, schaute sie sich hinter Philips Schulter zaghaft um. Das Zimmer war groß und Margaret hatte die undeutliche Empfindung, daß es voll schöner alter Möbel stand. Aber ihre Kerze beleuchtete nur einen winzigen Ausschnitt und verwandelte die Dunkelheit des übrigen Raumes in ein weiches Dämmerlicht, in dem von verborgenen polierten Flächen das flackernde Kerzenlicht zurückgeworfen wurde. So konnte sie nur einen Hintergrund von Schatten und einige Lichtpunkte sehen, die wie an einem dunklen Nachthimmel blinkten. Dann trat sie hinter Philip hervor und blickte angestrengt umher. Sie befanden sich in einem sehr großen Schlafzimmer mit schweren, alten Möbeln. Das Bett selbst war eine riesige Angelegenheit, ein Himmelbett mit dunklen Vorhängen am Kopfende.

Aus dem Dämmerlicht drang eine Stimme an ihr Ohr und sie traten näher. Eine Hand, die auf der Steppdecke lag, kam jetzt in den Lichtkreis der Kerze. Es war die Hand eines sehr alten Mannes, nur aus Haut und Knochen bestehend.

«Wer sind Sie?» fragte die Stimme. Margaret trat vor Philip, die Kerze in der Hand, nahe an das Bett heran. Sie konnte jetzt den Mann undeutlich sehen, der da lag. Er hatte weißes Haar und einen langen Bart. Sein Gesicht hob sich kaum von den Kissen ab, aber es war merkwürdig leuchtend. Es bewegte sich ein bißchen, um sie ansehen zu können. «Wer sind Sie?» wiederholte er, und seine Stimme klang wie ein Flüstern.

Philip hatte die Frage auch gehört, blieb aber im Hintergrund, weil er annahm, daß Margaret selbst antworten und erklären wollte, wer sie waren. Er war ganz einverstanden, daß sie sprach. Wer waren sie? Die Frage war sehr spannend, scharf und ironisch an sie gerichtet worden.

«Ich bin Mrs. Waverton und das ist mein Mann», antwortete Margaret. «Sind Sie Sir Roderick Femm?»

«Ja ... Sir Roderik ...» Die Stimme klang so schwach, daß sie ebenso einem Geist angehören konnte.

Margaret nickte und versuchte, das blasse, undeutliche Gesicht in den Kissen anzulächeln. «Wir waren gezwungen, in Ihrem Haus für eine Nacht um Unterkunft zu bitten. Es war ein furchtbarer Sturm draußen. Wir sind in Ihr Zimmer gekommen, weil wir glaubten, Sie rufen zu hören. Können wir etwas für Sie tun?»

Die Hand auf der Steppdecke schien sich unmerklich zu heben und wie etwas Schwimmendes sich in Richtung auf ein Tischchen zu zu bewegen, das rechts neben dem Bett stand. Schrecklich, dachte Philip, als er auf den alten Mann hinunterblickte. Als ob man einen Geist beobachtete, nein, schlimmer: einen Geist, der versucht, sich wieder zu materialisieren. Der wirkliche Sir Roderick hatte sich längst vom Leben zurückgezogen. Und doch schien er etwas zu wollen. Ja, kein Zweifel, er wollte etwas. Aber das machte es noch widerlicher. Was sagte er?

«Wasser», flüsterte die Stimme. «Glas leer ... Wasser dort drüben ...»

Margaret hatte verstanden. «Ja, ich bringe Ihnen welches», sagte sie, nahm das Glas vom Tischchen und ging in die Richtung, in die die Hand gedeutet hatte. Auf einer Kommode fand sie eine Karaffe, aus der sie das Glas füllte. Sie zitterte noch etwas, aber die Handreichung gab ihr neuen Mut und ließ sie das Erlebte vergessen. Sie ging zum Bett zurück, gab das Glas in die wartende, leicht geöffnete Knochenhand und fragte sanft: «Können Sie es selbst trinken, oder soll ich Sie stützen?»

«Ich kann ... es ... selbst ... danke.» Die Hand umschloß das Glas und hob es leicht. Eine Sekunde lang spiegelte sich das Kerzenlicht in dem Wasser und verwandelte es in flüssiges Gold. Der Kopf des alten Mannes beugte sich zitternd vor, und sie sahen eine große gebogene Nase, buschige weiße Brauen und eingefallene Wangen. Es fiel nicht schwer, zu glauben, daß er einmal der größte, stärkste und bestaussehende Mann seiner Familie gewesen sein mußte. Er sei einmal ein großer Mann gewesen, hatten sie ihnen unten erzählt. Das war ohne Zweifel wahr. Und jetzt konnte er kaum das Glas an die Lippen führen, und als es ihm endlich gelang, zu trinken, indem er etwas davon in seinen Mund fließen ließ, sah es wie eine große Leistung aus.

Das Wasser schien ihm neue Kraft gegeben zu haben, denn er konnte das Glas selbst auf das Tischchen zurückstellen. Und obgleich sein Kopf sofort wieder in die Dunkelheit des hohen Kopfkissens hinter dem Vorhang zurücksank, schienen seine Bewegungen einen schwachen Anflug von Erfrischung zu zeigen. Aber die Stimme blieb dieselbe, ein geisterhaftes Flüstern, ein Hauch. Er sprach zuerst wieder, ehe Margaret ihn fragen konnte, ob er noch etwas wünsche.

«Was war ... das für ein Krach da?» fragte er.

Margaret erzählte so kurz und schonend wie möglich, was sich draußen zugetragen hatte. Sie war jetzt einen Schritt zurückgetreten und stand neben Philip.

«Morgan ... ist ein Wilder», hörten sie seine Stimme. «Er war betrunken. Wir mußten ihn hier behalten» – und es entstand eine lange Pause –, «wegen meines Bruders. Ich muß mich ... für ihn entschuldigen.»

Er war der Herr des Hauses, und wenn er auch nur über den Rand des Grabes zu ihnen zu flüstern schien, so hörten sie Worte, die sie unter diesem Dach noch nicht vernommen hatten. Es war erstaunlich, wie das wenige, was er gesagt hatte, den Druck einer unbekannten Drohung von ihnen nahm, den sie den ganzen Abend gefühlt hatten.

«Sagten Sie nicht ... Sie seien Mann und Frau?» flüsterte er wieder nach einer kurzen Stille.

«Ja», erwiderte Margaret einfach, wie ein Kind, und Philip fühlte ihre Hand auf seinem Arm. Sie wußte nicht warum, aber die Antwort auf seine Frage war ihr wie eine zweite Trauung vorgekommen, und zwar viel ernster als die erste damals in der kleinen Kirche von Otterwell. Sie dachte jetzt daran zurück und unzählige Bilder huschten an ihrem geistigen Auge vorüber: wie sie an ihrem Hochzeitsabend zusammen im Restaurant des Gare de Lyon gespeist hatten; dann der Staub und der Zauber der Provence; die kleine Wohnung in der Doughty Street, wo Philip den Kamin angestrichen hatte; das Haus in Hampstead und Betty im Garten, und noch vieles andere, das schon längst vergessen schien.

Er sprach wieder aus dem Schatten seiner Kissen.

«Sie haben Glück ... großes Glück ... Ich habe nie geheiratet. Es war ... so viel zu tun. Aber ich ... wurde sehr einsam ... zum Schluß.» Trotz der häufigen Pausen klang seine Stimme nicht rasselnd oder sonstwie angestrengt, und das abgehackte Sprechen gab seiner Rede etwas Orakelhaftes. Er unterhielt sich nicht mit ihnen, das war nicht seine Absicht. Denn er war zu alt dafür. Philip fühlte das sofort. Der alte Mann hatte nur noch Zeit und Kraft, ihnen aus dem halben Jenseits seines Sterbebettes ein paar Worte zuzurufen. Philip wollte auch nicht sprechen oder sich bewegen; er war es zufrieden, dazustehen, über die flackernde Kerze auf das Bett zu blicken und zuzuhören.

Jetzt bewegte sich etwas in dem Bett, und die Hand näherte sich wieder dem kleinen Tisch. Margaret erwachte aus ihren Träumen und reichte ihm das Glas. Diesmal beugte er sich weiter vor als das erste Mal, und nachdem er getrunken hatte und das Glas wieder auf seinem Platz stand, blieb er sitzen und sah sie aufmerksam an, während das Licht auf sein Gesicht fiel. Die Jahre und Krankheiten hatten es verwüstet, seine Augen waren von den dicken Brauen beinahe verdeckt. Aber von diesen Anzeichen des Alters abgesehen, unterschied er sich beträchtlich von den beiden anderen Femms. Es blieb ihnen nur ein kurzer Augenblick, ihn zu betrachten, denn kaum hatte er ausgeredet, als er wieder in den Schatten zurücksank. «Sie hätten nicht hierher kommen sollen», sagte er flüsternd.

«Oh, das tut uns leid», entschuldigte sich Margaret. «Aber wir konnten nichts dafür. Wir waren völlig abgeschnitten und konnten uns nicht anders retten.» Dabei warf sie Philip einen raschen Blick zu.

«Es handelte sich nicht nur um eine Unterkunft», warf er ein, «sondern um Rettung aus wirklicher Gefahr. Es hat einen Erdrutsch und Überflutungen gegeben.» Er hatte das Empfinden, als ob er ins Leere spräche und Sir Roderick solange von der Bildfläche verschwunden sein würde, bis er wieder etwas zu sagen hätte.

Jetzt war es soweit. Zuerst sahen sie seine Hand sich von der Decke heben, wahrscheinlich, um sich Gehör zu verschaffen. «Ich glaube ... Sie haben mich mißverstanden», sagte er sehr langsam. «Ich muß in Ihren Augen sehr ungastlich erscheinen. Aber ... das war ich nie.» Und jetzt klang so etwas wie ein geisterhaftes, trockenes Lachen durch das Zimmer. «Dieses Haus ... war immer voller Gäste ... früher ... vor Jahren ... vor vielen Jahren.» Sie konnten die vergangenen Jahre beinahe vorbeirascheln hören, und Margaret mußte plötzlich an Rachel Femm und ihre jungen Verehrer denken, die zu Pferde vor diesem Haus erschienen waren, und an die Frauen in Seide und Parfüm, die Miss Femm ausgelacht hatten. Dieses Zimmer und das ganze Haus schienen vollgepfropft mit Erinnerungen und den Geistern früherer Gesellschaften zu sein.

«Ich wünschte ... ich hätte Sie bewirten können», fuhr der alte Mann flüsternd fort. «Aber ich bin ... alt ... leidend und müde. Ich habe mit dem Leben abgeschlossen. Nicht ganz ... zum Beispiel ... einen Schluck Wasser.»

«Wollen Sie einen?» fragte Margaret und langte nach dem Glas.

«Danke schön», sagte er gleichmütig, und seine Hand hob sich zitternd in der Richtung des Glases. In dieser Bewegung, mehr als in den geflüsterten Worten, glaubte Philip eine trockene Ironie zu entdecken, die in einer normalen Zeit sehr schwer zu ertragen gewesen wäre. Jetzt aber, wo so viele seiner Grundsätze erschüttert waren, fühlte er sich eher beruhigt. Wenigstens brachte der alte Herr noch Ironie auf; über all dem Schutt und dem Zerfall triumphierte der Spott.

Nachdem er sich noch einmal mit einem oder zwei Schluck Wasser erfrischt hatte, legte sich Sir Roderick in den Schatten der Vorhänge zurück und ergriff wieder das Wort. «Zweifellos ... als Sie kamen ... haben sie Ihnen erzählt ... ich weiß nicht was ... aber sie haben Ihnen etwas erzählt.»

«Man sagte uns», antwortete Margaret sehr ruhig, «daß Sie bettlägerig seien.»

«Das ist ... nur der Anfang. Sonst nichts?»

Margaret war durch die Frage etwas durcheinandergebracht und sah Philip fragend an. Aber Philip schüttelte den Kopf. Er hätte nicht gewußt, was darauf zu sagen gewesen wäre. Er hatte den Eindruck, daß der alte Mann sogar die stumme Zwiesprache zwischen ihm und Margaret belauschte und sehr bald Antwort darauf geben würde.

Und das tat er auch. «Sie haben meinen Bruder Horace kennengelernt ... und meine Schwester? Und Morgan ... den haben Sie auch gesehen. Sie dachten sich ... das ist ein seltsames Haus ... eine merkwürdige Familie. Sie haben vielleicht bezweifelt, ob es richtig war ... hier um Unterkunft zu bitten ... hier, in diesem alten dunklen Haus. Ich möchte Ihnen gern alles erklären ... aber es ist keine Zeit mehr ... keine Zeit zum Erklären. Ich sehe Sie gerne ... vor mir stehen ... sehr jung, jünger als Sie glauben ... und ich habe seit langem ... niemand wie Sie ... niemand so jung wie Sie gesehen ... seit Jahren nicht. Ich habe beinahe vergessen ...» Und seine Stimme erstarb. Sie warteten still, ohne sich zu rühren, bis er aus seiner Träumerei aufwachte. Und dann fuhr er fort, etwas schwächer: «Ich hätte Ihnen ... eine lange Geschichte erzählen können ... aber keine Zeit. Und sprechen macht mich müde.»

«Ich glaube auch», fiel Margaret ein. «Bitte, strengen Sie sich nicht an. Wir stören Sie nur.»

Er hob die Hand ein paar Zentimeter, als ob er Schweigen gebieten wollte. «Großes Unglück ... », murmelte er, «kam auf dieses Haus herunter. Zuerst der Tod ... sehr früh ... für zwei ... einen jungen Mann ... dann ein Mädchen, Rachel. Dann ... nach Jahren ... brach etwas zusammen ... das Leben zerrann, und es kam Geisteskrankheit.» Er schwieg, und es herrschte Stille im Zimmer.

Wie Philip in dem düsteren Zimmer stand und auf die seltsam entfernt klingende Stimme hörte, fiel ihm ein, daß die Situation noch unwirklicher schien, als sein Herumtappen im Dunkel des oberen Stockwerks oder sein Zweikampf mit Morgan oder die schrille Stimme Miss Femms oder die hohlen Augen Mr. Femms. Und doch hatte er den Eindruck, als ob ein Licht im Haus angemacht worden wäre oder als ob er aus einem langen, finsteren Tunnel herausträte.

«Mich hat sie nicht befallen ... diese Geisteskrankheit», fuhr der alte Mann fort. «Ich glaube es wenigstens. Aber vor vielen, vielen Jahren ... als Sie noch nicht geboren waren ... war ich sehr wild ... habe schlimme Dinge getan ... ich weiß nicht. Aber alle anderen ... haben etwas davon abbekommen ... in verschiedener Weise ... jeder anders ... jeder von der Welt abgeschlossen, irgendwie ... sind alle nicht normal ... stürzte sie in eine Art Tod, halb ... ließ sie wieder frei ... aber etwas war innerlich tot. Sie haben meinen Bruder Horace gesehen ... immer noch lebenshungrig ... schlau ... aber innen alles hohl und zerfallen ... eine Muschelschale ... für immer leer. Und dann ... Rebecca ... armes Geschöpf ... ist Ihnen sicher auf die Nerven gegangen ... so gut wie taub ... abgeschnitten ... alles versäumt ... und jetzt mit ihrem Gott ... Gott hinter ihr ... ein tauber Gott ... rachsüchtig, halbverrückt ... wie sie. Lassen Sie sich von ihr nicht aufregen ... haben Sie Mitleid mit ihr ... Sie sind jung ... ärgern Sie sie nicht ... nur eine Nacht. Aber vielleicht ... werden Sie sie nicht mehr zu Gesicht bekommen ... schläft sie schon? Es ist ... sehr spät? Ich glaube ... wir sollten alle schon schlafen.»

«Ja, es ist sehr spät», sagte Margaret zu ihm. «Wollen Sie jetzt nicht einschlafen?» Aber das war nur eine Seite von ihr, die mechanisch-höfliche, die antwortete, wenn sie gefragt wurde und Mitleid mit dem alten Mann hatte. Die andere Seite war sehr verwirrt und nervös. Sein Monolog, der tropfenweise in die Stille des Zimmers fiel, der abgeschlossene Raum und die dicke, ungelüftete Atmosphäre wurden ihr unheimlich.

«Noch nicht», kam die Antwort aus den Kissen. «Noch viel Zeit, um zu schlafen ... bald. Ich muß Ihnen ... noch etwas sagen, denn Sie könnten ... in Gefahr sein.»

«Gefahr?» rief sie und warf Philip einen erschrockenen Blick zu. Meinte er Morgan? Oder meinte er überhaupt etwas Bestimmtes? Vielleicht war er verrückt, verrückter als die anderen und zog sie und das ganze Haus jetzt in einen Alptraum hinein, den er sich in seiner Einsamkeit und in seinen Schmerzen ausdachte.

Philip ergriff wieder das Wort. Wenn er jetzt eine vernünftige Frage stellte, war er überzeugt, auch eine Antwort zu erhalten. «Gefahr? Meinen Sie Morgan?»

«Nein, nicht direkt. Wir behalten ihn hier wegen meines Bruders Saul.»

«Saul?» Und plötzlich mußte Philip an die unheimliche Tür mit den schweren Riegeln denken. Hinter dieser Tür verbarg sich das Geheimnis.

«Ach so ... sie haben Ihnen nichts gesagt ... von Saul?» kam sofort die Frage aus den Kissen.

«Nein, was ist mit ihm?» fragte Margaret voll unheilvoller Ahnungen. Warum antwortete er nicht? Schnell, schell!

«Auf ihn ... fiel der schwerste Schlag. Rasender Wahnsinn. Manchmal ist er gefährlich. Er wollte immer alles zerstören ... alles auslöschen ... damit das Leben ... von neuem begonnen werden könne. Es war ... verstehen Sie ... immer etwas Edles in Saul ... aber jetzt ist sein Geist umnachtet. Nicht immer ... aber die Anfälle kehren wieder ... um ihn zu zerstören ... den Zerstörer.»

«Wo ist er?» fragte Margaret zitternd. Ihre Frage war an den alten Mann gerichtet, aber in Wirklichkeit sah sie Philip dabei an, der mit dem Kopf nickte und die Brauen zusammenzog, wie immer, wenn er etwas Wichtiges wußte.

«Ich weiß, wo er ist», sagte Philip. «Ich habe ihn gehört und sein Zimmer gesehen, wenigstens die Tür dazu. Er ist im oberen Stock, nicht wahr, hinter den schweren Riegeln?»

«Ja ... da ist er», erwiderte Sir Roderick. «Sie haben ihn eingeschlossen ... schon einige Tage ... er war sehr gewalttätig ... wie man mir sagte. Nur Morgan ... kann ihn bändigen ... bei solchen Anfällen. Er tut Morgan nichts ... selbst im schlimmsten Anfall. Und Morgan ... Halbwilder ... sehr abergläubisch ... ist ihm ergeben. Sonst hätte Saul ... nicht hierbleiben können.»

Man merkte, daß ihn das Sprechen anstrengte. Die Pausen zwischen jedem geflüsterten Satz wurden länger. Aber es war offenbar nur Schwäche, keine Schmerzen, was ihn hemmte.

«Aber wenn er herauskäme, könnten wir uns irgendwo einschließen, nicht wahr?» fragte Margaret leise. Sie fühlte sich ganz leer vor Schreck.

«Ja, das könnten Sie», anwortete er flüsternd. «Aber ... wenn er nach unten käme ... ans Kaminfeuer ... oder an ein Kerzenlicht ... oder sogar in Reichweite von Streichhölzern ... glaube ich ... würde er das Haus in Brand stecken. Er hat es schon einmal ... versucht ... ein Opfer ... Reinigung durch Feuer ... hat er es genannt. Droben ... in seinem Zimmer ... gibt es nichts ... weder Feuer noch Streichhölzer ... deshalb haben wir ... das elektrische Licht einrichten lassen.»

Margaret biß sich auf die Lippen. Sie hatte große Lust, Philip am Arm zu ziehen und mit ihm wegzurennen, irgendwohin, in die Dunkelheit und das Unwetter hinaus, nur weg aus diesem Haus.

Philip versuchte, sich zu konzentrieren. Etwas stand ihnen noch bevor, kein Zweifel. Die zitterige, dünne Stimme, die von irgendwoher aus dem Dunkel des großen Bettes flüsterte, schien einen dünnen seidenen Faden vor ihm herunterzulassen, der vor seinen Augen hin und her schwang, ein Silberfaden inmitten der ratlosen Dunkelheit. Er wußte, daß er nach ihm greifen und sich daran festklammern mußte oder alles war verloren.

«Aber diese schweren Riegel halten doch fest,nicht wahr?» rief er. «Die Tür scheint aus starkem Holz gemacht.»

«Oh ja, ... aber was ich Ihnen sagen wollte ... wenn Morgan so betrunken ist ... und nicht schläft – oder – wenn er wieder nüchtern wird ... könnte er ... die Tür öffnen. Sie müssen ... auf ihn aufpassen.»

«Philip!» Margaret stieß einen unterdrückten Schrei aus und er fühlte, wie ihre Hände an seinem Jackett zerrten. Warum hatte er nicht früher an so etwas gedacht? Er mußte sofort nachsehen, ob Morgan noch da war. Viel Zeit, um sich von dem Schlag zu erholen, hatte er nicht gehabt. Dann mußte er die anderen finden und mit ihnen beschließen, was zu tun war. «Bleib hier», sagte er zu Margaret. «Ich gehe rasch nachsehen, wo er ist.»

Er sprang auf den Korridor hinaus, und sie folgte ihm bis zur Tür.

Schon nach ein paar Schritten sah er im flackernden Kerzenlicht, daß Morgan nicht mehr da war. «Morgan!» rief er laut, ohne viel zu überlegen. Ehe er die Stelle erreicht hatte, wo Morgan gelegen hatte und die zerbrochene Lampe und Glassplitter den Boden bedeckten, wurde eine Tür zur Linken geöffnet und ein bleiches Gesicht sah vorsichtig heraus. Es war Mr. Femm.

«Er ist soeben gegangen», stieß Mr. Femm heiser hervor. «Nach oben. Ich habe ihn gehört. Er will Saul herauslassen, ich weiß es. Und Saul ist wahnsinnig, wahnsinnig. Gehen Sie ihm aus dem Weg. Warten Sie drunten auf ihn. Sie sind zu dritt. Warten Sie dort auf ihn. Töten Sie ihn.» Und das Gesicht verschwand, die Tür wurde zugeschlagen und von innen verschlossen.

Philip eilte den Korridor zurück und fand Margaret schwankend an der Tür. «Hast du das gehört?» rief er und zog sie ins Zimmer zurück. «Er will ihn herauslassen.»

«Was sollen wir jetzt tun?» keuchte sie. «Können wir nicht hier drin bleiben und die Tür abschließen?»

«Nein, das geht nicht. Wir können ihn unten nicht frei herumlaufen lassen. Und die anderen wissen noch nichts davon.» Er sah, daß an der Innenseite der Tür ein Schlüssel steckte. «Wir müssen sofort nach unten gehen. Ich kann den beiden oben nicht allein entgegentreten.»

Aus dem Bett kam ein Flüstern: «Ja, gehen Sie. Schließen Sie mich ein, und nehmen Sie den Schlüssel mit.»

Philip öffnete die Tür, zog den Schlüssel aus dem Schloß, gab Margaret die Kerze und bedeutete ihr, mitzukommen. Unter der Tür drehte sie sich rasch noch einmal um und rief zurück: «Können wir Sie auch bestimmt allein lassen?»

«Ja, ja ... passen Sie nur auf sich auf ... und alles Gute!» Die Stimme schien aus meilenweiter Entfernung zu kommen, aus undurchdringlicher Dunkelheit, das letzte freundliche Zeichen menschlicher Gesittung. Im nächsten Augenblick waren sie draußen und hatten die Tür hinter sich abgeschlossen.

Zuerst herrschte absolute Stille, während der in ihren Ohren noch die letzten Worte des alten Mannes nachklangen. Dann eilten sie auf die Treppe zu, aber kaum waren sie ein paar Schritte gegangen, als die Stille unterbrochen wurde. Ein schauerliches Gelächter hallte durch das Haus. Es kam von oben, möglicherweise aus einer offenen Tür. Es war das Gelächter eines Wahnsinnigen. Sein unheimlicher Klang erinnerte an eine Totenglocke und ließ das Herz stillstehen.

XII

Sir William hörte es wieder klopfen, richtete sich auf, rieb sich die Augen, starrte einen Augenblick auf die Tür und erinnerte sich, wo er war. Dann ging er auf die Tür zu und öffnete sie weit. «Hallo!» rief er, als das zerzauste Paar an ihm vorbei in die Diele stolperte, «wo zum Kuckuck seid ihr beide so lange gewesen?» Und er folgte ihnen zum Kaminfeuer.

«Das ist eine lange Geschichte», fing Penderel an. Er sah bleich und erschöpft aus, aber seine Augen blitzten voll Lebenslust.

«Dann machen Sie's kurz», brummte Sir William. Wie wild und unternehmungslustig der Junge aussah, dachte er; halb Gangster, halb Stehgeiger.

Penderel war damit beschäftigt, seine nassen Stiefel auszuziehen. Dabei erzählte er: «Nun, ich ging hinaus, um meine Whiskyflasche aus Wavertons Auto zu holen… «

Und Gladys fiel ein: «Und ich ging bis vor die Tür mit. Dann wurde ich ausgeschlossen und konnte nicht mehr herein. Da habe ich ihn gesucht. Ich fand ihn im Wagen. Wir haben dort gesessen und uns unterhalten.» Sie sah ihn trotzig und mit hellen Augen an. «Und zurück mußten wir durch einen wahren See waten.»

Penderel tappte auf Strümpfen durch die Diele und suchte seinen Koffer. «Warum, was ist hier vorgefallen?» fragte er.

«Das wissen die Götter. Ich weiß es nicht. Ich sitze schon eine Ewigkeit hier und warte darauf, daß jemand kommt oder etwas passiert. Und dieses verdammte Haus macht mich ganz nervös. Jedesmal, wenn ich aufwache, kriege ich einen Schreck.»

«Aber wo sind denn die anderen?» fragte Gladys erstaunt.

«Das mußt du mich nicht fragen. Keine Ahnung.» Sir William

blies ungeduldig den Atem aus. «Eines weiß ich wenigstens: das elektrische Licht ist ausgegangen. Waverton und – wie heißt er gleich – Femm gingen eine Lampe holen. Sie holen sie immer noch. Dann kam diese schrille Eule – das Verrückteste, was mir je begegnet ist – und brauchte jemand, der ihr ein Fenster schloß. Das machte ich, wobei ich mir ihr ewiges Geschimpfe anhören mußte. Schließlich trieb sie eine kleine Lampe auf, mit der ich zurückkam.» Er deutete auf eine schwach brennende Funzel auf dem Tisch. «Ein Glück daß ich sie mitgebracht habe, sonst säße ich jetzt im Dunkeln. Aber als ich zurückkam, war Mrs. Waverton verschwunden. Ich wollte nicht in dem fremden Haus herumstreifen, setzte mich also ans Feuer und wartete. Dabei muß ich eingeschlafen sein. Ich glaube, ich habe dazwischen mal einen Krach gehört, kann auch sein, daß ich geträumt habe. Bin aber aufgewacht, doch es kam niemand, und ich döste wieder ein. Und das nächste, was ich hörte, war das Klopfen an der Tür.»

Gladys warf Penderel einen vielsagenden Blick zu, als er mit trockenen Kleidern über dem Arm zum Kamin zurückkam. «Das müssen wir näher untersuchen», sagte er unbekümmert. Er ging auf eine Tür gegenüber der Treppe zu, die sich links vom Kamin befand. Diese Tür war noch nicht geöffnet worden. «Was wohl da drin ist? Ob ich mal reingehen kann, was meinen Sie?»

Gladys fragte beunruhigt: «Warum, was willst du da?»

Er grinste sie an: «Frische Hosen anziehen.» Er nahm seine Augen nicht von ihrem Gesicht, und das Grinsen verwandelte sich in ein warmes Lächeln. «Bin gleich wieder zurück.» Sprach's und schloß die Tür hinter sich.

Sir William hatte sich rasch umgewandt und hielt Gladys nun freundschaftlich von sich ab. «Was ist los, Gladys? Ein kleiner Flirt oder Liebe auf den ersten Blick?»

Sie sah ihn mutig an. «Es ist ernst, Bill. Du hast doch nichts dagegen? Dazu bist du zu anständig – und kameradschaftlich. Du solltest dich eigentlich darüber freuen.»

«Was du nicht sagst! Freuen sollte ich mich! Du kleines Luderchen. Du gehst ja mächtig ran, muß ich sagen. Aber, wie steht's mit ihm? Liebt er dich auch?»

Sie nickte ernst. Dann hellte sich ihr Gesicht plötzlich auf, und der sentimentale junge Mann, der er im Inneren immer noch war, glaubte einen warmen Sonnenstrahl in eine erkaltete Welt blitzen zu sehen. Was sie ihm da berichtete, war wirklich etwas zum Freuen. Aber er versuchte, es nicht zu zeigen. «Ich weiß gar nicht, wie ich es dir erzählen soll ...» fing sie an.

«Dann laß es», sagte er immer noch mürrisch.

Doch gleich darauf korrigierte er sich: «Nein, fang an. Laß mich alles hören.»

Sie trat zu ihm und legte eine Hand auf seinen Arm. «Jetzt ist keine Zeit dazu. Aber hör zu, Bill: es hat keinen Zweck, so zu tun, als ob du böse wärest. Ich weiß, daß du's nicht so meinst. Er zieht nach London, um mit mir zusammen zu sein. Ich möchte, daß er etwas Neues anfängt und sich mit ganzer Kraft hineinlegt. Du hast ja gesehen, wie er vorher war. Vollkommen lethargisch und an nichts interessiert. Na, das werde ich ihm austreiben. Bin schon dabei.»

«Aha, das alte Spiel, was?» fragte er mit einem versteckten Lachen. «Du reformierst ihn bereits, hm? Na, dann muß es ernst sein.»

«Ist es auch, aber es wird uns auch Spaß machen. Und du mußt mir dabei helfen. Du kannst ihm zum Beispiel leicht einen Job verschaffen, du hast genug zu vergeben.»

«Da hört sich doch alles auf!» rief er aus. «So eine Frechheit! Was diese jungen Frauen nicht alles fertigbringen, wenn sie glauben, sie hätten sich verliebt!»

«Sei nicht blöd. Es ist gar keine Frechheit, das weißt du. Außerdem ist er sehr gescheit, das kannst du selbst sehen. Und energisch und tüchtig ist er auch. Nun mach schon und sag, daß du uns hilfst. Er kommt gleich zurück.»

«Na, schön, ich will sehen», murmelte er und erhielt einen raschen, dankbaren Blick von ihr. «Ich werde mal mit ihm reden.» Dann sah er in ihren Augen, daß die Tür hinter ihm sich wieder öffnete.

«Eine große Zeit ist auf unserer Erde angebrochen», rief Penderel ihnen fröhlich zu. Er war bester Stimmung. «Gladys, Sir William, ich habe mir frische Socken und Hosen angezogen – im Dunkeln übrigens, und fühle mich wie neugeboren. Ich habe keine Ahnung, was in dem Zimmer da ist. Ich habe mich hinter die Tür gestellt und mich umgezogen. Vielleicht steckt es voll wilder Tiere, die mich die ganze Zeit anstarrten. Übrigens, Sie haben von mir gesprochen. Es steht Ihnen ins Gesicht geschrieben, und dann sind Sie auch so merkwürdig still. Ich kann sogar erraten, was gesprochen wurde. Ich kann es gleich beweisen. Sir William weiß zum Beispiel im Innern, daß ich es nicht annähme, selbst wenn er mir etwas anbieten würde.»

«Du hast gelauscht», rief Gladys und schnitt ihm ein Gesicht.

«Ich habe nur drei Worte gehört», erwiderte er. «Das übrige ist Intuition, wofür wir Männer heutzutage berühmt sind. Wir können vielleicht nicht argumentieren oder debattieren oder etwas vernünftig auseinandersetzen, aber wir wissen, was wir wissen. Nun, mein erster Schritt im neuen Leben gilt den Wavertons. Ich muß ausfindig machen, wo sie sind. Wenn nötig, können wir im ganzen Haus herumkriechen, bis wir Waverton irgendwo schnarchen hören. Dann wiegen wir Sir William wieder in Schlaf und danach finden wir, du, Gladys und ich, eine ruhige Ecke und sprechen uns aus. Wenigstens werde ich sprechen, und du schläfst wahrscheinlich ein. Und wenn die Sonne aufgeht, werde ich immer noch reden. Mr. Femm kommt zum Frühstück herunter – aber ich kann ihn mir gar nicht frühstückend vorstellen, ich kann mir in diesem Haus überhaupt kein Frühstück vorstellen. Du etwa, Gladys?»

«Nein», sagte Gladys mit Überzeugung. Dann, nach einer kurzen Pause, fügte sie sehr langsam und deutlich hinzu: «Ich hasse dieses Haus.»

«Sonderbares altes Haus, kein Zweifel», sagte Sir William. Penderel sagte nichts. Er sah Gladys nur neugierig an, die in der Diele auf und abging.

Sie blieb stehen. «Es ist das schlimmste Haus, das ich je gesehen habe. Und das will viel heißen, wenn Ihr wüßtet, wie manche Buden von Ballettänzerinnen aussehen. Aber hier hängt etwas in der Luft – ich weiß nicht – wie ein schlechter Geruch – ranzig.» Sie ging weiter und betrachtete die Treppe.

Sir William nahm Penderel auf die Seite. «Geht mich zwar nichts an», sagte er brummend, «aber was ist mit Ihnen und Gladys los?»

«Ich werde es Ihnen sagen», antwortete Penderel fröhlich. «Übrigens, ist es nicht komisch, aber nach dem alten Ehrenkodex für Gentlemen dürfen Sie und ich kein Wort miteinander reden. Es wäre uns vollkommen unmöglich, uns wie gewöhnliche Sterbliche zu benehmen. Zum mindesten müßten wir vor lauter Peinlichkeit stottern.«

«Nun, wenn Sie's genau wissen wollen», meinte Sir William, «beinahe geht mir's so.»

«Ach was! Doch nicht Sie! Und was mich betrifft, versuche ich's noch nicht einmal. Ich werde Gladys heiraten, das heißt, wenn sie mich nimmt. Ich habe sie noch nicht gefragt. Und das ist alles.»

«Die meisten anderen Leute würden Ihnen jetzt erklären, Sie seien entweder ein Idiot oder ein Held», bemerkte Sir William mit Betonung. Er wollte versuchen, den Jungen anständig zu behandeln. Er war ja nicht übel, wenn auch ein bißchen leichtsinnig. «Aber ich sage das nicht, wenn Sie vielleicht auch beides zusammen sind, wer weiß. Aber wahrscheinlich wird Ihr Entschluß das beste sein, was Sie seit langer Zeit unternommen haben.»

«Kann schon sein und braucht trotzdem nicht viel zu bedeuten», meinte Penderel. «Aber ich verstehe, was Sie damit sagen wollen und ich ... «

Aber er wurde von Gladys unterbrochen, die immer noch am Fuß der Treppe stand. «Ich höre jemand oben sprechen», sagte sie zu ihnen.

Penderel ging ein paar Schritte auf sie zu. «Das werden die Wavertons sein. Vielleicht gehen sie auf einem der oberen Korridore auf und ab und spielen das Beichtspiel weiter. Schadet ihnen gar nichts.»

Aber Gladys hob die Hand. «Pst! Laß mich doch hören! Ich glaube, sie kommen herunter. Oh! Was ist das?» Sie hatten es alle gehört, eine Art Gelächter. Und jetzt kamen die Wavertons die Treppe heruntergerannt, bleich und sehr aufgeregt.

«Hören Sie zu», keuchte Philip und lief zu den beiden Männern an den Kamin.

«Was ist denn?» fragte Gladys und packte Margaret am Arm. «Sagen Sie mir's, rasch.» Etwas Furchtbares stand bevor, sie fühlte es ganz deutlich. Es machte sie krank. Alles schien zusammenzubrechen.

«Oben ist ein Wahnsinniger», rief Margaret zitternd. «Morgan hat ihn herausgelassen. Er ist gefährlich. Beide sind gefährlich.»

«Wo ist er jetzt?» Sie wußte, hatte es die ganze Zeit gewußt, daß eine Gefahr drohte.

«Irgendwo da oben», sagte Margaret und machte eine unbestimmte Handbewegung. «Sie kommen vielleicht herunter.»

«Dann müssen wir ihnen aus dem Weg gehen und uns irgendwo einschließen.»

«Der Verrückte könnte das Haus anzünden. Er hat es schon einmal versucht.»

«Aber die drei Männer können ihn daran hindern.» Gladys sah zu den Männern hinüber, und wie verabredet gingen sie beide auf den Kamin zu. Es schien ihnen, als ob das ganze Haus über ihnen zusammenstürzte.

«Selbst wenn er so rasend ist, wie Sie sagen, dann können wir drei ihn doch niederhalten», sagte Sir William. Er war durchaus kühl und offenbar – zu ihrer Überraschung – ein Mann von Mut. Aber er hatte keine Phantasie. Er konnte sich nicht vorstellen, daß der Geisteskranke ihre Sicherheit und ihren Halt in seiner Raserei zerstören könnte.

«Aber vergessen Sie Morgan nicht», fiel Philip ein. «Ich hatte schon ein Handgemenge mit ihm und habe großes Glück dabei gehabt. Wenn er nicht so langsam und dumm gewesen wäre, hätte ich ihn nicht kleingekriegt. Denn er hat Bärenkräfte. Ich weiß nicht, in was für einer Verfassung er jetzt ist, aber er kann so gefährlich wie der Wahnsinnige sein – noch gefährlicher.»

«Wenn alle Stricke reißen», sagte Sir William, «könnten wir einfach davonlaufen. Es wäre tatsächlich das beste, zu verschwinden.»

«Sie vergessen, was Waverton uns gesagt hat», warf Penderel ein. «Ich meine, daß der Kerl das Haus anzünden will. Das alte Gebäude würde schnell brennen, nicht?» Und er sah Philip fragend an.

«Und wie! Es steckt voll altem Holz. Das ist ja die Gefahr. Wenn er hier herunterkommt und sich selbst überlassen bleibt, brennt das Haus in Null Komma nichts ab.»

«Lassen Sie ihn doch», sagte Gladys böse, «lassen Sie doch das miese alte Haus niederbrennen.»

«Nein, das geht nicht, Gladys», sagte Penderel.

«Außerdem müssen wir die anderen Femms berücksichtigen», wandte Philip ein.

«Der arme alte Sir Roderick oben, ans Bett gefesselt», rief Margaret. «Er hat uns noch rechtzeitig gewarnt. Wir können ihn nicht im Stich lassen.»

Philip und Penderel stimmten sofort zu. Sir William sah sie einen Augenblick an und ließ seine Augen dann zum Treppenhaus wandern. «Also, was tun wir nun?» fragte er. «Die Zeit vergeht. Es hat sich zwar noch nichts ereignet. Es können auch bloße Hirngespinste sein. Hier ist doch alles ein bißchen verrückt, so viel ich sehen kann.»

«Es sind keine Hirngespinste», sagte Margaret heftig.

«Haben Sie das schreckliche Gelächter nicht gehört? Und Philip hat das Zimmer gesehen.»

Gladys rang die Hände. «Es ist sicher wahr, ich weiß es.» Sie blickte mit ängstlichen Augen auf Penderel. «Jawohl, ich habe es kommen sehen.» Dann riß sie sich zusammen. «Können wir denn nichts dagegen tun?» Die Frage war nur an ihn gerichtet. Die anderen waren in diesem Augenblick nicht vorhanden.

«Natürlich können wir das», antwortete er. Aber er fühlte einen plötzlichen Schmerz, der sich sofort in Wut verwandelte.

Dann sprangen sie alle auf. Eine Tür war aufgegangen und es stand jemand da. Es war Miß Femm. Wie sie hierhergekommen war, wußte niemand zu sagen, aber sie stand da, noch vollständig angezogen, und sah über einen Kerzenstummel hinweg zu ihnen herüber.

Sie warteten nicht, bis sie sie ankreischte. «Ihr Bruder ist freigelassen», rief Philip, der ihr am nächsten stand.

«Was, Saul?» schrie sie.

«Sie kommen, aufpassen!» schrie Gladys und deutete auf die Treppe. Ein dunkler, massiger Körper kam langsam die Treppe herunter, und hinter ihm ging ein zweiter, dessen ausdrucksloses Gesicht ihnen zugewandt war. Das mußte Saul sein. Die Hand, die langsam am Treppengeländer herunterglitt, war Sauls Hand. Jetzt hielt die Hand an, aber Morgan ging weiter und kam allein herunter.

«Noch nichts unternehmen», flüsterte Philip. «Vielleicht ist Morgan wieder vernünftig. Abwarten.»

Morgan kam unten an, schwankte ein paar Schritte vorwärts und blieb dann stehen, indem er sie unter gesenkten Brauen hervor anstarrte. Das schwache Licht der kleinen Lampe fiel auf sein Gesicht, das furchtbar aussah – es war blutüberströmt. Auch seine Hände schienen rot von Blut zu sein.

«Hat sich an den Glassplittern der Lampe geschnitten», sagte Philip wieder leise.

«Was wird er tun?» fragte Penderel, obgleich er nicht nach Morgan, sondern nach der Hand auf dem Treppengeländer sah.

«Geht zurück», sagte Sir William zu Margaret und Gladys. Miss Femm war vollkommen still stehengeblieben und hatte Morgan scharf angesehen. Jetzt drohte sie ihm mit der Faust und schrie ihn an: «Morgan, du Biest, geh weg! Versteck dich, ehe Gott dich niederschlägt.»

Das Gelächter, das sie vorher gehört hatten, hallte hohl und schauerlich von der halbdunklen Treppe herunter. «Das ist Rebecca, Schwester Rebecca. Seit Jahren spricht sie mit ihrem Gott, und er hat nicht ein einziges Mal geantwortet. Er hält sie für eine Made, eine fette, kleine weiße Made. Er weiß nichts von einer Seele bei ihr. Sie muß zuerst sterben und wieder geboren werden, ehe er sie anhört. Alle sind sie Maden – kriechen immer noch in ihrem fauligen alten Leichnam herum, den sie Leben nennen.» Sauls Stimme wurde lauter vor Wut. «Tritt sie zusammen, schlag sie nieder – und ich werde ihren dreckigen Brei dann verbrennen – nur Asche darf übrigbleiben, saubere Asche, sauber, sauber, sauber.» Danach war nichts mehr zu verstehen, die Stimme und die Worte überschlugen sich. Sie sahen nur ein bleiches, verzerrtes Gesicht sich über das Treppengeländer beugen.

Dann entstand eine kurze Stille, während der sich niemand bewegte. Aber sie hatten die Empfindung, als ob ihnen der Boden unter den Füßen weggezogen würde und sie in einen schwarzen Abgrund stürzten.

Der Wahnsinnige auf der Treppe sprach wieder und seine Stimmung schien sich plötzlich geändert zu haben. Er schien ganz fröhlich zu sein. «Nein, Morgan, alter Junge, warte auf mich.» Die Hand verschwand. «Es gibt noch etwas zu tun. Dann machen wir's zusammen.» Der Schatten bewegte sich, man hörte das Knarren einiger Stufen, und er war verschwunden.

Statt aber zu warten, kam plötzlich Leben in Morgan, der die ganze Zeit dagestanden und Philip angestarrt hatte. Mit einem heiseren Schrei machte er einen Satz auf Philip zu wie ein Urwelttier. Philip konnte gerade noch zur Seite springen, um der ungeheuren Wucht des Ansturms auszuweichen, und im nächsten Augenblick war alles zu einem Knäuel kämpfender Männer verwickelt. Sir William klammerte sich an Arm und

Schulter der einen Seite an, während Philip an der anderen hing.

«Ziehen Sie ihn da hinein», schrie Miss Femm zu dem verzweifelt keuchenden Haufen. «Dort können Sie ihn einschließen.» Sie deutete auf die Tür, durch die sie gekommen war.

Penderel war entschlossen, keine Zeit zu verlieren. Er warf sich auf Morgan, der, noch in der Umklammerung der beiden anderen, zurücktaumelte. «Geht's?» rief er ihnen zu, während er den Riesen mit aller Kraft zurückstieß. «Soll ich ihn auf den Schädel schlagen?»

«Nein, es geht», keuchte Philip. Sie waren der Tür jetzt nahegekommen, die Miss Femm inzwischen weit aufgestoßen hatte. Morgan hob seinen riesigen Arm und stieß Philip mit einer einzigen Bewegung nach hinten. Aber Philip erholte sich rasch wieder und schlug ihm die Faust mit aller Macht ins Gesicht. Der Mann drehte sich um sich selbst und riß Sir William, der blaß und schweißtriefend immer noch an ihm hing, in den Türeingang. Philip packte Morgans freien Arm und drehte ihn rücksichtslos hinter dem Rücken hoch. Zugleich stieß er auf ihn ein. «Den Gang hinunter!» rief er Sir William zu. Und sie verschwanden durch die Tür in die Dunkelheit.

Miss Femm hielt die Tür mit einer Hand offen und hob mit der anderen den Kerzenstummel hoch. «Kommen Sie hierher!» schrie sie Margaret und Gladys an. «Hier herein zu mir.»

Margaret, die vorwärts getaumelt war, sah sie mit sprachlosem Entsetzen an.

«Nein, nein!» schrie Gladys und blickte von ihr auf Penderel.

Miss Femm trat zurück. «Dann bleibt, wo ihr seid, ihr Schlampen!» kreischte sie und warf die Tür hinter sich zu. Sie hörten, wie sie abschloß.

Margaret rannte auf die Tür zu und rief: «Sie hat abgeschlossen, und Philip ist drin. Philip!» Sie rüttelte an der Tür.

«Schon zu spät, kommen Sie», sagte Penderel an ihrer Seite, während seine Augen auf Gladys ruhten.

«Aber Philip ist drin, mit dem furchtbaren Kerl», rief sie wieder. Dann wandte sie sich zornbebend gegen ihn: «Und was tun Sie jetzt?»

«Ich warte hier, auf den anderen», antwortete er sehr ruhig.

«Nein, nein, das darfst du nicht. Komm hier weg!» sagte Gladys und zerrte ihn am Arm.

«Hör zu, wir haben keine Zeit mehr zu verlieren», sagte er, und während er sprach, schob er beide nach der anderen Seite der Diele zu. «Ich muß hier warten, bis sie Morgan sicher weggebracht haben. Der andere kann jeden Augenblick herunterkommen. Und bis dahin müßt ihr aus dem Weg sein.»

«Ich bleibe hier», sagte Gladys mit erstickter Stimme.

«Das geht nicht, Liebe», sagte er zu ihr. «Wir müssen uns beeilen.»

Jetzt waren sie auf der anderen Seite der Diele.

«Aber wohin können wir gehen?» fragte Margaret und sah ihn traurig an.

«Da hinein», antwortete er und zeigte auf die Tür, durch die er schon einmal gegangen war, als er sich umgezogen hatte. Er erinnerte sich, daß auf der Innenseite ein Schlüssel steckte. Jetzt rannte er darauf zu, zog den Schlüssel heraus und schob beide, Margaret zuerst, ins dunkle Zimmer hinein. Eine Sekunde legte er den Arm um Gladys. «Schade, daß ihr kein Licht habt. Halt, doch! Da ist ein Licht». Er rannte weg und kam mit der Kerze zurück, die Philip gehabt hatte, und schob sie Gladys in die Hand. «Da drin seid ihr sicher.» Seine Augen blieben eine Sekunde auf ihrem Gesicht haften, als ob er es sich für immer einprägen wollte. «Ganz sicher. Bis nachher!»

Und ehe sie noch etwas sagen oder tun konnten, hatte er die Tür zugemacht und abgeschlossen, wobei er den Schlüssel stecken ließ. Wenn er ihnen Gelegenheit gäbe, herauszukommen, wann sie wollten, konnte alles mögliche passieren. Sehr langsam und ruhig ging er in die Mitte der Diele zurück, sah die Treppe hinauf und horchte.

XIII

Die Zeit schien für Penderel stillzustehen, als er in der Diele stand und wartete. Noch vor einigen Augenblicken, als er die beiden Frauen in das Zimmer drängte, hatte es ausgesehen, als ob keine Sekunde zu versäumen war. Aber jetzt, während er allein zwischen den verschlossenen Türen stand und horchte, fand er, daß mehr als genug Zeit war. Er ging zu der Tür hinüber, durch die Waverton und Sir William mit dem sich wehrenden Morgan verschwunden waren, und drückte die Klinke herunter. Sie war natürlich verschlossen. Er hatte es gleich gewußt. Das bedeutete, daß Sir William und Waverton erst Morgan niederzwingen und dann den Schlüssel von Miss Femm holen mußten, ehe sie ihm zu Hilfe kommen konnten. Und Morgan würde sie noch eine ganze Weile beschäftigen. Er horchte an der Tür. Undeutliche, entfernte Geräusche drangen an sein Ohr, die darauf schließen ließen, daß Morgan noch längst nicht überwältigt war, sondern sich am Ende des Ganges oder in der Küche wehrte. Ein Knarren, das von der Treppe kam, ließ ihn herumfahren und rasch in die Mitte der Diele zurückgehen. Sein Herz schlug ihm bis zum Hals. Aber es war niemand da.

Wenn das der Augenblick für den Kampf gewesen wäre, sagte er sich, dann wäre alles gut gewesen. Aber vorläufig konnte er nichts anderes tun als warten, auf das Knarren des alten Treppenholzes lauschen, die Schatten in den Ecken anstarren und warten. Und plötzlich bekam er Angst und wollte wegrennen, wollte das Gute, das ihm diese Nacht gebracht hatte, in Sicherheit bringen. Aber er durfte nicht. Wenn er jetzt den Kopf in den Sand steckte, wäre alles verloren. Nun, er hatte schon immer etwas Besonderes zu tun haben wollen, und hier war es jetzt. Er hatte gar nicht lange zu warten brauchen, sagte er sich grimmig. Wie eigenartig, daß im Innern etwas war, das schadenfroh auf ihn deuten und über ihn grinsen konnte, über ihn und die verfluchte Lage, in der er sich befand. Er hatte das schon während des Krieges in Frankreich beobachtet, als, genau wie hier, etwas in ihm Angst und der andere Teil keine hatte. Etwas zitterte und etwas anderes grinste. Einige der alten Gesichter aus dem Schützengraben damals traten wieder vor sein inneres Auge, lächelten und waren verschwunden; eine Geisterparade von Kameraden, die er vergessen zu haben glaubte. Einen wollte er wenigstens hier behalten, um ihm zuzurufen: 'Großartiger Krieg, was?' Und eine der schnoddrigen Antworten wollte er hören, wie: 'Scheibenhonig, Kamerad'. Er würde sich dann besser fühlen. Ob er Gladys rufen sollte? Sie würde verstehen. Aber nein, das ging nicht.

Seine Augen schweiften ziellos die schwach erleuchtete Treppe hinauf, um auf den Wahnsinn zu warten, der dort aus dem Dunkel herunterkommen mußte. Aber dann hatte er plötzlich einen klaren Gedanken. Sein Platz war nicht hier, abwechselnd zitternd und träumend, sondern oben auf der Treppe. Wenn der Verrückte einmal hier unten war, konnte er ihm leicht entwischen und Furchtbares anrichten, es sei denn, die anderen beiden kamen vorher zurück. Solange es keinen anderen Weg hier herunter gab, war die richtige Stelle dort oben. Und selbst, wenn es einen zweiten Weg gab, so konnte er immer noch in die Diele zurücklaufen, um den Kerl zu stellen. Und je eher er sich dort oben aufstellte, desto besser.

Er ging ein paar Schritte vor, blieb dann stehen und sah sich zögernd um. Er fuhr sich über die Stirn, die kalt und feucht war. Gab es nicht etwas, was er in die Hand nehmen konnte, etwas Festes zum Anpacken? Nun, am Kamin hing der Feuerhaken, das war besser als gar nichts. Rasch ergriff er ihn und ging zum Treppenabsatz hinüber, als ihm das Licht einfiel. Mitnehmen konnte er es nicht, das wäre zu gefährlich. Aber wenn er die Lampe in die Nähe der Eingangstür stellte, würde sie etwas mehr Licht dahin werfen, wo er sich aufstellen wollte, nämlich auf den oberen Teil der Treppe.

Er stieg langsam und mit schwachen Knien die Treppe hinauf, sein Schatten hob und senkte sich vor ihm her. Von überall her kamen kleine Geräusche; in diesem Haus gab es keine Stufe, die nicht knarrte. Der ganze obere Teil des Hauses, der im Dunkeln lag, schien angespannt und erwartungsvoll. Der kleine dunkle Fleck am oberen Absatz war undurchdringlich und voll unbekannten Entsetzens. Ein oder zwei Schritte weiter, und aus dieser finsteren Ecke könnte das bleiche, verzerrte Gesicht herausspringen. So ähnlich hatte er einmal geträumt – er erinnerte sich noch gut, es war so frisch und schrecklich wie im Traum damals –, zwischen einem Schritt und dem nächsten erinnerte er sich wieder daran. Er war aufgewacht, kleiner Junge, der er damals noch war, und weinte bitterlich. Und über sich gebeugt fand er seine Mutter. Wer würde sich heute über ihn beugen? Warum konnte Gott nicht dieses umfangreiche, mütterliche Etwas sein, mit der leise beruhigenden Stimme und dem so wohlbekannten, guten Geruch in der Dunkelheit?

Jetzt stand er oben, eine Hand hinter sich auf dem Geländer, mit der anderen den Feuerhaken fest umklammernd. Während er mit den Augen in die Dunkelheit starrte und seine Ohren aufs äußerste anstrengte, liefen seine Gedanken in alle Richtungen. Er hatte schreckliche Angst und war wütend auf sich selbst, daß er hier stand. Warum sollte er nicht hinunterlaufen, zu Gladys ins Zimmer und die Tür abschließen, oder in die Nacht hinaus, in Sicherheit und freie Luft. Aber wahrscheinlich würde überhaupt nichts passieren. Nun, und wenn nichts passierte, konnte er genausogut hier bleiben.

Und wenn er ginge und es passierte wirklich etwas, ob es ihm schaden würde oder nicht, wußte er, daß er für alle Zeiten verloren wäre. Seine Selbstachtung wäre dahin und der Weg in die Zukunft versperrt. Er würde zwar leben, atmen, essen und schlafen, aber sein Geist würde immer wieder zu dieser Treppe zurückkehren, an den Ort seiner Schande.

Nein, es blieb nichts anderes übrig, als zu bleiben. Was war denn das? Irgend etwas mußte sich doch da bewegt haben, gar nicht weit weg? Wo bloß Waverton und Porterhouse blieben? Aber natürlich kamen sie nicht rechtzeitig zurück, es war immer so. Nicht, weil sie nicht wollten, sondern weil das Leben eben so war. Er hätte sich von Anfang an sagen können, daß er allein sein würde. Wahnsinn hatte ihn immer mehr erschreckt als irgend etwas anderes – allein der Gedanke an einen Geisteskranken hatte ihn immer mit Entsetzen erfüllt. Als dieser Wahnsinnige auf der Treppe herumgeschrien hatte, hätte er sich beinahe übergeben müssen. Und natürlich, jetzt mußte er ihm allein gegenübertreten. Auf einmal kam das Schreckliche auf ihn zu, die Türen um ihn herum waren verschlossen, aus der Dunkelheit nahm es Gestalt an und man war mit ihm allein. Schon wieder dieses Geräusch, aber diesmal viel näher! Ja, er war am hinteren Ende des Absatzes, er kam jetzt stetig näher.

«Halt!» rief er, ohne es eigentlich zu wollen. «Bleiben Sie stehen, haben Sie mich verstanden? Versuchen Sie nicht, hier vorbeizukommen. Ich habe einen Feuerhaken in der Hand und werde ihn gegen Sie anwenden.» Seine Stimme klang lächerlich heiser und zitterig, gar nicht befehlend.

Die Schritte verstummten, und er konnte gerade noch den undeutlichen Umriß des Verrückten ein paar Meter entfernt wahrnehmen. Ohne Zweifel war er beim Klang seiner Stimme stehengeblieben, aber er antwortete nicht. Penderel stand da und fragte sich verzweifelt, wie er überhaupt eine Antwort erwarten konnte. Der Wahnsinn gab sich nicht mit Wortgefechten ab. Aber wenigstens war er stehengeblieben.

«Gehen Sie zurück, und seien Sie vernünftig!» Er mußte ihn wieder anschreien, denn wenn er seine eigene Stimme nicht hörte, würde er einfach davonrennen. «Hier kommen Sie nicht vorbei. Gehen Sie sofort zurück!» Es klang grotesk und zwecklos, aber er machte sich Mut damit.

Jetzt klang ein unverständliches Geschwätz als Antwort an sein Ohr, und das Geschwätz schien in unterdrücktes Gelächter überzugehen. Dann bewegte sich etwas, Penderel hörte rasche Tritte den Gang hinunter. Er entfernte sich offenbar.

Verblüfft und erleichtert lehnte sich Penderel aufatmend an das Geländer. War alles vorbei? War er wirklich fort? Hatte es nur eines Befehls bedurft, ganz gleich, wie zitterig er geklungen hatte, einfach kecken Mutes, auch wenn er sich zaghaft auf Zehenspitzen erhob, um die drohende Gefahr abzuwenden? Einen Augenblick fühlte er sich Meister der Situation und war voll Optimismus.

Es schien, als ob das Blatt sich gewendet hätte, und er malte sich sein späteres Leben aus, das sich hoffnungsvoll und mit guten Vorzeichen vor ihm ausbreitete, dieses Leben, das er verachtungsvoll in die Ecke gestellt und wie einen bösen Traum mit bitterer Ironie abgetan hatte. Bis diese seltsame Nacht mit ihren Gefahren und wunderbaren Bindungen ihm Schritt für Schritt neue Lebensgeister einflößte und ihn einen Blick in die hoffnungsvolle Zukunft tun ließ. Jetzt erst wußte er, was es hieß, am Leben zu sein. Er hätte vor Glück schreien können.

Im nächsten Augenblick durchfuhr ihn ein furchtbarer Schreck. Er hörte wieder die raschen Tritte; sie kamen in der Dunkelheit schnell auf ihn zu, und sein Mut und alles, was ihn bis jetzt aufrechterhalten hatte, brach bei ihrem rhythmischen Geräusch zusammen. Er wollte kopfüber die Treppe hinunterstürzen, um Hilfe rufen und sich irgendwo verstecken. Aber ein letzter Rest Willen ließ ihn stehenbleiben.

«Halt!» schrie er wieder. Gott, wie schwächlich das klang! Er wußte nicht, ob er bitten oder befehlen sollte.

Der Wahnsinnige war aber schon stehengeblieben, diesmal allerdings bedeutend näher. Plötzlich sprudelte er eine ganze Haßtirade hervor.

Penderel nahm sich zusammen und versuchte, mit gleichmäßiger Stimme zu sprechen. «Hierher können Sie nicht kommen, das habe ich Ihnen bereits gesagt ...», aber ehe er weitersprechen konnte, flog ein schwerer Gegenstand, ein Stuhl oder ein kleiner Tisch, aus der Dunkelheit auf ihn zu, traf ihn am rechten Arm und an den Rippen; der Feuerhaken flog klappernd die Treppe hinunter, und er wurde gegen das Geländer geschleudert. Er fiel hin und war einer Ohnmacht nahe. Sein Arm tat sehr weh, er schien gebrochen zu sein. Bald würde der Kerl auf ihm herumtrampeln. Er wollte aufstehen, aber es war zu spät. Der Verrückte stand über ihm, hieb ihm ins Gesicht, daß sein Kopf mit einem schmerzenden Ruck nach hinten schlug und es schwarz vor seinen Augen wurde.

Aber merkwürdig: Alle Angst war verflogen. Mit schmerzender Anstrengung beugte er sich vor, packte den Mann am Bein und nahm alle Kraft zusammen, ihn hochzuheben. Und der Mann stürzte zu ihm herunter und beide rollten kämpfend auf dem Boden. Penderel war von blinder Wut erfüllt. «Sie drekkiges Schwein!» keuchte er. «Ich bringe Sie um!» Es gelang ihm, auf die Füße zu kommen, aber ehe er aufrecht etwas unternehmen konnte, war der andere auch hochgekommen und griff ihn von neuem an. Er war viel älter als Penderel, viel größer und schwerer. Er schien ungeheure Kräfte zu haben.

Penderel stand mit dem Rücken zum Treppengeländer. Die nächsten zwei Minuten, solange der Verrückte noch nach Atem rang, war keine Gefahr. Er konnte den Schlägen ausweichen oder sie abwehren, die der Mann gegen ihn führte. Er benutzte seinen linken Arm zur Deckung, denn der rechte, wenn er auch nicht außer Gefecht gesetzt war, schmerzte furchtbar, sobald er ihn bewegte. Seine ganze rechte Seite tat ihm weh, und jedesmal, wenn er tief Atem holte, fühlte er rechts Stiche. So, wie er jetzt stand, versperrte er nicht eigentlich den Weg nach unten, aber er konnte dem Mann auf den Rücken springen, sollte dieser versuchen, nach unten zu gelangen. Aber es war ganz klar, daß Saul Femm – Penderel fing an, sich an den Namen zu gewöhnen – beabsichtigte, zuerst ihn zu erledigen, ehe er weiterging. Wenn er nur hier aushalten konnte, sagte sich Penderel, wären die anderen außer Gefahr. Außerdem konnten Waverton und Porterhouse immer noch zurückkehren, jede Minute konnten sie auftauchen. Und selbst, wenn er von Saul Femm knockout geschlagen würde, wäre der Kerl hinterher in einem solchen Zustand, daß er den beiden wenig Widerstand entgegensetzen könnte. Penderel hatte gerade ein paar Sekunden Zeit, sich diese Dinge zu überlegen.

Jetzt war Saul wieder Herr seiner Kräfte, und mit einem wilden Schrei stürzte er sich auf Penderel, der das Geländer hinter sich bedrohlich krachen hörte. Er fühlte sich völlig hilflos unter dem eisernen Griff des Mannes. Der Druck des Geländers gegen sein Kreuz verursachte einen unerträglichen Schmerz. So sehr er sich anstrengte, konnte er sich nicht aus dem Griff des Mannes befreien. Mit einer Hand versuchte er, ihn an der Kehle zu packen, das Geländer krachte wieder und er fühlte, wie er hochgehoben wurde. Verzweifelt hob er ein Knie, und während er sich mit letzter Kraft an den Angreifer klammerte, stieß er ihm das Knie in die Seite. Dies lockerte den Druck etwas, und er brachte es fertig, sein Bein wieder herunterzunehmen. Dann stieß er Saul unter das Kinn und durch Anspannung aller Muskeln gelang es ihm, sie beide in enger Umklammerung von dem gefährlichen Geländer weg einige Meter in den Gang hineinzuschieben. Da standen sie nun schwankend und eng umklammert.

Blut und Schweiß rannen ihm das Gesicht herunter und blendeten ihn. Der Schmerz in seiner Seite wurde unerträglich, und er fühlte, wie ihm die Kräfte schwanden. Aber er hielt aus, als ob es sonst nichts mehr in der Welt für ihn gäbe, als auszuhalten. Und die ganze Zeit wanderte sein Geist in Gefilden, die nichts mit der furchtbaren Situation zu tun hatten. Seltsame Erinnerungsfetzen durchkreuzten sein Hirn: wie er im kühlen Gras in der Nähe des Sportplatzes lag und Jim und Tom Ranger zuhörte, die vor dem Zelt saßen; oder der strahlende Sternenhimmel einer Nacht in seinen frühen Jugendjahren; oder die blühenden Obstbäume von Garthstead. Dazwischen blitzten kleine Nebensächlichkeiten auf, wie die Dämmerung und das Lichtermeer in London, das laute

Orchester und der aufgehende Vorhang in einem Theater, die kleine, billige Wohnung, fünf Stock hoch, dann Gladys, lachend und ihn mit mutigen Augen aus einer Tür anblitzend, die sich plötzlich geöffnet hatte.

Er konnte jetzt gar nichts mehr sehen. Jeder Atemzug tat ihm weh, das Blut dröhnte ihm in den Ohren. Mit einer Hand hatte er Saul an der Kehle gepackt und drückte zu. Aber er konnte seinen Platz nicht mehr halten und fühlte, wie er Zentimeter um Zentimeter zurückgeschoben wurde, bis er schließlich hochgehoben zu werden schien. Er wurde krachend gegen das Geländer geschmettert, dabei brach irgend etwas, er fühlte, wie das Leben aus seinem Körper gepreßt wurde, aber er klammerte sich immer noch fest. Jetzt hatten sie sich wieder vom Geländer entfernt, denn Saul hatte seinen Griff gelockert und mußte einen Schritt zurücktreten. Penderel ließ ihn nicht los. Dann warf sich Saul mit aller ihm noch zur Verfügung stehenden Kraft von neuem auf Penderel. «Ich bin verloren, ich bin verloren», schrie Penderel in eine schreckliche Finsternis von krachendem, splitterndem Holz und sausender Luft hinein. Und dann fühlte er keinen Schmerz mehr.

XIV

Margaret drückte die Klinke der Tür herunter. «Er hat abgeschlossen», rief sie und starrte Gladys an.

«Ich weiß es», sagte Gladys, die auf dem Boden kniete. Sie stellte die Kerze mit ihrem schwach flackernden Flämmchen neben sich auf den Boden und stützte sich mit einer Hand gegen die Tür. «Er hat uns eingeschlossen, weil er uns hier sicher glaubt.» Ihre Stimme klang schleppend und flach.

«Ich will gar nicht sicher sein, ich will nicht eingeschlossen werden», sagte Margaret unmutig und rüttelte wieder an der Tür. «Ich will wissen, was draußen passiert, ich möchte bei Phil sein – meinem Mann.»

«Aber verstehen Sie denn nicht?» sagte Gladys. Sie hatte sich aufgerichtet und blitzte Margaret kampflustig an. «Er steht draußen und wartet auf den Wahnsinnigen, wenn er herunterkommt. Und er hat uns hier hereingeschoben, damit wir außer Gefahr sind. Sie scheinen nicht zu begreifen, was er vorhat. Sie dachten vielleicht, er wolle sich drücken, nicht wahr? Mein Gott!»

«Zuerst ja», gab Margaret leise zu. «Verzeihen Sie.» Und wie sie auf das bleiche Gesicht des Mädchens hinunterblickte, das von den zuckenden Schatten des Kerzenlichts unheimlich verdüstert war, fühlte sie Mitleid mit ihr, mit ihr und jedermann.

«Als ob er es fertigbrächte!» Dann ging ihr Ton von Unwillen in Bitterkeit über. «Und ich will Ihnen etwas sagen: ich wünschte, er hätte sich gedrückt. Ich wünschte, wir wären nicht zurückgekommen. Ausgerechnet er muß sich diesem Wahnsinnigen entgegenstellen. Das Schicksal wartete direkt auf ihn. Vielleicht dumm von mir, aber es ist mir gleich. Ich bin mit den Nerven am Ende – und er steht da draußen, einsam und allein, und wartet auf – auf diesen Kerl.»

«Es wird gut gehen», sagte Margaret tröstend. «Die anderen werden bald zurück sein. Dann sind sie zu dritt.»

«Dieses Weib hat die andere Tür abgeschlossen», murmelte Gladys.

«Sie werden sich den Schlüssel von ihr geben lassen, wenn sie mit Morgan fertig sind», meinte Margaret. Aber sie dachte, daß dieses verrückte Abschließen der Türen wie ein Alpdruck auf alle wirkte. Sie sah sich in dem schwachen Licht um, fröstelte und sagte: «Wo sind wir eigentlich?»

«Ich weiß nicht. Ist auch ganz egal.» Gladys stand auf und versuchte, an der Tür zu horchen.

Margaret nahm den Kerzenleuchter und ging ein paar Schritte ins Zimmer hinein. Aber sie konnte nichts als undeutliche Umrisse von Möbelstücken sehen, denn die kleine Flamme flackerte noch ein paarmal auf und verlöschte dann ganz. Sie tastete sich zur Tür zurück und stellte den Kerzenhalter auf den Boden. «Was ist?» fragte sie und beugte sich vor.

«Ich kann nichts hören», flüsterte Gladys.

Beide drückten das Ohr an die Tür und lauschten. Aber es schienen Stunden zu vergehen, bis sie mehr hörten, als ihre eigenen Herzschläge und ihren Atem. Sie waren in einer hämmernden Dunkelheit eingeschlossen.

«Wir können nichts tun als warten», sagte Margaret schließlich leise. Sie wagte nicht, laut zu sprechen.

«Ich höre ihn jetzt herumlaufen, können Sie's auch hören?» Gladys lauschte wieder. «Bill und Ihr Mann scheinen noch nicht zurück zu sein. Ich glaube, er geht jetzt nach oben.»

«Ja, ich höre es auch», sagte Margaret und fühlte, wie sie zitterte. Nach einer langen Pause fuhr Margaret fort: «Jetzt kann ich nichts mehr hören. Vielleicht wartet er oben. Furchtbar, nicht? Warum bloß Philip nicht zurückkommt? Dieses Warten ist schrecklich.»

«Es ist noch schrecklicher, da oben warten zu müssen», sagte Gladys lauter. «Mit diesem gräßlichen Monstrum, das auf ihn zukriecht, o mein Gott!» Sie räusperte sich. «Ich nehme an, daß Sie wissen, was mit mir los ist. Sonst müßten Sie mich für verrückt halten.»

«Ich glaube, wir werden heute nacht noch alle verrückt», unterbrach Margaret sie hastig. «Alles in diesem Haus ist gräßlich und schrecklich. Das Furchtbare ist, daß man hier nicht den Dingen trauen kann. Wie in einem Alptraum. Haben Sie das nicht auch gemerkt?»

«Doch.» Gladys stimmte eifrig zu. «Habe ich es Ihnen übrigens schon gesagt? Ich wußte es die ganze Zeit, daß etwas Schreckliches passieren würde. Ich wollte es ihm sagen, aber er hat mich nicht begriffen. Es war nur ein Gefühl, aber Sie wissen sicher, was ich meine?»

«Wem haben Sie es gesagt?»

«Penderel natürlich. Als wir draußen waren. Das wollte ich Ihnen erklären, ich meine, als ich Sie fragte, ob Sie wüßten, was mit mir los ist. Nämlich – ich liebe ihn. Wir können jetzt darüber reden, nicht? Ja, als wir hinausgingen und im Schuppen saßen und uns unterhielten, da bekam ich plötzlich das Gefühl, es war todsicher, ich kann mich fest darauf verlassen.» Dann fügte sie einfach hinzu: «Und Sie wissen ja, was es bedeutet. Sie lieben Ihren Mann, nicht wahr?»

«Ja.» Hier waren weder der Ort noch die Zeit für die kleinen Einschränkungen zu diesem Ja, die sie in letzter Zeit so oft innerlich gemacht hatte. Dann wurde ihr plötzlich klar, daß sie sie überhaupt vergessen hatte. Sie existierten nicht mehr. «Es war nicht immer so», fuhr sie fort. «Aber heute ist es wieder so.»

«Ich wußte, daß Sie Ihren Mann lieben», flüsterte Gladys. «Ich sehe es gleich, immer. Aber ich nehme an, es tut nicht mehr weh?»

«Ich glaube», antwortete Margaret nachdenklich, «es fängt wieder an.»

«Es ist seltsam, daß Liebe so verschieden sein kann», fing Gladys wieder an, brach dann aber ab, denn von draußen ertönte ein furchtbares Krachen. «Mein Gott! Haben Sie das gehört?

Und wir können nichts für ihn tun! Ob der Wahnsinnige heruntergekommen ist, was meinen Sie? Kämpfen sie zusammen?»

«Ich glaube, ja. Furchtbar, furchtbar»

«Und er ist ganz allein. Die beiden anderen sind noch nicht zurück. Warum kommen sie denn nicht endlich?» Gladys preßte verzweifelt die Hände zusammen.

«Ich weiß nicht», stammelte Margaret. «Es muß ihnen etwas passiert sein. Dieses Tier – Morgan – und Miss Femm nicht zu vergessen.» Dann brach etwas in ihr zusammen. «Oh, ich kann es nicht mehr ertragen!» rief sie, knickte zusammen und kauerte weinend an der Tür.

Gladys kniete neben ihr und legte einen Arm um sie. «Beruhigen Sie sich, Mrs. Waverton. Es ist schrecklich, ich weiß. Aber es wird noch alles gut werden. Ihr Mann wird auf sich aufpassen.» So saßen sie, aneinandergeschmiegt, während aus der Dunkelheit des Hauses undeutliche Geräusche und geheimnisvolle Laute an ihr Ohr drangen, die auf einen Zweikampf schließen ließen. Aber keine von beiden wollte länger horchen. Es blieb ihnen nichts anderes übrig, als zu sitzen und zu warten, bis die Tür aufgeschlossen wurde und sich ihr Schicksal offenbarte. Bis zu diesem Augenblick konnten sie nur in der Finsternis sitzen.

Sie war ihre Welt, ihre Hoffnung und Verzweiflung in einem.

«Dieses Haus hat mich an den Rand eines Nervenzusammenbruchs gebracht», sagte Margaret. «Sie können sich nicht vorstellen, wie furchtbar es für mich war. Es kam eins zum andern. Zuerst, Miss Femm – hat mir von ihrer Schwester erzählt – in ihrem schrecklichen Zimmer da hinten. Dann Morgan, der mich anfiel – wie ein Tier. Und Philip mußte sich oben mit ihm herumschlagen. Dann dieser merkwürdige alte Mann, der so still in seinem Bett lag und uns schreckliche Dinge erzählte. Und jetzt das hier. So geht das weiter, immer weiter. Alles Unheimliche und Dunkle wird noch grauenhafter und finsterer. Es nimmt kein Ende. Bis man schließlich glaubt, daß alles Gesunde und Saubere, an das man gewöhnt war, für immer zum Teufel gegangen ist. Das kann man nicht ewig aushalten. Bei Ihnen war es vielleicht anders, aber Sie verstehen, was ich meine, nicht wahr?»

Gladys stimmte murmelnd zu und umschlang sie enger. Sie hatte zwar nicht verstanden, aber das spielte keine Rolle. Nichts spielte eine Rolle, außer auszuhalten und darauf zu warten, daß die Tür sich öffnete.

«Zuerst haßte ich die Atmosphäre hier», fuhr Margaret fort. «Aber dann, als wir alle um den Tisch saßen und uns unterhielten, gefiel es mir ganz gut. Philip und ich fanden danach wie von selbst wieder zueinander, weil es auf einmal so leicht schien, den anderen zu verstehen, selbst wildfremde Leute wie Sie und Sir William. Es erschien leicht, mit jemand wieder glücklich zu sein, den man einmal geliebt hatte.»

«Ich habe das auch gefühlt, oder zum mindesten etwas ähnliches», sagte Gladys und weinte leise. «Oh, warum weine ich denn? Aber es ist ja gleichgültig. Mit mir war es sogar noch besser. Es fing gerade an, verstehen Sie? Zuerst hörte ich Ihren Bekenntnissen zu, dann sprach ich über mich selbst. Und dann war ich mit ihm allein, da draußen im Schuppen. Wir lachten über alles mögliche und machten uns über andere lustig, und doch wußte ich die ganze Zeit, daß ich ihm etwas bedeuten konnte. Er war ein vollkommen desillusionierter Mann, kümmerte sich einen Dreck um alles. Und ich war an sich auch so. Dann dachte ich, wenn wir uns zusammenfinden würden, würde ich mich nicht mehr einsam fühlen, würde abends nicht mehr nach Hause gehen mit dem Wunsch, am anderen Morgen nicht wieder aufzuwachen. Und selbst wenn nichts daraus geworden wäre, hätte ich wenigstens etwas gehabt, etwas anderes, Neues, verstehen Sie?»

Margaret sagte sich im stillen, daß diese Liebesgeschichte zwischen Gladys und Penderel eigentlich sehr überraschend gekommen war. Aber während Gladys weitererzählte, schien es ihr gar nicht mehr so überraschend, sondern einfach und natürlich. Es sah im Licht dieser Liebe sogar absonderlich aus, daß sich Leute in diesem dunklen Haus zusammenfanden und miteinander sprechen konnten, ohne sich zu lieben.

«Ja, ich verstehe», sagte sie nach einer langen Pause. «Wissen Sie übrigens, daß ich Sie zuerst gar nicht mochte?»

«Und ich habe Sie gehaßt», sagte Gladys ruhig und voll Herzlichkeit. «Aber das ist alles vorbei.» Sie dachte einen Augenblick nach. «Gehaßt habe ich Sie, glaube ich, nicht eigentlich. Ich hatte nur Angst vor Ihnen.»

«Angst?» Sobald das Wort ausgesprochen war, verstand Margaret, was Gladys gemeint hatte. Sie hatte auch Angst gehabt, vor Penderel, vor seinem düsteren, aufrührerischen, höhnischen und anarchischen Charakterzug, der Philip irgendwie auch angesprochen hatte. Aus diesem Grund hatte sie ihn abgelehnt. Und so war es im Leben: selbst in großer Gefahr gab es Leute, die trotz allem ihre Abneigung, ihre Feindschaft aufrechterhielten.

«Ja, ich hatte wirklich Angst», sagte Gladys leise. «Ich hatte Angst vor allem, was Sie sprachen, wie Sie gingen, wie Sie sich anzogen. Ich fühlte genau, daß Sie mich verachteten. Aber jetzt ist alles gut, nicht wahr? Sind wir Frauen nicht dumm? Als ob es nicht genug ...!»

Es entstand eine kleine Pause in dem Gespräch zwischen ihnen und Margaret lauschte wieder nach draußen. «Ich höre schon die ganze Zeit Geräusche», sagte sie. «Sicher geht oben etwas vor sich. Was war das?»

Es war eine Art Krachen und Splittern, und es wiederholte sich mehrere Male. Dann war es still. Und dann kam wieder ein Krachen, lauter als vorher, und es schien den beiden Frauen, die in der Dunkelheit des Zimmers lauschten, als ob etwas gebrochen wäre.

«Was ist das bloß? Was geht vor?» rief Gladys. «Mein Gott, ich kann nicht mehr viel ertragen.» Dann schrie sie: «Oh, was ist das?»

Das Krachen und Splittern und der Widerhall von Schlägen klang ihnen in den Ohren, während sie aneinandergeklammert angstvoll in der Finsternis standen. Es vergingen einige

Augenblicke, ohne daß noch ein Laut zu hören war. Die Stille war unheilschwanger.

«Was war es?» Diesmal fragte Margaret mit angsterfülltem Flüstern.

Gladys stieß einen unterdrückten Schrei aus, und Margaret fühlte, wie ihr Körper zusammensackte. Dann richtete sie sich auf, sprang auf die Tür zu und hämmerte mit Fäusten und Füßen auf sie ein. Dann verließ sie ihre Kraft, und sie kehrte weinend und schluchzend in Margarets Arme zurück. Margaret hielt sie umfangen und sprach ihr wie einem Kind Trost zu und dachte sich dabei, daß wir alle abwechselnd Kind oder Erwachsener seien. Wenn es immer so wäre, käme man leichter über das Schlimmste hinweg. Gladys hatte sich jetzt beruhigt. Schließlich redete sie auch wieder, aber es waren lauter zusammenhanglose Dinge. «Wir wollten uns eine kleine Wohnung nehmen, irgendwo hoch oben, sehr klein und billig ... Ihnen würde das nicht sonderlich imponieren, nicht wahr?»

«Wir hatten auch mal eine kleine Wohnung», sagte Margaret sanft, «als wir jung verheiratet waren, hat es uns gut gefallen.»

«Ich wäre ihm zuerst keine große Hilfe gewesen, aber es wäre schon gegangen. Mir hätte es gefallen. Das habe ich ihm auch gesagt. Selbst die unvermeidlichen kleinen Streitigkeiten hätten ihren Reiz gehabt. Verstehen Sie das?»

Margaret fand keine Antwort.

«Das Leben kann eigentlich sehr nett sein, meinen Sie nicht?» fuhr Gladys nachdenklich fort, als ob sie wie im Schlaf redete. «Ich habe auch schon meinen Spaß gehabt, allerdings in letzter Zeit nicht mehr. Wenn man erst einmal aufhört, Spaß zu haben, ist es lange Zeit aus. Wir hatten beide wenig Freude am Leben gehabt, aber wir hätten es wieder gefunden. Ich auf jeden Fall ...»

«Ach, warum reden Sie denn so?» rief Margaret. «Ich kann es nicht mehr mitanhören. Es hört sich an – ich weiß nicht – als ob etwas in Ihnen gebrochen wäre.»

«Mir ist auch so», sagte Gladys. «Als ich da draußen das letzte Krachen hörte. Sie haben es auch gehört.»

«Aber nein», sagte Margaret heftig. «Das ist doch alles Unsinn. Nehmen Sie sich zusammen. Wir können gar nicht wissen, was sich zugetragen hat. Nur das unsichere Warten in der Dunkelheit macht uns so nervös. Wir dürfen nicht schwach werden. Tun wir irgend etwas. Hauen wir wieder auf die Tür los.»

«Habe ich ja schon getan», sagte Gladys matt. «Aber es ist niemand da, der uns herausläßt.»

«Ach, sagen Sie das nicht!» Und jetzt hämmerte Margaret gegen die Tür. Dann hielt sie plötzlich inne. «Vielleicht sollten wir es doch nicht tun», sagte sie zögernd. Sie dachte dabei an die vage, wirr redende Gestalt auf dem oberen Treppenabsatz und ließ ihre Hände hoffnungslos sinken. Wenn Philip nicht bald kam, würde sie die Nerven doch noch verlieren.

Gladys rührte sich. «Ich glaube, ich habe eben etwas gehört. Ja, da sind Stimmen.»

«Ich kann Philip heraushören», rief Margaret jubelnd. «Ich bin ganz sicher.» Ohne weitere Überlegung klopfte sie an die Tür. Dann hörte sie auf, um zu lauschen. «Ja, es ist Philip. Jetzt ist alles gut, wir sind gerettet.» Sie rief und klopfte wieder an die Tür.

«Hallo!» Philip war ganz nahe, an der Außenseite der Tür. «Bist du's, Margaret?»

«Ja, wir sind hier», rief sie zurück. «Laß uns heraus, Philip. Steckt der Schlüssel nicht drin?»

«Doch. Alles in Ordnung mit euch?» Seine Stimme klang seltsam. «Nur noch ein paar Minuten.»

«Nein, gleich. Was ist denn los?» Aber er war schon weg, und sie konnten nur noch etwas länger warten und in der Dunkelheit flüstern.

«Ich habe solche Angst, solche Angst», sagte Gladys und streckte ihre Hand nach Margaret aus.

«Ich auch», enwiderte Margaret. «Aber jetzt ist alles gut, Gladys, nicht?» Sie brauchte Zustimmung.

«Ich weiß nicht», flüsterte sie. «Ich weiß nicht.»

Dann warteten sie still, bis die Tür geöffnet wurde.

XV

Es hatte so ausgesehen, als ob der Morgen nie mehr dämmern würde. Und doch war der neue Tag schließlich angebrochen. Philip bemerkte einen grauen Schimmer in der Luft. Er war offenbar als einziger der ganzen Gesellschaft wach. Er saß in einem Sessel und hatte die Arme um Margaret gelegt, die an ihn gelehnt in einem niedrigeren Stuhl kauerte. Er hatte schon einige Zeit bewegungslos wach gesessen und seine Gedanken wie einen Fluß durch vereistes Land fließen lassen. Offenbar hatte er lange in diesem Stuhl gesessen. Die Ereignisse fingen schon an, in den Hintergrund zu treten: der Kampf mit Morgan in der Diele, den Gang hinunter und in der Küche, und schließlich seine Besiegung, nach der sie ihn gebändigt und zusammengeschlagen in den Keller jagten. Der unheimliche Zusammenstoß mit Miss Femm, die sich weigerte, den Schlüssel zu der Tür in die Diele herauszugeben, bis man sie dazu zwang; die Entdeckung der leblosen Körper von Penderel und Saul Femm, der eine mit gebrochenem Hals und der andere auf eine noch nicht geklärte Weise getötet, vielleicht durch Schock oder Herzschlag; dann das hastige Wegräumen der Leichen und die Szenen mit Margaret, Gladys und den beiden Femms, die darauf folgten – alle diese Vorfälle waren schon in die Vergangenheit gerückt, und ein leichter Schleier der Unwirklichkeit breitete sich darüber, obgleich es erst drei Stunden her war.

Er selbst hatte nicht richtig geschlafen, wenn ihm auch die Augen brannten und zuzufallen drohten. Er hatte sich bemüht, Margaret so bequem wie möglich zu setzen, und jetzt schlief sie. Nicht weit von ihm entfernt lag Sir William in einem Armsessel und schlief tief. Er war sehr erschöpft gewesen und hatte sich schwer von dem Schlag erholt, den Morgan ihm versetzt hatte. Der reiche Industriemagnat, dachte Philip voll Anerkennung, hatte sich erstaunlich gut gemacht. Wenn er auch vielleicht ein durchtriebener Geschäftsmann war, so war er doch ein ganzer Mann. Mutig und kaltblütig hatte er sich Morgan entgegengestellt, und was Philip noch mehr überraschte, er hatte sich Gladys gegenüber nach Penderels Tod großartig benommen. Die «Kleine», wie er sie mit rauher Zärtlichkeit in seinem sonst sorgfältig vermiedenen Lancashire–Dialekt genannt hatte.

Philip beobachtete, wie das graue Morgenlicht sich in die Diele stahl und langsam in die Ecken kroch. Dort saß Gladys, die tragischste Gestalt von allen. Halb sitzend, halb auf dem Boden liegend, hatte sie den Kopf an Sir Williams Knie gelehnt und einen Arm um ihn geschlungen. Sie schlief endlich friedlich, nachdem sie sich durch ihr langes Weinen vollkommen erschöpft hatte. Als man ihr mitgeteilt hatte, daß Penderel tot war, war sie merkwürdig ruhig gewesen. Erst später, als sie trotz Abraten der anderen seine Leiche sehen wollte, hatte sie sich in schluchzender Verzweiflung über ihn geworfen und jede Selbstbeherrschung verloren.

Und jetzt schlief sie, und wenn sie erwachte, würde die Tragödie etwas von ihrem stechenden Schmerz verloren haben, würde schon Erinnerung sein, verblaßt, gelindert und von Träumen eingehüllt, und sie würde ruhig und gefaßt ihre – wie seltsam das klang – ihre Reise fortsetzen.

Seine Gedanken wanderten weiter, während er den großen Raum sich langsam aufhellen sah. Penderel und der arme wahnsinnige Saul Femm hatten dagelegen, als ob sie schliefen. So hatten sie sie auf dem Boden liegend unter dem zerbrochenen Treppengeländer gefunden. Und Philip erinnerte sich, daß die beiden Toten nicht wie Feinde nebeneinander gelegen hatten. Man hatte das Gefühl, daß sie gleich in einer anderen Welt aufwachen, sich die Hände schütteln und ihre Differenzen bereinigen würden.

Margaret rührte sich, und er umschlang sie noch fester; aber sie wachte nicht auf. Zwischen ihnen hatte sich eigentlich wenig ereignet. Sie hatten sich nicht, wie früher, in ihrer gewohnt kühlen, sachlichen Art ausgesprochen, sondern nur ein paar Blicke getauscht, ein paar unvollendet gelassene Sätze gesprochen, und es sah so aus, als ob von nun alles anders sein würde. «Ich bin so allein», hatte sie einmal geflüstert. Und dann: «Es ist ohne Liebe nicht auszuhalten.» Das war allerdings noch unter der Einwirkung der Dunkelheit gewesen, und es war gut, wenn er nicht mehr daran dachte. Auf jeden Fall, die Sonne würde wieder untergehen, und es würde wieder dunkel werden. Einmal hatte er zu ihr gesagt, als sie ihr Gesicht an seiner Brust geborgen hatte: «Versuchen wir's wieder zusammen», und er hatte gefühlt, wie sie ihm zustimmend den Arm gedrückt hatte. Aber der Augenblick, wo sich für sie wirklich alles geändert hatte, war ein Augenblick der Stille gewesen. Sie hatten auf dem oberen Treppenabsatz gestanden und sich an den Händen gefaßt. Mr. Femm war wie ein Geist hin und her gelaufen, Miss Femm war verschwunden, um für ihren toten Bruder zu beten; Gladys hatte sich etwas beruhigt und war zu Sir William geflüchtet; und in diesem Augenblick hatten sie sich an den alten Sir Roderick erinnert, der hilflos und ohne zu wissen, was vorgefallen war, in seinem Bett lag. Niemand hatte ihn aufsuchen können, weil Philip den Schlüssel zu seinem Zimmer immer noch in der Tasche hatte.

Sie waren dann beide zu ihm gegangen, in das unheimliche, dunkle Zimmer mit den schweren Möbeln, letztes Refugium der geistigen Normalität, hatten ihren Kerzenstummel mitgenommen und wollten ihm leise alles erzählen. Aber seltsam: Kein Ton und keine Bewegung war hinter den Vorhängen des Bettes zu bemerken gewesen, und als sie sich über das Bett beugten, um den alten Mann anzusehen, sah er aus, als ob auch er gestorben wäre. Dann sahen sie aber seinen schwachen Atem und merkten, daß er schlief. Wahrscheinlich hatte er alles verschlafen. Sie verließen ihn, ohne ihn zu stören, und schlossen die Tür hinter sich, aber als sie draußen standen, suchte eine Hand die andere, und irgend etwas hatte beide wieder vereint.

Sie waren sich, wie schon lange nicht mehr und ohne ein Wort zu sprechen, so nahe, so nahe. Sie konnten einen neuen Anfang machen.

Jetzt bewegte sich jemand und murmelte etwas. Es war Sir William. «Hallo!» rief Philip leise, «sind Sie wach?»

«Ja, leider», erwiderte Sir William mit heiser, belegter Stimme. «Kann nicht schlafen, kann mich aber auch nicht wachhalten. Es tut mir alles weh. Und dann muß ich immer daran denken.»

«Ich auch», sagte Philip kameradschaftlich und wartete.

«Wissen Sie, was mir dauernd in den Kopf kommt?» fuhr der andere nach einer kleinen Pause fort. «Erinnern Sie sich, wie wir den Körper des armen Verrückten wegtrugen? Da sah ich auf meiner Seite etwas auf dem Boden liegen, gleich neben seinem Jackett. Es waren ein paar Karten. Ich kann Ihnen sogar sagen, welche. Es waren die Kreuz-Sieben und die Karo-Fünf. Werde ich nie vergessen. Kreuz-Sieben und Karo-Fünf. Und es fielen noch mehr Karten aus seiner Tasche, als wir den Körper hochnahmen. Er hatte ein ganzes Kartenspiel bei sich. Muß Patience gelegt haben irgendwo da oben, der arme Kerl. Hat mich irgendwie erschüttert, ich weiß nicht warum; aber die Karten kann ich nicht vergessen.» Philip räusperte sich, um anzudeuten, daß er zugehört hatte, sagte aber sonst nichts. Er hoffte, daß Sir William weiterreden würde, er hatte wenig Lust zum Sprechen. Einige Minuten lang herrschte wieder Stille.

«Diesen Penderel mochte ich sehr gerne», sagte Sir William schließlich, als ob er laut nachdächte. «Paßte zwar nicht zu mir, und ich glaube auch nicht, daß er mich mochte, aber ich mochte ihn. Ich hätte auch etwas für ihn getan. Er wollte sich einen Job suchen, wissen Sie das? Darüber haben wir zum Schluß noch gesprochen.»

«Was wollte er anfangen?» Philip stellte fest, daß er jetzt ganz ruhig über Penderel sprechen konnte.

«Keine Ahnung. Wahrscheinlich hätte er es bald wieder aufgegeben, was immer es gewesen wäre. Energie hatte er ja – das wissen wir –, und ich glaube auch, daß er gescheit war.

Aber ich kann mir nicht helfen, ich sehe ihn nirgends so richtig hineinpassen. Man kann natürlich nie wissen. Ich sollte mich eigentlich schämen, so über den armen Jungen zu sprechen. Ich mochte ihn wirklich, schon als er uns von sich selbst erzählte. Es ist wirklich schade. Aber was kann man tun? Am besten so wenig wie möglich daran denken. Gladys schläft jetzt wie ein Dreijähriges. Na, ich werde zusehen, daß sie versorgt ist. Habe ich mir vorgenommen.»

Dann hörte Philip, wie Sir William gegen das Gähnen ankämpfte. «Ich bin todmüde», gab er zu. «Wie steht's mit Ihnen? Aber Sie sind ja noch jung. Ich werde langsam alt. Wenn ich es bisher nicht gewußt habe, so weiß ich's jetzt.» Er gähnte wieder. «Übrigens werden wir noch allerlei Scherereien haben. Habe ich mir gerade überlegt. Gerichtliche Untersuchung und weiß der Teufel was noch alles. Werden hier noch tagelang festgenagelt sein. Kommt mir verdammt ungelegen. Habe eine Menge zu tun morgen – äh, ich meine heute –, wenn wir nicht noch abgeschnitten sind. Na ja, werden uns anstrengen müssen. Aber zuerst noch 'n bißchen schlafen.» Seine Stimme war zu einem Murmeln heruntergesunken, und in der nächsten Minute war er eingeschlafen.

Das Tageslicht schien jetzt durch die Fenster und der Raum sah kalt aus. Philip fröstelte und war sehr hungrig. Der Arm, mit dem er Margaret hielt, wurde steif und tat langsam weh. Er versuchte, ihn ganz sachte zurückzuziehen. Sie bewegte sich, wandte den Kopf und er sah, daß ihre Augen weit offen waren; jedoch war sie noch nicht bei sich. Als er auf sie hinunterblickte, fühlte er sich irgendwie gerührt, denn sie sah so anders aus, träumerisch und merkwürdig zerbrechlich. So hatte sie nach der Geburt Bettys ausgesehen.

Sie blieb so, mit aufgerissenen Augen, einige Sekunden sitzen und keiner rührte sich oder sprach. Er beugte sich vor und sah, wie der Schlaf langsam aus ihren Augen floh und sie zögernd umherblickte, zuerst in sein Gesicht, dann zu den Fenstern hinüber. «Es ist beinahe hell», sagte sie schließlich sehr leise.

«Ja, Sonnenaufgang», antwortete er. «Ich habe sie aufgehen sehen.» Er sah, wie sie wieder die Augen schloß und wartete einen Augenblick. «Es hat lange gedauert.»

Sie murmelte nur etwas mit geschlossenen Lippen, und es schien, als ob sie wieder einschliefe. In der nächsten Sekunde aber riß sie die Augen weit auf und sah zu ihm hinauf. «Du hast nicht geschlafen, Phil?» fragte sie.

«Nein, noch nicht. Ich mußte immer wieder über alles nachdenken, halb dösend. Aber müde bin ich sehr.»

«Du siehst müde aus», flüsterte sie. «Versuche einzuschlafen und denke an nichts mehr.» Sie schloß wieder die Augen, hob ein wenig den Kopf, und er beugte sich hinunter und küßte sie sehr zart.

Jetzt schob er sie sanft von sich, stand halb auf und versuchte, seine Beine zu bewegen. «Ich bin ganz steif», sagte er leise. «Du kannst auch nicht sehr bequem sitzen. Versuche es mal in dem großen Sessel, während ich die Beine etwas bewege.» Sie nickte und er rückte zur Seite und half ihr in den Sessel.

«Schläft Gladys?» fragte sie leise.

«Ja, sie hat sich nicht bewegt.»

«Gott sei Dank. Wir dürfen sie nicht aufwecken.» Damit sank sie zurück, er beugte sich über sie und sah wie sie mit dem Schlaf kämpfte.

«Ich gehe mal ans Fenster», sagte er, «um nachzusehen, wie es draußen aussieht.»

Sie sah ihn an und versuchte zu lächeln. «Sieht jetzt anders aus, nicht?» flüsterte sie und sah, wie er nickte und dann zum Fenster ging. Sie erinnerte sich, wie es noch vor einigen Stunden ausgesehen hatte, als ob es nie wieder hell würde, im Gegenteil, immer dunkler und verlassener und furchtbarer. Vor einigen Stunden hatte sie sich gar nicht vorstellen können, daß das Tageslicht jemals wieder in dieses Haus fluten würde. Aber es war auch nicht in dieses Haus gedrungen. Es war ein anderes Haus.

Sie war sehr müde und schläfrig. Sie sank zurück und schloß wieder die Augen. Aber ihre Gedanken wanderten umher und tasteten sich zurück, in die Nacht. Jetzt schien alles anders; etwas war verschwunden, der schreckliche Alpdruck und die Angst. Sie waren aus dem strömenden Regen und der Finsternis draußen in dieses Haus gekommen und hatten um Unterkunft gebeten. Und hier hatten sie Leute vorgefunden, Menschen wie sie selbst, nur verbogen, verkrampft und vom Wahnsinn gejagt. Die Gestalten der Bewohner dieses Hauses defilierten an ihrem geistigen Auge vorbei, und einen Augenblick lang konnte sie in jedes Gesicht sehen. Gestern nacht war sie angeekelt, entsetzt und verzweifelt gewesen; morgen, wenn sie zurücksah, würde sie vielleicht böse sein. Aber jetzt fühlte sie nur Mitleid. Sie dachte daran, wie sie fünf hierhergekommen waren, sah sie und sich undeutlich als kleine Gestalten aus dem Nebel des schon Vergangenen auftauchen und rief sich ihre Gespräche ins Gedächtnis zurück. Sie hörte wieder Penderels Stimme. Was hatte er gesagt? Etwas von einem Haken in den Dingen des Lebens, von dem großen Haken, nicht? Hatte er die Klippe jetzt umschifft, sie übersprungen und war auf dem Weg zu Besserem? Und was hatte er noch gesagt? Etwas von betrogen werden, um die besten Dinge des Lebens betrogen werden. Sie erinnerte sich, daß sie ihn für ziemlich jung und dumm gehalten hatte. Aber an mehr erinnerte sie sich nicht, denn sie war jetzt so müde, so müde.

Der Blick durch das Fenster zeigte Philip keine rote Sonnenkugel, die triumphierend über der Landschaft aufging. Es war ein kühler nebliger Tag und eine Landschaft aus Rauch und Stahl. Kein Gedanke an Sonnenlicht und blauen Himmel; und doch lag in dem blassen Morgenlicht etwas Freundliches und Versöhnliches, das sich so langsam in dem großen Raum ausbreitete, zu dem er sich jetzt zurückwandte. Die Wahrheit des Tages würde nicht mit Fanfaren verkündet werden, sondern sachte und mit freundlicher Ruhe.

Als er an Sir Williams Stuhl vorbeiging, hörte er ein Räuspern. Philip blieb stehen und sah, daß er wieder aufgewacht war. Er trat näher heran und sah auf Gladys hinunter, die immer noch, in ihren Sessel gekuschelt, fest schlief. In der einen Hand hielt sie ein zerknülltes Taschentuch. Sie sah wie ein kleines Kind aus. Auch Sir William sah in dem fahlen Morgenlicht anders aus, merkwürdig gealtert und verfallen.

«Ich sah, daß Sie zum Fenster hinausschauten», sagte er heiser flüsternd. «Wie sieht's aus?»

«Ich glaube, das Wasser ist gesunken», antwortete Philip sehr leise. «Kein schlechter Morgen.»

Sir William räusperte sich zustimmend. «Wir haben noch viel Zeit. Ich wünschte, ich könnte noch etwas schlafen.»

«Ich versuche es jetzt nicht mehr», sagte Philip und ging weiter. Im nächsten Augenblick machte er es sich auf dem Boden neben Margarets Sessel bequem.

«Schläft Ihre Frau?» fragte Sir William, wieder einnickend.

«Ja», gab er leise zurück. «Schläft fest.»